世界经典文库

世界二十大名著

图文珍藏版

亲和力

内涵深刻彰显作者魅力　自然魔力超越人的力量

[德] 歌德 ⊙ 著

马博 ⊙ 主编　金澜 ⊙ 译

第二十册

世哦名簡

线装书局

图书在版编目（CIP）数据

亲和力 / (德) 歌德著；马博主编. -- 北京：线
装书局, 2016.1（2021.6）
（世界二十大名著）
ISBN 978-7-5120-2006-1

Ⅰ.①亲… Ⅱ.①歌… ②马… Ⅲ.①长篇小说－德
国－近代 Ⅳ.①I516.44

中国版本图书馆CIP数据核字(2015)第258810号

亲和力

作　　者：[德]歌　德
主　　编：马　博
责任编辑：高晓彬
出版发行：线装书局
　　地　址：北京市丰台区方庄日月天地大厦B座17层（100078）
　　电　话：010-58077126（发行部）010-58076938（总编室）
　　网　址：www.zgxzsj.com
经　　销：新华书店
印　　制：北京彩虹伟业印刷有限公司
开　　本：710mm×1040mm　1/16
印　　张：13
字　　数：160千字
版　　次：2021年6月第1版第2次印刷
印　　数：3001－9000套

定　　价：4980.00元（全二十册）

线装书局官方微信

目　　录

导　读

　　在德国文学史上,《亲和力》这部小说是一部介于古典时期与浪漫时期的作品,对于它的确切定位却有不同见解,它是歌德继狂飙时期的《少年维特之烦恼》后,再次被当时的德国人广泛阅读与讨论的经典名著。这部悲剧小说的结构分成两大部分,各十八章,完成于1809年。

　　小说揭示了当时上流社会财势婚姻与自由恋爱的斗争,同时围绕四个男女主人公的感情纠葛,对恋爱、婚姻及其相互关系等重大的人生和社会问题进行了深入的探讨。这部小说和歌德其他的小说一样,虽然描述的生活离我们很远,却很平淡,他也总是借主人公之口说一些特别耐人寻味的话,我们相信,在我们喧嚣可悲、疲于奔命的生活之余,看一下他的小说,或许能够获得片刻的宁静,忘却现实的残酷。

　　《亲和力》在象征型文学风格的道路上有所突破,在语言的运用、人物的安排、思想的体现上都毫无例外地践行象征型文学手法,取得了开创性的成果,充分体现了歌德作为伟大思想家的优秀品质,达到了常人难以企及的思想高度,他的这部小说是对现实婚姻制度的质疑,是对社会关系的重建,也是对普遍哲学问题的探寻。尽管作品在艺术的处理上略显粗糙,然而不可否认的是,晚年时期的歌德依旧不平凡,他的开创性贡献成就了他伟大的文学史地位,他的“断念”思想的确值得我们广大读者朋友们深思。

第一卷

一

爱德华——一位年轻强壮而又家财万贯的男爵,在他的苗圃里度过了这个四月下午的最美好的时光,他把刚剪下的嫩枝嫁接到新长的树干上。他刚忙完这些活儿,把工具一一装进工具袋。带着愉快的心情审视着他的工作时,园丁走了进来,他为主人身体力行参加劳动的精神感到振奋。

"你没看见太太吗?"爱德华问,这时他正要去。

"在那边新的建筑工地上。"园丁回答"她让人兴建的苔藓小屋,今天就要完工了。那些优美的景色一定会博得主人您的欢心。那儿风景实在惹人喜爱。下边是村落,稍稍偏右是教堂,越过教堂的尖塔可以望到很远的地方;小屋就对着府邸和花园。"

"你说得很对,"爱德华回答;"我们去吧,我要看看人们在怎样干活。"

"还有,"园丁接着说,"山谷从右边展开,越过树木茂密的草地,就能望到远方呢。顺着岩石而上的小路修得十分漂亮。夫人办事心中有数;在她手下干活总是使人快活。"

"你到她那儿去,"爱德华吩咐,"让她等我。告诉她,我要看新房子,让我好好地高兴一下。"

园丁急忙离开。

爱德华走下台阶,一路上欣赏着温室和苗床,他走到水边,越过小桥来到一个地方,小路从那儿分成两条岔道通向新的建筑。一条经过教堂,几乎是笔直地通向岩壁,他放弃了这条路,而走了另外一条。这条路稍稍有些向左偏,穿过幽静的丛林,缓缓地顺径而上;在两条岔道会合的地方,正正当当地安置着一张长凳,他坐在上面休息了一会儿,然后才踏上原来的小路,通过形状不一的阶梯和平台,顺着一条坡度陡峭的窄路走去,最后到达苔藓小屋。

莎绿蒂站在门口迎接丈夫,让他坐下,从他这个位置上,透过门窗望去,这一带的风景就像呈现在画框中的风景画,使人一览无余。他感到愉悦;盼望春天快点到来,万物更加繁荣茂盛。"有一点我得提醒你,"他补充说:"我感觉空间有些太窄了一点。"

"对咱们俩来说,已经够宽敞了。"莎绿蒂回答。

"当然啰,"爱德华说,"对于一个第三者也有足够的地方。"

"为什么不呢?"莎绿蒂回答,"还可容纳一个第四者呢!要接待更多的客人,我们自然得换别的地方了。"

"现在只有我们俩在这儿,没有别人干扰,"爱德华说,"而且我们保持着平静愉快的心情。但是我不得不告诉你,很久以来,我心里就埋着一件事情,我必须告诉你,也非常愿意告诉你,可是总没来得及。"

"从你的神情上我早已经感觉到了。"莎绿蒂回答。

"我只想告诉你,"爱德华接着说:"要不是明天早晨邮递员会来催促我,让我们今天就得做出决定,也许我会一直沉默下去。"

"究竟发生了什么事?"莎绿蒂笑容可掬问。

"有关我们的朋友,那位上尉,"爱德华回答。"你知道,他也像其他的人一样,不是由于自身的过失而陷入了那种难以言表的处境。一个人具有他那样的知识、才能和本领而无所事事,叫人多么痛心啊。我不想再抑制自己想为他尽力的愿望,我打算邀请他到我们这儿来住一些日子。"

"这得好好想想,而且要从多方面考虑才行,"莎绿蒂回答。

"我准备把我的意见告诉你,"爱德华说。"他写的那封信里,流露出一种压抑的痛苦心情;倒不是他缺少什么必需的东西,他完全懂得自我克制。至于必需的东西,我已经给他准备好了,他接受我的东西也不会感到愧疚。过去我们之间一直是你帮我助,也算不清究竟是谁欠谁的。因为他没有工作,这才是真正的苦恼。他是个训练有素的多面手,他的乐趣,他的热情就在于时时刻刻为别人服务。可是现在他要么闲着没事干,要么继续研究,多学一些本领。其实他的本领已经够多了,正觉得没地方施展呢——够啦,亲爱的,这是一种难言的困境,他在寂寞当中更感到无比的苦恼。"

"可是我在想,"莎绿蒂说,"已经有好些地方向他敞开大门了。我也曾为他给几位有活动能力的男女朋友写过信,就我所知道的来说,这不会没有作用吧!"

"你说得很对,"爱德华回答;"不过正是这些机会,这些邀请使他产生了新的苦恼,新的不安。没有一种情况是对他合适的。不让他发挥作用,而要他自我牺牲,牺牲他的时间,他的思想,他的性格,这是不现实的。我越是考虑到和感觉到这一切,就越加希望他和我们在一起。"

"从你的角度说,这是非常友善的,"莎绿蒂说,"你为朋友两肋插刀;不过,你也该想到自己和我们俩才是啊。"

"我已经想过了,"爱德华回答说,"我们一起生活,我们肯定会感到愉快。至于花销,我不想谈,他到我们家来,无论就哪方面说,对我都没什么大不了的;同时我特别想到这点:假如他在,也没什么不方便的。他可以住在府邸右侧的房间里,其他一切都是现成的。这样做肯定能帮了他的大忙,不过和他交往也可以使我们感到快乐,甚而得到某些好处!很久以来,我就希望测量这儿的农场和九亩土地;这件工作可由他来做。你本来打算等到现有佃户的租佃期满后,自己来管理农场。这多么不容易的事情啊!他可以帮助我们获得许多未知的东西。我深深感到缺少这样一个人。农民虽然有一些农业的知识,然而他们的报告总是混乱而又不诚实。至于那些城里和学院来的研究人员,尽管说得明白,有条理,但是他们缺乏对事物的感性认识。从朋友身上,我可以指望两者兼而有之;并且还会由此学到其他的东西,这正是我求之不得的,而且你也受益,我预见到许多益处。现在我谢谢你心平气和地听我说了这么些,接下来也请你敞开心扉地详细谈谈,把你要说的一切统统告诉我吧,我尊重你的意见。"

"很好,"莎绿蒂回答道,"我可以从平常现象讲。男人们对个别的、眼前的情况想得多些,这是无可非议的,因为他们要行动和工作;相反,女人们则对生活当中有关联的事情想得多些,这也没错,因为她们的命运,她们家庭的命运和这种关联是连在一起的,而这种关联也正是她们所要求的。那么让我们来考虑一下我们目前和过去的生活吧,就会清醒认识到,邀请上尉来,这是有悖于我们的打算、我们的计划和我们的安排。

"我十分怀念我们过去的那段时光!那时我们都年轻,彼此真心相爱;可我们被拆散了:你离开我,因为你父亲对财产贪得无厌,希望你和一位年纪相当大的富婆结合;我离开你,因为我没有退路,而不得不答应和一个有钱男子结婚,其实我并不爱他,只是尊敬他罢了。后来我们终于解放了;你早一些,这期间你那位小妈儿给你留下一笔可观的财富;我晚一些,那时正好你旅行回来。就这样我们又到了一起。我们喜欢回忆往事,喜欢回忆过去,我们可以不受干扰地生活。你催促结婚,我没有同意:因为我们几乎是同年生,我作为女人来说自然年纪显得大些,而你作为男人就不是这样了。最后我不愿意拒绝你认为是你唯一幸福的东西。你想摆脱宫廷上、军队里、旅途中所经历过的种种困苦,在我身边休养,恢复理智,享受生活乐趣;而且只同我一个人。我把自己唯一的女儿送进寄宿学校,在那儿她自然会在多方面得到教育,比住在农村情形会好一些;而且不光是她,还有我的侄女奥蒂莉,我也把她送到了那儿,本来在我的调教下,她也许会在家务方面成为极好的帮手。这一切安排你都同意了,不就是为了我们比翼双飞,为了不受干扰地享受我们早就盼望已久而后来终于实现的幸福。于是我们就来到乡下住。我主内,你管外及总揽全局的事情。我的安排在各方面都迎合你的心意,我只是为了你而生活;至少让我们尝试一段时间,看我们这样生活能达到什么程度。"

"正像你说的那样,你们女人总是喜欢联想,"爱德华答道,"当然不能听你们没完没了地联想下去,或者肯定你们的说法,到今天为止,你可能说对了。现在,这里供我们生活所建设施是一流的;可是我们就不能再增建一点了吗,难道就一点儿也不能再发展了吗？我在庭院里所做的，你在大花园里所做的，难道仅仅是为隐居而干的吗？"

"说得好！"莎绿蒂答道，"说得真好！我只是想没人干扰我们生活。你好好想一想吧，我们的种种计划以及关于消遣方面的想法，可以说都是只为我们两人量身而作的。你原来打算先把你的旅行日记统统地讲给我听，趁这个机会把文稿整理出来，在我的参与和帮助下，把这些宝贵而又紊乱的册页，编成一本完整的书，使我们和别人都乐于阅读。我答应帮你抄写，这样我们就能舒服、优雅、快乐而悠然自得地把我们没有在一起看到过的世界，在回忆中神游一遍。不错，现在已经开始做了。晚上，你又拿起你的笛子为我的钢琴伴奏；平常少不了有邻居来，或者我们相互走访。至少我从这一切当中度过了我的第一个真正愉快的夏天，这是我一生当中渴望享受的啊！"

"你也很明了事理，"爱德华用手搓额，"而我却一直在想：上尉在场也毫无妨碍，也许还会令一切都更加美好，增添新的生气。他也经历过我的一部分漫游；他也在不同的意义上记下好些东西：让我们一块儿来利用这些材料吧，这样才会产生出一件完美的作品。"

　　"你就听我老实对你说吧,"莎绿蒂说时略带几分不耐烦的神情,"你总是自以为是,从不考虑我的感受,相信我,这是不会有好结果的。"

　　"在这方面实在拿你们女人没办法,"爱德华回答,"你们一会儿说得入情入理,叫人没法反驳,一会儿又说得亲切潜人,叫人乐于迁就,一会儿说得充满感情,叫人不忍使你们苦恼,一会儿又说得充满预感,叫人很是吃惊。"

　　"我并不迷信,"莎绿蒂说,"凡是模糊不清的感觉,我全都毫不在乎,可是人往往会自然而然地联想一些美好和不幸的结局,这是我们在自己或别人的行动中体验到的。在那种情况下,没有什么比一个第三者参与其间更起作用了。我见过一些朋友、兄弟、姊妹、爱人、夫妇,他们的关系由于有一个第三者无意的或有意的参与而起了彻底的变化,使情况完全颠倒了过来。"

　　"这种事情倒是有的,"爱德华说,"那些迷茫困顿的凡人是在所难免的,而对于那些富有经验、头脑明白和相当自觉的人是不会发生的。"

　　"说到自觉,亲爱的,"莎绿蒂答道,"并不是可靠的武器,有时甚而对于使用它的人是危险的;从这一切来看,至少我们不要太着急。你再让我考虑几天,现在别做决定!"

　　"就目前的状况来看,"爱德华回答,"即使再十天,我们仍然还会认为是操之过急的。我们已经相互提出了赞成与反对的理由现在应做出决定,抽签吧,这倒是极好的解决办法。"

　　"又来了,"莎绿蒂说,"你在疑难问题上总是爱打赌或抽签,但是这么一桩严肃的事情上,我认为这种办法是不合适的。"

　　"那我给上尉写什么呢?"爱德华大声说,"我怎么也得回信哪。"

　　"一封普通得不能再普通的慰问信。"莎绿蒂说。

　　"这就等于什么也没写啰,"爱德华答道。

　　"但是在某些情况下,"莎绿蒂说,"这是必要的和聪明的,等于什么也不写,而不可不写。"

二

　　爱德华呆在他的房间里,刚才莎绿蒂重述了他的生活遭遇,回忆起他们俩当时的处境,他们的决心,这确实激发了他活泼的性情。他在她身边,相偎相依,感到幸福,于是他想写一封等于不写的信给上尉。可是当他走到写字台边,拿起朋友的来信想重读一遍时,那位优秀男子的悲惨处境又立即勾起了他的同情;这些天来,使他苦恼的情感又向他袭来,他不能让朋友陷入这么难堪的境地而漠不关心。

　　该做的事不去做,这不是爱德华的习性。从年轻时起,他就是有钱的父母娇生惯养的独生子,父母劝他和一个比他大许多的妇人结婚,这是一种痛苦的、然而非常有利的婚姻,那妇人对他百般体贴,由于他对她态度和蔼,于是她就以无比的慷慨大方来报答他。不久她死了,从此他就当家做主,独自一人旅行,有权改变环境,改变生活,他不要过分的东西,但要许多必需物品。他为人直爽、善良、耿直,而在必要的情况下也显得勇敢——世界上还有什么东西能违背他的愿望呢!

　　直到现在,他的意愿都占上风,他也终于占有了莎绿蒂,这是通过顽强的、确切地说是近似于传奇般的忠贞不渝才最终获得的;现在,正当他想把青年时代的朋友招到身边,想使自己的以前生活告一段落时,第一次感到有抵触,第一次遇到有阻碍了。他闷闷不乐,心情烦躁,好几次拿起笔来又放下,因为拿不定主意,究竟该写点什么。他不愿违背妻子的意愿,然而又不能宠着她;他本是一个急躁不安的人,却要他写一封心平气和的信;这对他来说,几乎是无法办到的。最稳妥的办法,就是拖延时间。他简单地写了几句话请朋友原谅,说这些天来,他没有写信,今天他也不能详细地写,答应下次一定写一封比较重要的信让朋友安心。

　　第二天,莎绿蒂利用到同一个地方去散步的机会,又谈到这事,也许是她相信要打消一个人的主张,莫过于多多地商量吧。

　　爱德华巴不得旧话重提。他和往常一样,措辞和气,使人听了感到愉快。他天性敏感,容易生气,要求什么总是想立即得到,他的顽强性格使他开始烦躁,但是他的一切措辞由于深爱着对方而变得温和起来,纵然使人听出他在抱怨,但还是觉得他无邪可爱。

这天早上,他用这种方式使莎绿蒂的心情快活极了。接下去他婉转地把谈话转到本题,使得她情不自禁地终于大声说:"你一定是要我送你绿帽子吧。"

"至少,我亲爱的,"她继续说,"你应当看出,你的愿望,你用友好的热心所表达出来的愿望,已经使我动心,使我感动呀。这让我惭愧迫使我坦白出一桩心事。直到现在,我有件事情瞒着你。我的处境正和你相似,我和你一样勉强控制着自己,就像我期望你作的那样。"

"我洗耳恭听,"爱德华说,"我倒觉得,夫妇之间有时有点矛盾,这样双方就可以知道一些彼此的心事了。"

"那就让你清楚吧,我对奥蒂莉正像你对上尉一样关切,"莎绿蒂说。"我可不愿把这样一个可爱的女孩留在寄宿学校里,她在那儿感到非常压抑。我的女儿露茜娜就像她了,她是为这个世界而生的,又在那儿为这个世界接受教育;什么语言呀,历史呀,以及她所学到的知识,弯腰拾起石头一样容易。她天性爱动,记忆力特好,人们会以为她忘性特别大,可是一眨眼她又回想起一切;她行动敏捷,翩翩起舞,说话彬彬有礼,这一切使她在同龄们中鹤立鸡群,而且由于她生来就有当机立断的性格,使她成了小团体中的女王;学校的女校长简直把她奉为小小的神明,其实她正在女校长的手下开始发育,女校长就希望她将来为学校带来荣誉,争得人们的信任,再吸引一大批别的青年人来;女校长的来信和每月给家长的报告的头几页,总是对露茜娜给予极好的称赞,我自然会把这些自然地转换成我自己的平实语言——可是当她后来提到奥蒂莉时,语气就判若两人,总是接二连三地说对不起,说本来一个长得这么美丽的女孩,竟会没有发展,表现不出才能和技巧。此外,那位女校长还加上了几句话,这对我也并不是什么难懂的事。因为,我从这个可爱的孩子的身上,感到她的母亲——我最珍贵的女友的全部性格,我的女友同我同生同长,要是我是她的监护人工是她的老师,我一定要把可爱女儿培养成一个杰出的人。

"但是,由于这不属于我们计划中的事,而且一个人在他的生活关系中,不好生搬硬套,不断把新的东西吸引进来,所以我情愿把这件事情隐藏在心里,我甚至压抑住那种不安的感觉:我的女儿分明知道,可怜的奥蒂莉必须依靠着我们,于是她就利用自己的优越地位瞧不起奥蒂莉,这么一来,就把我们对她的关怀破坏了不少。

"可又有谁会那样高尚,谦虚地不把自己的优点毫不掩饰地向别人炫耀呢?谁又站得这么高,有时在这种压力下不得不忍受呢?奥蒂莉的价值就通过这些考验提高了;但是自从我体会到她的难堪处境以后,就想方设法地想把她安置到别的地方去。我无时无刻不在等候一封回信,只要信到,我就不再等待了。这就是我这方面的处境,我最好的人。你瞧,我们双方是忠贞而相爱的,但是心里都担负着同样一种忧虑啊。让我们共同担负下去吧,因为它们是无法互相抵消的。"

"我们都是些有个性的人,"爱德华微笑着说。"如果我们能把那些使我们费心的事情从眼前除掉,那么,我们就会相信同它们没有关系了。有些东西,我们可以整个儿牺牲掉,然而让我们把它们部分地抛弃掉,却是我们难以忍受的情感了。我妈妈就是这样。当我还是孩子和少年的时候,我们一起生活,她总是时时刻刻为我操心。要是我骑马外出回来晚了,她就以为我遭到什么不测;要是我给阵雨淋湿了,她就认为我一定会发烧。我出外远游,远远地离开了她,她倒反而觉得我同她没什么关系了。"

"如果我们更细心地考察一下,"他继续说,"那么,我们就会发现,我们俩做的事是愚蠢而不负责的,让两个与我们这么贴心的、极为崇高的人陷入苦恼和压抑当中,仅仅为了除却担惊受怕而不肯帮忙:简直是冷酷无情,你去爱护奥蒂莉,让我来关照上尉,就这样以上帝的名义来尝试一下吧!"

"这得冒一点儿风险,"莎绿蒂犹豫地说,"如果仅仅对我俩有危险倒没什么。可是让上尉和奥蒂莉共同生活在我们家里,这样做你认为合情合理吗?只有和你的年龄差不多的男人——我只是私下向你说这样拍马的话——才有能力去爱别人和值得人爱,何况再加上像奥蒂莉这样一个又可爱又聪颖的姑娘呢。"

"我有点迷惑了,"爱德华回答,"你为什么把奥蒂莉捧得那么高!我只能这样理解,她继承了你对她母亲的爱慕。她漂亮,这是事实,我记得我们一年以前回来,在你姑母家碰到你俩个在一起时,上尉曾让我注意到她。她是漂亮的,尤其是长着一双美丽的眼睛;但是我却想不起,她曾给我留下什么特别印象。"

"这正是你应该受到赞美的地方,"莎绿蒂说,"因为那时有我在场呀;即使她比我年轻得多,但是因为有我这位年长的女友在场,对你有那么大的吸引力,就使得你对于那样鲜艳迷人的美人儿走马观花了。你为人原来也是这样,所以我才这么愿意和你一起过日子。"

尽管莎绿蒂说话时显得诚恳,可是她却另有一番打算。当时她特意把奥蒂莉引到旅行归来的爱德华面前,希望让这个亲爱的养女能够得到一个如意的郎君;因为她已不再把自己和爱德华联系在一起了。上尉让爱德华注意奥蒂莉,也是受了她的指使。可是爱德华心中对莎绿蒂一直怀着旧时的爱情,他既不向右看,也不向左看;他只感觉到幸福:一个使他朝思暮想,经过种种磨难几乎永远失去的宝物,终于能够回归了。

夫妻俩正要从新的建筑场地回到府邸去时,一个佣人匆匆朝他们跑来,在台阶下就张口笑着说:"请先生和太太快到那边去吧! 米特勒先生已经骑着马跑进了府邸庭院。他大声把我们召唤在一起,要我们找你们,来问你们,是不是有要紧事情?他还冲着我们身后大喊:'你们听见了吗,要问有没有要紧事情?但是得快,赶快!'"

"这人真是太滑稽了!"爱德华大声说,"他来得不是刚好吗,莎绿蒂?赶快回去!"他命令仆人:"告诉他,有要紧事情,很要紧! 请他下马。照料一下他的马匹,领他到客厅去,给他送上一份早餐,我们马上就回去。"

"让我们抄最近的路走吧,"他对妻子说,于是选择了经过教堂墓地的小道,平常他总是回避这条路。可是当他发现莎绿蒂在这儿也倾注到了人的感情,便不胜惊讶起来。原来她尽量顾惜旧时的墓碑,把一切都弄得平整有序,让荒漠变良田,令人赏心悦目,忘记了回家。

连那年代最久的石碑,她也特别重视。她根据历史的久远,命人把石碑依次竖立在墙边,或嵌进墙去,或安排在适当地方,甚至把高高的教堂底座也用石头加固和装饰起来。爱德华进门的一刹那,感到异常惊异:他握着莎绿蒂的手,眼里噙着一颗泪珠。

可是那位滑稽可笑的客人随即就把他们紧握着的手松开了。因为客人没在府邸里安心静候,而是纵马穿过村子,放马一直到教堂门口,冲着朋友们大声问:"你们总不会拿我来开玩笑吧?果真有什么大事,我就在这儿待到中午。你们别留我,我今天有很多事要干呢!"

"你已经跑了这么远的路,"爱德华大声对他说,"到屋休息一会儿吧;我们是在一个严肃的场所碰头,你瞧,莎绿蒂已把沧海变桑田了!"

"我到这里面来,"骑马的人大声说,"也用不着骑马坐车,也用不着走路了。这里的人都安息在和平之中,我同他们毫不相干。不过,要是有朝一日有人拉着我的脚把我倒拖进来,我也只好任其自然了。说真格的,事情真的要紧吗?"

"是的,"莎绿蒂大声说,"非常要紧! 我们从结婚以来如此困苦和迷惘,找不到解脱的法子,这还是头一次。"

"从你们的表现看我以为什么也难不倒你们,"他回答,"可是我能够相信你们的话。要是你们骗我,以后就休想让我再管你们的闲事了。快跟我来吧,让我的马匹休息一下也好。"

于是三人都来到了客厅;食物摆上来了,米特勒讲了他今天的活动和打算。这位古怪人儿原是传教士,他以疯狂工作而闻名,善于化解一切争端,不管是家庭之间,还是邻居之间,刚开始是个别居民,后来就是全教区与许多地主之间的争端,他都能使之化干戈为玉帛。他在职期间,没有夫妇闹离婚,他住的那一带地方没有纠纷和诉讼去麻烦地方法院。他意识到掌握法学是他生存的手段,因此他把全部精力都放在法学研究上,不久就觉得自己能够充当精明干练的律师了。他的影响迅速扩大,人们打算请他到首都去,以便让他从上而下地完成自下而上开始的事情。没想到就在这个时候他中彩了,得到一笔可观的奖金,于是他建房购良田,把田地租出去,以此作为他活动的中心点,他坚持一点,应该准确地说他按照老习惯和老脾气,决不在平安无事的人家耽误时间和精力。某些迷信姓名意义的人,就断言米特勒这个名字将使他干一切职业当中最奇特的一种。

饭后点心端上来了,客人非常庄重地要求主人有话直说,因为他喝了咖啡立刻就得走。于是夫妇俩把他们的心事婉转地说了出来;然而他还没听完他们的话没弄懂事情的原委,就厌烦地从桌边跳了起来,跑到窗口叫人给他备马。

"你们或许还不知道我是什么人,"他大声说,"或者还不了解我,或者你们居心叵测。难道说,这儿有争端?难道说,这儿需要别人帮忙?你们以为我生存在这世界上是专给别人出主意的吗?这是一个人所干的最愚蠢不过的事情。还是各人给自己出主意,干自己不得不干的事情吧。如果做得很优秀,这样他就庆幸自己的聪明和幸福;要是把事情干坏了,那么,需要我来,我是随叫随到的。要想远离一些糟糕事,他总会明白自己要干些什么;拥有更加美好的东西,那他就完全是个睁眼瞎了——是呀,是呀!你们尽管笑吧——他在玩老鹰捉小鸟,也许他会得到它;但是抓住什么呢?你们要怎么干就怎么干吧:事情怎么都是一个结局!把朋友招到你们身边来,又让他们走开,颠来倒去都一样!我见过极合理的事情失败了,最无聊的事情成功了。你们用不着去冥思苦想,如果发生什么不测,也不至于毁掉你们。尽管派人来找我,你们总会得到帮助的。我随时都愿为你们效劳!"

他说完话后就翻身上马,咖啡也没必要喝了。

"从这儿你可看出来,"莎绿蒂说,"要是在两个亲密结合的人儿之间,意见要是不相同,一个第三者在场是多么无用啊。我们现在反而比先前更迷惑、更没有把握了。"

如果不是收到上尉给爱德华最后那封信的回信,夫妇俩也许还得动摇一段时间。上尉决定接受别人给他提供的一个位置,虽然他自认为有些屈才。原来别人要他去陪体面的有钱人共度无聊岁月,因为他们相信他是可以给人带来欢乐的。

爱德华一眼就看透了全部情形,并在脑子里把它清晰地想象一遍。"难道我们对朋友见死不救?"他大声嚷道:"你不能这样无情啊,莎绿蒂!"

"我们的米特勒,真是个古怪人儿,"莎绿蒂回答,"他到底说对了。所有这类行动都带有冒险性质。结局将会是什么样子,谁也没有先知这样的新关系可以是非常幸福的,也可以是非常不幸的,我们也不必为此而担当某些功过。我觉得自己没必要再反驳你了。那就让我们来试试吧!我唯一向你请求的是:我们只尝试一段短短的时间。请允许我比以往更积极地去关心他的事情,我尽量利用我的影响和关系,为他找一个能充分发挥他的才能的工作,可以保证他相当满意。"

爱德华用彬彬有礼的姿态向夫人表示衷心感谢。他怀着舒畅和愉悦的心情,急忙写信向朋友提出建议。莎绿蒂不得不亲笔在信中附言表示赞同,把她与丈夫的友好请求结合起来。她用优美的语言来表达迫切的心情,不过字迹潦草了一些,平常她总是很认真。最后她不小心在信纸上染上一块墨迹,这在平常是不大会发生的,她非常恼火,想撕掉又不行,于是就感到莫名的烦恼。

爱德华看见她这种情形就揶揄起来,由于信纸还有空白,他便加上了第二个附言:朋友从墨迹上可以看出,主人的亲切和急切心情,因此他也要像这封在匆忙中写的信一样,赶快准备他的旅行。

信差去了,爱德华认为表达自己的谢意还不够明确,于是他一再坚持要莎绿蒂立即把奥蒂莉从寄宿学校接回来。

她认为应该冷静,她懂得如何引起爱德华的兴致,用音乐来消遣这个晚上。莎绿蒂的钢琴弹得很好,爱德华的笛子却吹得有点儿蹩脚,即使他很努力,然而缺少培养这种才能所应有的耐心。所以他的伴奏就显得有些不协调了,有的段落不错,只是太快了一点;有的段落他得停下来,因为他不熟悉,如果换了另外一个人,是很难和他在一起合奏的。可是莎绿蒂自有办法;她停下来以他的速度为准,这么一来,她就履行着双重责任,即优秀的音乐指挥和聪明的家庭主妇的责任。尽管个别段落不合节拍,但在总体上她却掌握住了分寸。

三

上尉终于来了。他先寄来一封投石问路的信,使莎绿蒂完全放心了。他对于自身表白得清清楚楚,把自己的处境也说得清晰明了,而对于他的朋友的状况则描绘了美好的前景。

开始几小时的谈话是友好诚挚的,说了些掏心窝的话,这正是久别重逢的朋友之间通常发生的情形。夕阳西下,莎绿蒂提议到新的建筑场地那边去走走。上尉非常欣赏这个地方,指点着那些沿着新辟道路才能发现和观赏到的美景。他的眼睛很有洞察力,同时易于满足;尽管他已经看出一些不尽人意的地方,但他避而不谈。不过平常有人带他去参观他们的住宅时,他往往会产生一种逆反的情绪,提出不合礼貌的要求,或者直接提起他在别处看到过的更完美的建筑。

他们到达苔藓小屋时,发现这儿装饰得别具特色,虽然用的是人造花和冬青,不过其中点缀着好看的天然麦簇及别的农作物和树生果实,这一切显示出布置的人多么别具匠心。"尽管我丈夫不喜欢别人庆祝他的生日和起名日,可是今天他不会怪我把这几只花环献给三重节日。"

"什么三重节日?"爱德华大声问。"一点儿也不错!"莎绿蒂回答;"我们把朋友的到来当作节日,这是很有人情味的;另外,大约你们两位都没有想到今天是你们的起名日吧。难道你们两个不都是叫作奥托吗?"

两位朋友恍然大悟。爱德华说:"你让我想起了我们小时候的友谊。我们那时都叫作奥托,可是当我们在寄宿学校一起生活的时候,曾发生过一次误会,于是我自愿把这个响亮、简短的名字让给了他。"

上尉说:"不过你那时候并不是出于慷慨大方呀,因为我记得很清楚,爱德华这个名字更讨你欢喜,特别是从心爱的人的嘴里叫出,听来特别舒服。"

三人围坐在小桌旁边,莎绿蒂对客人的到来非常热情。爱德华非常满足,不打算向夫人提起过去的那些不愉快,但是他还是逞强地说了:"就是来了第四个人也有足够的地方。"

这时,从府邸那面传来一阵阵号角声,这号角更加肯定和加强了聚在一起的朋友们的善意和愿望。他们默默地倾听着,每个人都默默无语,在如此美妙的情景中加倍感觉到自己的幸福。

爱德华首先打破了沉默,他站起来,走出苔藓小屋,对莎绿蒂说:"我们干脆立即把朋友带到高处去吧,别让他以为这么一个小地方就是我们的世袭田产和住地了;到了上面,眼界将更加开阔,胸襟也更宽广了。"

莎绿蒂回答:"我们还得走那条该死的老路;不过我想,不久那些直通山顶的梯级和小径走起来会好走一些。"

他们越过岩石,穿过灌木林,到达了最后的高地,这里十分陡峭,尽是连绵起伏、土壤肥沃的山梁。身后的村庄和府邸都消失在暮色中。山谷深处,可以看见镜子般的水塘,对面是郁郁葱葱的山丘。水塘沿着山脚延伸出去,最后是陡峭的山岩,它们笔直向下,将最后的水平面明显地隔断,而把自己高大的形象映衬在水面上。在峡谷中有条奔腾的溪水流向水塘,那儿有座磨坊忽隐忽现,它与周围环境连在一起,看上去像一个让人浮想联翩的休息场所。放眼望去,在这整个半圆形地带,有高山和深谷,有树丛和森林,真是千姿百态,它们的淡淡新绿,将来也肯定是蔚为壮观的景色。就连一些地方的个别树丛也使人流连忘返。尤其是在眺望者们的脚下,顺着中部池塘岸边的大片白杨树和梧桐树显得根深叶茂。它们正在蓬勃生长,枝繁叶茂,不断向上和向外伸展。

爱德华特别提醒上尉注意这点。他大声说:"这是我年轻时候栽种的,当时还是一些娇嫩的树苗,是我把它们救活的,因为我父亲在府邸大花园修建新的部分时,曾打算在夏季里把它们铲除掉。可以肯定,它们今年一定会发出新的枝干来再次表示谢意。"

他们玩的十分尽兴,快活地返回家去。主人在府邸的右侧给客人安排下一间舒适而宽敞的卧室,又很快把书籍、纸张和器具在房内陈列和整理好了,让客人按照平常习惯随心所欲。不过爱德华在头几天没让客人休息:他领着上尉各处逛,时而骑马,时而步行,让客人熟悉这带地方和产业;同时他表达了自己的愿望:就是更好地了解这片土地,更有益地利用这些产业。

"我要做的第一件事,"上尉说,"让我用尺把这地方丈量一下。这是一件轻松愉快的工作,可不知能不能保证最大的精确性,但这总是有用的,对于开头的工作来说,也是使人高兴的;我们不用请帮手就可以着手干了,我想这没有问题。如果你想要更精确地丈量,那也许就得另找高明了。"

上尉对这种测量是轻车熟路的。他已把工具随身带来,而且马上投入到工作。他指点爱德华以及几名猎户和农民,怎样协助他工作。白天的工作进行得极为顺利,加上晚上和早晨,他绘下草图,又画出阴影线,并把一切迅速地涂匀色彩,绘制完善。一张宏观的产业图呈现在爱德华面前好像这是新创造出来的东西。他认为现在才彻底知道了这些产业,似乎它们现在才归他所有。

现在有机会来谈论这个地区和建筑了,因为按照一览图表,办起事来居高临下,不必考虑过多的琐碎,根据偶然印象到自然界中去摸索。

"这得让我太太知道才好,"爱德华说。

"别那样做!"上尉回答。他不愿用自己的理念去破坏别人的理念,经验告诉他,对于一件事情,人们总会有分歧,哪怕是最明智的想法,也不能使人们异口同声。"千万别那样做!"他大声说,"这容易使她迷惑。与别人没什么不同,仅仅出于业余爱好来搞这些事情,对她来说,重要的是现在做点什么,而不是已经做了什么。人们对自然界中探求,偏爱某一个地方;不敢清除这个或那个障碍,不够明智地牺牲一点东西;人们事先想象不出,将要出现什么,人们从事试验,或者成功或者失败;人们着手创造的也许是应当放弃的东西,而放弃的也许正是要创造的东西,于是到最后剩下的总是不完整的东西,它讨人喜欢,令人振奋,但不能使人满意。"

"你向我老实说,"爱德华说,"你对她的布局并不满意。"

"如果施工时按照原定的设想去做,我想现在应该很完美了。她不辞辛苦顺着大山的石头往上爬,而且现在还让其他人也往上爬,你可以这样认为,这是让人锻炼身体。不管人们是并肩而行,还是鱼贯而行,都没有什么自由。步伐的节奏随时都会给打断,这一切为什么一定要赞成呢!"

"改变一下容易吗?"爱德华问。

"非常容易,"上尉回答;"她只需要削去这只由碎石块构成的不眼熟的岩角就行了;如此一来,她可以建成一条平缓的盘旋而上的弯道,同时把削去的石块就地堆砌起来,这样道路就会变得狭长而曲折了攀登起来就不费力了。不过这点只许我们两人私下谈谈，你知我知就够了。要不，她会感到迷惑和厌烦的。再说，已经建好的东西，就别再去动它了。要是有钱无处花而且精力旺盛的话，那么，从苔藓小屋向上越过高地，还有好些事情可做，而且也可以建造很多令人欣喜舒适的设施。"

两位朋友就这样一方面做着眼前应该做的工作，另一方面又欢快地、不知疲倦地回忆过去的日子。莎绿蒂总是积极参加谈话。只要眼下的工作一干完，他们就决定着手去整理旅行日记，通过这种方式来寻找过去的岁月。

此外，爱德华同莎绿蒂单独在一起时话题较少，尤其是上尉说的有关大花园建筑的种种不妥善的地方，打心眼里觉得这是对的。他对上尉私下和他说的话一直保持沉默；可是后来当他看见太太又忙着从苔藓小屋向高地铺设一节又一节的梯级和路径时，就再也忍不住了。他婉转地引出话题，说出了他的新见解。

莎绿蒂站在那儿怔住了。以她的聪明和才智，马上得出结论，那些见解是对的：不过已完成的东西却很是无情，因为事情已经定局了。她本来干得不错，而且也觉得这下大功告成了，甚而对他们所指摘的东西，在个别部分上也使她觉得应该那样做；她反对他们的劝告，为自己小小的创造引以为自豪，她责骂男人们，说他们凭一句笑话或一会儿闲谈就去行事，而且马上放手大干，不想想扩大的计划需要多少费用。她有些控制不住了，觉得面子受到伤害，心烦意乱起来：她不可能放弃旧的东西，但也不能完全拒绝新的东西；不过她仍像往常那样果断，立即停止了工作，她需要些时间来考虑事情，使她在心里成熟起来。

现在她不愿再去奔波工作，而男人们却越来越显出他们旺盛的精力，特别是忙于园艺和料理玻璃暖房，有时还继续搞骑术训练，如打猎，买马，换马，驯马，跑步和驾车等等，这样就使得莎绿蒂一天比一天感到孤独。于是她加强同朋友间的书信往来，其中也有为上尉谋职的书信，可是尽管如此仍然无法排除内心苦闷。这么一来，她从寄宿学校获得的报告，就让她感到前所未有的愉快和乐趣了。

女校长写来一封冗长的信，和往常一样，她用满意的语气向家长汇报她女儿的进步情况，另外还有一段简短的附言；学校的男助教也有附言，我们一并转录于下：

女校长的附言

关于奥蒂莉，仁慈的夫人，我不得不重复前几次报告中说过的话。她做得很出色，我没有什么可以谴责她的地方，不过我对她总感到有点不安。她对人是那样的谦逊和友好；就是这种退让和顺从的态度令我是很满意。太太不久以前寄了钱和其他东西给她。钱，她始终没有动用，那些东西呢，也仍然完好无损地放在那儿。她的用品自然保持得十分整洁和完好，好像她也只在这种意义上才更换衣服。她那样过分地节制饮食，我也不能接受。在我们学校的餐桌上没有过分丰盛的饭菜；但是没有比看见孩子们饱食富有营养和符合卫生的饮食，更使我高兴的了。经过复杂烹制和周到服务而端来放在他们面前的东西，他们本应把它吃光才是。可是我却怎么也不能让奥蒂莉做到这点。她为了躲避一道菜或饭后点心，总是找些其他的事情来做，比如顶替服务员的空缺，干她们忘记了或不愿意去做的事情。从她的所作所为已经使我认为她有时患偏头疼，后来我才发觉这点，这病虽然是暂时的，但是肯定是够痛苦、够烦心的了。关于这位从其他方面来说都这样美丽和可爱的孩子，今天就说这些。

助教的附信

我们受人尊敬的女校长通常总是让我读这些信，在这些信里她总是把对学生的观察所得向家长或上级汇报。凡是写给太太的信，我读得非常仔细，也非常振奋。一方面我祝贺您有这样一位亲生女儿，她兼备一切优秀的品质，前途无量；另一方面我至少还应当赞美您有这样一位养女，她总是考虑别人的冷暖，让人心存感激，同时也为她自身的幸福而诞生的女孩。只有对奥蒂莉这个学生，我同我们如此受人敬重的女校长在看法上有分歧。我绝不责怪这位积极负责的女士，她要求人们从外部就能看清她辛勤培育出来的结晶。不过也有内在的果实，它们才是真正健康结实的，或迟或早将发展成为美好的生物。您的养女一定属于这一类。在我对她传授知识的时候，我发现她总是以同样的步伐慢慢地稳步前进，从不后退。如果说，对一个孩子需得一步一步地从头开始教导，那么，对她肯定也是那样。凡是前面没讲过的东西，她就听不懂。对一种简单明了但在她看来与眼前事情无关的东西，她就显得不知所措，甚而茫然。然而只要找到事理的中间环节，向她阐释其中的道理，那么，最难懂的东西她也会豁然明白的。

由于她进步缓慢，与其他女同学比较起来，就不免显得落后了；那些女同学以各自不同的能力不断向前追求进步，她们容易领会一切，即使彼此没有任何关联的东西，也容易理解，而且能举一反三地加以运用。可是她碰到稍微快一些课程却什么也学不进去，简直毫无办法。比如她在好几门课程里的情形就是这样，而这些课程是由那些优秀的、但过于性急和没有耐性的教师讲授的。有人对她的笔迹挑挑剔剔，甚至到认为她不能掌握语法规则。我曾经对这类责难详细调查过：不错，如果要责难的话，只能说她写字迟缓。她的笔画僵硬，但并不显得胆怯和畸形。我给她上法语课，这虽然不是我的本行，但因为我循序渐进，她很容易就掌握了。有一点非常使人惊讶的：她知道得很多，而且也相当不错；可是一问起来，她却显得一无所知。

如果让我用一句总评来作为结束的话，那我就要说：她不是作为一个应受教育的人在学习，而是作为一个想从事教育的人在学习；用另一句话说，她不是以学生的身份，而是以未来教师的身份在学习。也许太太会觉得惊讶，像我这样一个教育学子和充当教师的人，称赞一个人没有比把他归入我的行列再高的了。太太会以更高明的见解，本着对人类和世界更深刻的认识，自会从我这些浅陋的、但怀着善意的言辞里汲取到最良好的东西。您将会看到,在这个女孩身上也可以期望许多快慰。现在我要收笔了,只要我相信,我的信里含有某种重要而会使太太高兴的信息时,我就得到了您的恩惠,容许我再写信来吧。

莎绿蒂对这封信十分欣赏。信的内容和她对奥蒂莉的想象十分贴近;她不由自主地微微一笑,因为这位教师的关怀似乎过于热心了一点,平常教师对学生的评语是不会达到这种程度的。她本着平静的、不带成见的想法,对当前这种情况也像对其他许多情况一样,不予深究;她觉得一位通达事理的男子关心奥蒂莉是可贵的;因为她在自己一生当中经历太多了。在这冷漠无情不相往来的世界上,真正的关怀是多么难能可贵啊。

四

在地形图上,田庄及其周围环境都按照相当大的比例绘制,用钢笔线条及各种色彩描绘了出来,既极富特点,又简单明了。由于上尉通过几次三角测量事先准确地打好了底稿,这些工作很快就完成了。这位勤劳的人睡眠很少,很少有人能做到这点,他整天都在忙于眼前的事务,所以每天到了晚上都能办成了一些事情。

"现在让我们来做其他的工作吧,"上尉对朋友说,"把产业说明记述下来,这必须得有充分的预备工作,以后租赁预算及其他种种事务都要根据这一说明来进行。只有一件事情我们现在得把它规定和确立下来:把本来属于业务的一切事情与生活分开。业务要求认真和严肃,而生活则要求五彩缤纷不拘小节;业务要求精细的逻辑思考,而生活则常常需要经常性的矛盾分歧,这点绝对是我们所需要的。如果你在这方面有把握,那么,你在另一方面就更自由了;要是混淆两者,那么,有把握的东西就会被自由的东西冲走和抵消。"

爱德华从这些提议中觉察出轻微的不满意。他虽然不是天生的邋遢,可是他也从来没有把他的文件按类分放。他应当和别人共同处理的文件与他自己单独处理的文件,向来都是混在一起,同样,业务与工作,娱乐与消遣也分得不够清楚。现在有一位朋友来代劳,他感到解放了,仿佛他的第二个自我在着手这种分类的工作，而单凭他一个人，是不会分身去干这种事的。

他们在上尉居住的屋子右侧，设置了一间储存室以收存现时的资料，另外设置一间档案室保管过去的资料。他们从花样不一的贮藏器、房间、柜橱、箱匣里，把所有的文件、证据、信息资料等统统搬出来，很快就把乱糟糟的纸堆整理得条条有序，而且分门别类，放入了贴有标签的方格中。如果有人想查什么东西，就会查到比他希望得到的更齐全。在这桩事务上有个老书记帮了他们的大忙，他整天泡在工作上，甚至夜里也干得很晚，可是爱德华以前对他一直感到不满。

"他好像脱胎换骨，"爱德华对朋友说，"这个人竟这么勤劳和有用。""这是很容易办得到的，"上尉回答，"我们别给他增加新任务，让他从容不迫地把旧的工作干完吧，我想，这样他会做出很多成绩；如果打扰他，那他就什么也作不出来了。"

两位朋友就这样一起度过白天，晚上他们也不闲着，照例去看望莎绿蒂。如果没有邻近的地方和田庄的礼尚往来——这是常有的情形，那么，他们多半以增进社会市民的幸福、利益和快乐作为谈话和阅读的主题。

莎绿蒂已经习惯于利用眼前的情况，现在她瞧见丈夫满意，也觉得对自己有益了。许多家庭设施，她心有余而力不足，就是不知道怎么去干，现在这些设想都因为上尉的活动得以实现了。家庭药室以前只备有少量药材，现在扩充了起来。莎绿蒂阅读简明易懂的医书，向人讨教医术，她那活跃和慷慨助人的本性，比以前更充分、更有效地发挥出来。

大家总是想一些平常的、普通的事，然而有些事却是意料之外。所以拯救溺水者所需的一切药物也尽量置办了来。原来府邸附近都是池沼、沟渠、积水，容易发生这样那样的灾祸。可爱可敬的上尉把救灾的药物置办的十分周到，爱德华忍不住冒出一句话：在上尉的生活中曾经十分离奇地发生过引起轰动的类似事情。可是对方缄默不语了，显然是在逃避痛苦的回忆，于是爱德华也就住口了。莎绿蒂知道此事对上尉触动很大，因此也避而不谈。

"我们应该满意我们做的事，"有天晚上上尉说，"可是我们还缺少一样最最需要的东西，这就是懂得如何去利用这些预防措施的能干人物。在这点上，我可以推荐一位我熟识的外科军医。现在可用低廉的代价把他聘请过来，他是一位在他那些专业里很出色的人，就是在诊治严重的内科病症上，我也常常觉得他胜过著名的医生；乡间最感缺乏的，往往是面临困境救急办法。"

聘请军医的信立即写好了。夫妇俩十分高兴，他们有条件把剩余下来供自由支配的钱用在最急需的方面了。

莎绿蒂就这样按照自己的意志去利用上尉的知识和工作。她开始对上尉住在她家感到非常满意，对于一切后果也放心了。她平常总是去问一些有准备的问题，由于她爱好生活，所以试图把一切有害的、致命的东西清除掉。陶器上的铅釉，铜器上的铜绿，已经使她担了不少心。有关这些方面的问题，她总是去问上尉。如此一来，就自然而然地要追溯到物理和化学的基本概念上去了。

爱德华出于偶然的、然而总是受人欢迎的动机，喜欢向聚会的听众朗诵作品，以此作为谈话资料。他具有十分磁性的低音，过去他曾经热烈而激情地朗诵诗人和演说家的作品，就已经因为出类拔萃而出名了。现在他选择的朗诵内容不同了，他朗诵的是另外一些著作。近期以来，他主要是阅读以物理、化学和科技为内容的著作。

他有一种也许是许多人共有的特性，这就是在他朗诵时不能容忍其他任何人朝他书里看。从前在朗诵诗歌、戏剧和小说时，也和诗人、戏剧家、作家一样，不自觉地产生一种热烈的期望，一种想让听众感到意外的心情，有时故意停顿下来，以此激起听众对问题的悬念；要是有别人蓄意用眼睛先看到朗诵的东西，这将与预期的效果背道而驰了。所以每当朗诵时，他从不让人坐在他的背后。现在只有两位听众，这番谨慎作法就不必要了；又因为这次不在于制造悬念，也不在于使听众感到意外，所以他更想不到要特别注意了。

然而有一个晚上，他粗心大意地坐下去，发觉莎绿蒂正朝他的书上看，这使他那急躁的老脾气发作了，他用不十分友好的语气责备她："像这样使社交团体讨厌的坏习惯，该永远抛弃才好。要是我给人朗诵，难道说，这不等于我口头上向他讲解一点什么东西吗？纸上所写的和所印的东西，代替了我本身的思想和心情，如果在我头上或胸前安设了一扇小窗户，使那个听我分别讲述思想、传递心情的人，早就从窗口中知道我将要说的是什么，这样，我还能有兴趣讲吗？要是有人从背后往我的书里偷看，我总感到，好像自己给人撕成了两半。"

莎绿蒂为人聪明机敏，在大小团体聚会中都能谈笑风生，她能够化解任何难堪的、激动的以至稍嫌过火的语言，她能够打断冗长的谈话，也能够使停顿的话题继续下去，这回她再次显示她卓越的能力。"要是我坦白这会儿我所做的事情，你一定会原谅我的过失。我听见你在念'亲合'这个词儿，于是我立即想到我的亲戚，我有几个堂兄弟现在已经给我添了不少麻烦。当我的注意力回到你的演讲上时，我听见你所讲的完全是一种抽象的东西，于是我便朝你的书里看，以便早一点把情形弄得一清二楚。"

"这是一种隐晦的语言，它把你给弄糊涂了，"爱德华说。"我们在这儿学习探讨的当然只是土壤和矿物，不过人是真正顾影自怜的那喀索斯，他爱到处映照自己的影子；他把自身作为衬托全世界的底座。"

"说得很对，"上尉接着说，"人就是这样处理他周围所见到的一切事物，他把自己的智慧与愚蠢，意志与任性，都赋予动物、植物、元素和神明。"

莎绿蒂回答："你们不要让我偏离了话题，请简明扼要地指教我，'亲合'这个词儿到底意味着什么。"

"我很愿意回答，"上尉回答，因为莎绿蒂的话是冲他说的；"不过也只能就些我所知道地谈谈，就像大约十年以前我是怎样学到的，以及我又怎样从书本上读到的那样。至于今天的科学家是否这样认为，这是不是符合新的学说，我就不敢妄自论断了。"

"情况坏极了，"爱德华大声说，"今天人们一点也不能再为自己的整个生存而学习。我们祖先始终崇拜年轻时得到的课程；可是我们现在每五年就得重新学习，不然的话，就已经走在时代的后面了。"

"我们妇女，"莎绿蒂说，"看得并不那么认真；我说一句诚实的话吧，我看重的只是词义的理解。在社交场合中，没有比滥用一个错词、一个术语更惹人笑话的了。所以我只想知道，怎样才能让词语达意准确至于它在科学上有什么关联，我们就让研究者们去研究吧，据我所知道的来说，他们的意见从来都是分歧的。"

"我们现在从哪儿谈起，才能最快地进入主题呢？"过了一会儿爱德华问上尉，上尉想了一下，随即回答说：

"如果允许我表面上先设下悬念，那么，我们很快就会了。"

"我一定洗耳恭听，"莎绿蒂边说边把手里的工作放在一旁。

于是上尉开始说："在一切可见的物质上，我们首先注意到，对于它们本身有种关联。这话听来有点难以理解，因为这说的是抽象的能被大家接受的道理；可是只有人们彻底弄懂已知的事物以后，才能共同向未知的事物前进。"

"我认为，"爱德华插嘴说，"我们最好举个具体的实例为她和我们自己把事情搞明白。仔细想想水、油、水银这些东西，那么，你会发现它们各部分之间有一致性和关联性。除了使用极为特殊的办法处置，它们是不会失去上述这种关联性的。可是特殊的处置一旦解除，那么，它们立刻又会聚合在一起。"

"毫无疑问，"莎绿蒂赞同地说。"雨点总是汇合成江河。我们在孩提时代就曾经惊奇地玩弄水银，我们先把它分成一个个的小珠儿，然后再让它们滚到一块。"

"请允许我，"上尉补充说，"在这匆促交谈中提出一个要点，就是这种十分纯粹的、通过流动才有可能的关联，经常总是显示成圆球形态。天上掉下的雨水是圆的；关于水银珠儿，您自己已经说过了；甚至一滴下坠的熔化了的铅，如果在下坠途中有足够时间完全凝结，那么，它落到地上时也成为球形。"

"我想打断一下,"莎绿蒂说,"看我是不是理解了你的意思。正如每种事物对本身都有关联一样,那么,它与其他物体也就不能不有一种关系了。"

"而且是事不同,意也不同,"爱德华急忙接着说,"有时它们是作为朋友和熟人而相遇,于是它们迅速走到一起,互相会合,而彼此一点也没有去改变对方,就像酒和水混合起来一样。相反,其他的东西则彼此持互不通融的生疏态度,就连通过机械的混合和摩擦也决不能使它们结合起来,像油和水纵然搅和在一起,然后一眨眼又彼此分开,难以融合。"

莎绿蒂说:"我们从这简单形式中去看我们认识的人,基本如此;尤其是想到人们生活在其中的社会团体。可是与这种无生命的事物具有最大相似性的,还是世界上互相对立的人群:等级、职业、贵族与第三等级,士兵与老百姓。"

"但是,"爱德华回答,"就像用道德和法律可以使这些人协调起来一样,在我们化学世界里也有中间媒介,可以把互相排斥的东西结合起来。"

上尉插嘴说:"比如我们用碱性盐使油和水结合起来。"

"有些太快了,"莎绿蒂说,"让我能够跟得上才行。可是我们现在不是已经讲到这个'亲合'了吗?"

"说得太对了,"上尉回答,"我们立即从其全部力量和明确性上来认识它们。凡是事物碰在一起时,迅速互相吸引、互相影响的性质,我们就叫作亲合。在碱和酸方面,这种亲合表现得最充分显著,它们本是互相对立的,也许正因为互不相容,所以就最坚决地相互寻求、相互吸引、相互改变,而共同形成一种新物体。我们设想一下石灰,它对所有的酸都表现出巨大的爱好,坚决的结合兴趣。一旦我们有了化学实验室,我们就要让你目睹各种试验,这是很有趣的,而且能给您一个比语言、名称和技术用语更好的概念。"

"让我畅所欲言吧,"莎绿蒂说,"如果您把这种神奇的性质叫作亲合,那么,在我看来,它并不是血缘的相近,而是精神和感情的相近。以这种方式,的确可以在人们之间产生重要的友谊,因为相反的性质会使一种更密切的结合成为可能。于是我要耐心等待,让您使我从这些充满神秘的影响中亲眼看到一点什么。"她又转向爱德华说:"我现在再也不打搅您朗诵了,让我洗耳静听您的讲授,更好地受教。"

"你既然向我们提出问题,"爱德华回答,"其实,你也就不好轻易脱身了;错综复杂的情形本来是最有趣的,只有在这些情形下,人们才认识到亲合的程度,如较亲近、较强烈的与较疏远、较微弱的;亲合只有在促成分解时才更加吸引人。"

"真有些悲怆,"莎绿蒂大声说,"可惜现在人们在世界上经常听到,难道它也出现在生物学中吗?"

"当然啰,"爱德华回答,"这甚至是化学家特殊的光荣称号,人们管他叫分解艺术家。"

"人们再也不能这么作了,"莎绿蒂说,"这倒是挺有趣的。结合是一种更伟大的艺术,也有更伟大的功绩。在全世界的任何行业中,结合艺术家总是受欢迎的。——喏,你们既然已经点了题,就让我多了解一些情况吧。"

上尉说:"那么,把我们刚才的话。例如我们叫作石灰石的东西,本是一种纯度或多或少的石灰,与稀薄的酸密切结合,而酸则是以气体形式出现的。假使把一块石灰石投入冲淡的硫酸当中,硫酸便牢牢地抓住石灰,而与它一起变成为石膏;恰恰不同的是,那种气体状的稀薄的酸便飞逝了。这里产生了一种分离,一种新的组成,于是人们认为从现在起有理由应用亲合力这个词,因为此时这一种关系看来确实好像比另一种更合适,于是便选中这种关系而不要那种关系了。"

"请您原谅我,"莎绿蒂说,"也和我原谅自然科学家一样;不过我在这儿一点也没有看出一种选择,说是看出一种自然需要;而这也有些牵强附会;因为归根到底也许这不过是某种机会造成的。机会制造关系,正如机会制造发财一样。要是谈的是您的自然物体,那么,在我看来,选择仅仅掌握在化学家手中,是他把两种东西结合起来。但是如果它们一旦聚合在一起,我认为它们应祈求上帝宽恕已经随风飘到九霄云外!在目前情形下,我只惋惜那可怜的碳酸,因为它又到无垠的宇宙中去到处飘荡了。"

上尉回答:"问题只在于一旦碳酸同水结合成为矿泉,就可以为人的健康服务,并为病人提神。"

"石膏就不能同日而语,"莎绿蒂说,"它现在已经完成,是一种物体,受人料理,不像那个被排出的东西还会遭到困难,直到它重新得到归宿为止。"

"我一定是大大地弄错了,"爱德华微笑着说,"或者你的话里藏有小小的诡计。别再隐瞒你的鬼心眼吧!说到底,在你的眼里我是石灰石,被充当硫酸的上尉攫住了,摆脱了你那令人羡慕的社交往来,变成了耐火的石膏。"

莎绿蒂回答:"如果良心叫你做这样的观察,我也就不必担忧了。这些秘密是美好而有趣的,谁又不爱玩弄点类似的把戏呢?不过人到底比那些元素高级许多,他如果在这儿用美丽的字眼如'选择'和'亲合力'以表示慷慨大方,那么,他这样做多半是要重新回归到自己身上来,而乘此机会来考虑这样说法的价值。可惜下面的情形我见得够多了,本来两种东西的密切看起来似乎是不可分解的结合,由于第三者的偶然介入而被取消了,方才如此美妙结合中的一员被赶到十万八千里以外去了。"

"而化学家做得很公平,"爱德华说;"他们加上一个第四者,这样就没有东西空着手出去了。"

"太对了!"上尉回答;"总而言之,这种情形是极其重要和奇特的,这儿仿佛可以把吸引、亲近、离开、联合纵横交错地如实表现出来;这儿是四个东西 ——迄今是两个对两个结合的东西——发生接触,离开它们一直保持的联合而重新结合起来。在这种放弃与攫取中,在这种躲避与寻求中,人们认为确实看到了一种更高的规定;人们相信这些东西有某种要求和选择,于是便认为使用'亲合力'这个术语完全具有正确的理由。"

"您就给我具体说说吧,"莎绿蒂说。

上尉回答:"语言有些苍白无力。我已经说过了,只有等到我能够用试验来向您证实,你就会恍然大悟了。现在我不得不用讨厌的术语来请您多多原谅,这些术语恐怕不会使您产生什么想象。人们必须细看这些似乎死一般的、可是内部随时准备好活动的东西在起作用,用心关注它们怎样互相寻求、吸引、把握、破坏、纠缠、吞噬,然后从这种极密切的结合中,再以创新的、新的、出乎意料的形态出现。这样人们才相信它们有永恒的生命,甚而相信它们有知觉和理智。因为我们不大感觉得出自己的知觉,不能正确观察它们,而我们的理性也不能够充分理解它们。"

"我承认,"爱德华说,"这些稀奇的术语,对于不通过感性观察,不通过概念去与它们求得谅解的人,是难以理解的,甚而是可笑的。然而我们可以轻而易举地把这儿提到的情形暂用字母表示出来。"

"假如你可以接受的话,"上尉回答,"那么,我大约可以用符号语言来简要地概括。您设想一个 A,它与 B 紧密结合,通过许多方法和好些强力都不能使它与 B 分离;您再设想一个 C,有个 D 与 C 的关系也同样,现在您使这两对东西发生接触:可能 A 与 D 结合,C 与 B 结合,我们几乎无法证实,究竟是哪个东西先离开另外一个,哪个东西先与另外一个重新结合起来。"

"这下就对啦!"爱德华插嘴说,"等到我们把这一切都亲眼看见后,我们就可以把这个公式当作是比喻语言,将会得到一些我们可采用的经验。莎绿蒂,你代表 A,我就是你的 B,本来我只是依附于你,跟随着你,就像 B 对 A 的情形那样。这个 C 显然就是上尉,他这回把我从你那儿夺去了一些。为了避免你没有着落,就得给你寻找一个 D,这才公平,而这个 D 毫无疑问就是那个可爱的奥蒂莉姑娘,你不好再拒绝亲近她了。"

"好吧!"莎绿蒂回答;"虽然我觉得,这比喻几乎不可能与我们的关系相等,可是我仍然把这看作是一种幸运,因为我们今天同时聚会在一起,而这种自然力和亲合力加快了我们之间谈出超越自己的话。我想告诉你们的是,从今天下午起,我已经决定叫奥蒂莉到我家来,因为咱们的女管家就要回去结婚。这或许是从我这方面着想,而且是为了我的缘故;要问我为什么要这样做,你可以把信念给我们听。我不朝你读的信纸看,不过内容我当然早已知道了。你尽管读,快读吧!"她边说边抽出一封信来,把它递给爱德华。

五

女校长的来信

仁慈的太太,请原谅我今天不能写得过长。由于我们教师把去年教给学生们的课程作了公开考试后,我得将经过情况向所有家长和上级汇报。也许我的确可以写得短些,因为我可以用寥寥数语告诉你许多事情。令爱无论在哪方面都证明她是最优秀的。附寄的证件,她的亲笔信,信里有她对获得奖励的说明,同时也表达了她对于这样顺利地取得成功所感到的高兴,你肯定会对这些心安,甚而使您喜悦。至于我的喜悦,因为如下原因而减少了几分,因为我预见到,我们再也不能长久挽留一个如此拔尖的女士在学校里了。我在此暂向太太告别,请允许我不久公开我的思想,就是我怎样看待她的进步。关于奥蒂莉的情况,有我那位友好的助教给您写信。

助教的来信

我们尊敬的女校长让我来写有关奥蒂莉的情况,一方面她由于平常的思想习惯,不愿汇报那些难堪的事情,另一方面她本人还需要请求原谅,所以不如让我来说。

我非常了解,善良的奥蒂莉多么不善于表达她心里的想法以及她能够做些什么,因此考试前我还曾担心过她,尤其是这次考试事前根本没法准备,即使按照平常的方式来准备,奥蒂莉也来不及了。结果确实证明了我担心得有道理:她没有得奖,属于没有领到文凭的一类。我已经无话可说了。在书法上,别人写不出她写得那么匀称的字母,不过笔锋却比她的自由得多;在数学上,所有的人都做得比她快些,碰到困难题目,她原本可以解答得好些,可是在测验时就不行了。在法语课上,她的自由会话和文字解说超过好些人;在历史课上,她不能迅速说出事件和背景;在地理课上,她忽略了对政治划分的注意。她对那少数几支朴素曲调的音乐演唱,既跟不上节奏,同时又紧张。在图画课上,她原本可以得奖:她的画轮廓清晰,描绘细致,颇有才华。可惜的是她所选的题材过大,结果完成不了。

等到学生们下场以后,负责考试的人员聚在一起开会讨论,这时我们教师至少可以交交心了,然而很久也没人提到令爱,一提到她,不是责难,就是漠不关心。我希望对她的为人来一次评证,以唤起一些人对她的好感,于是我以加倍的热情发言。首先,我觉得应该去谈一谈,其次,因为我近年来跟她有些同病相怜。人们注意地听我讲,然而直到我谈完,主考官用和气的简短语气对我说:"才能是前提,学生们应当学到本事才行,这就是教育的目的,这就是家长和教育部门的期望,也是不声不响的、半自觉的孩子们的意图。这是考试的目的,同时也是对教师和学生的评判。从您对我们的一些情况我们汲取了对这个孩子的良好希望,而您是应该值得赞美的,因为您仔细注意到了学生们的才能。如果您在一年以后把这类才能变成实际本领,那么,褒扬的奥蒂莉就会赢得赞誉。"

对于将来会发生什么,我任其自然。可是不久又发生了一件使我担心的更糟糕的事情。我们善良的女校长就像一位恪尽职守的牧人一样,不愿眼见她的羔羊群中失去一只羔羊而不管,即使这种情况下,她不愿看见一个不加修饰的人儿,当那些先生离开以后,她无法控制内心的不满,于是她去找奥蒂莉,这时其他同学正在庆贺自己得奖,而奥蒂莉却安详地站在窗边。女校长说:"上帝,您得告诉我,一个本来并不愚蠢的人怎么着上去竟会这么愚蠢?"奥蒂莉镇定自若地回答:"请原谅,亲爱的母亲,我怎么也没想到我的头又疼了,而且相当厉害。"——"这点别人无法知道呀!"这位平常富于同情的女士回答,一边不满意地转过身去。

好啦,的确不错,没有人会知道她有病;奥蒂莉总是神态自若,我甚至没有瞧见她伸手去摸过一次脑门。

这还不是一切。仁慈的太太,您的千金小姐平常是又活泼又直爽的,她在今天胜利的欢乐中却显得又放纵又傲慢。她拿着获奖证书和凭证在房间里四下蹦跳,而且还对着奥蒂莉的脸挥动。"你今天可倒霉了!"她大声嚷嚷。奥蒂莉十分镇静地回答:"这还不是最后的考试日子呢。"——"可是你总是最后一名!"小姐大声说,然后就跑开了。

奥蒂莉在其他任何人面前都显得镇定自若,只有在我面前就判若两人了。她尽力控制一种内心不安的激动,她的神态已让我看出来。有一会儿她左颊发红,而右颊却显得苍白。我发现这种现象,就渐渐勾起了我对她的同情。我把女校长单独找到一边,同她认真地谈起这件事情。这位令人尊敬的女士看出了自己的错误。我们反复商讨了许久,我也不会扯得太远,我想向太太直接谈出我们的决定和请求:请您把奥蒂莉召回到自己身边去一些时间。至于理由,最好是由您自己去推想。如果您决定这么做,那我就多谈一些怎样对待这个好心的孩子。据我们经验总结,令爱一旦离开我们,我们就会瞧见奥蒂莉愉快地回到学校来。

这儿还要提到一点,等一会儿也许我会忘记的:我从未瞧见奥人向她提出的要求。要是她拒绝的话,那么,她的表情对于那个察觉到她的心意的人是无法抗拒的。她紧握一双纤手,朝上举起,按着胸口,身子微微前俯,用这样的目光对着那位迫切请求的人,就会让他宁愿放弃一切要求或愿望。仁慈的太太,不管您什么时候瞧见这种表情,——在您的照顾之下是不大可能出现的——就请您想着我的话,怜惜奥蒂莉吧。

爱德华把两封信都念了出来,不禁含着微笑,摇了摇头。这时自然也免不了对人和对事情状况发表一些意见。

"够了!"爱德华终于大声地说出,"已经决定了,让她来吧! 亲爱的,我会为此付出一切的,我们现在也可以把我们的计划摊出来。我非常需要迁到上尉住的那边右厢房去。从这以后,无论早晚随时都可以在一起工作。与此相同,你在那边和奥蒂莉住在最漂亮的房间里。"

莎绿蒂表示同意,爱德华幻想着他们将来的生活。他在谈话当中大声说:"侄女有一点儿左偏头痛,倒是挺有意思的;我有时患右偏头痛。两样病碰在一起时,我们面对面坐着,我撑着右肘,她撑着左肘,手托着脑袋朝向两个方向,这样必然会拍出好些十分有趣的对照。"

上尉觉得这有些令人忧虑;可爱德华却大声说:"亲爱的朋友,你要对 D 特别当心啊! 现在叫 B 怎么办呢,如果 C 从它身边被夺走了?"

"喏,我却在想,"莎绿蒂回答,"这是谁都懂的呀。"

"自然啰,"爱德华大声说,"它回到它的 A 身边来,回到它最后的归宿地方,"他边说边跳起来,把莎绿蒂紧紧抱在怀里。

六

奥蒂莉到了。莎绿蒂迎上前去;可爱的女孩急忙向她跑来,扑在她的脚下,抱着她的膝部。

"为什么这么自卑!"莎绿蒂说,显得有点儿困窘,打算拉她起来。——"这不是什么自卑呀,"奥蒂莉回答,仍然保持着原来的姿势,"我又回到了从前,那时候我还比不上您的膝头高,却已经得到了您的怜爱。"

她站起来,莎绿蒂热情地拥抱她。她被介绍给先生们,立即被当作特别尊重的客人来对待。爱美之心乃男人天性。她显得对一些谈话颇为关注,自己却连一句也不插入。

第二天早晨,爱德华向莎绿蒂说:"她是一位招人怜爱的、会说话的姑娘。"

"会说话吗?"莎绿蒂带着微笑说,"可是她压根儿就没开过口呀。"

"是吗?"爱德华回答,似乎在思索什么,"真是妙不可言!"

莎绿蒂对新来的人只略微示意,需要如何处理家务。奥蒂莉一下子理会所有的安排,或者更确切地说,她感觉出了这一切。她轻而易举地明白应当怎样照顾所有的人,尤其是个别的人;一切都做得准时准点。她懂得安排,决不对人发号施令,要是有人耽误了家务,她立刻亲自前去料理。

她一旦明白自己还剩下多少时间,就请求莎绿蒂允许她自行支配自己的时间,她对每分每秒都精打细算。她按照自订的时间表工作,莎绿蒂对她的工作方式曾经从学校的助教口里得到过汇报。别人都不干预,听她自由安排。只有莎绿蒂时而试着鼓励她。莎绿蒂有时把写秃的笔悄悄塞给她,有意让她笔锋放松一些,可是不久这些笔又被她削尖了。

两人商量后决定,只要她们两人在一起的时候,就用法语谈心;由于奥蒂莉用外语说话更健谈一些,于是莎绿蒂就坚持把法语练习当作必修课。这时奥蒂莉说得比她似乎想要说得多。特别是莎绿蒂偶然听她详细而又具体地描述了整个寄宿学校,觉得很高兴。奥蒂莉成了她的一个社交伴侣,莎绿蒂希望有朝一日奥蒂莉会成为她可靠的女友。

在这段时间里,莎绿蒂又把与奥蒂莉有关的旧书信寻找出来,让自己再了解一下,究竟女校长对这善良的女孩做了些什么评定,助教又做了些什么评定,然后把这些和她本人比较一番。莎绿蒂认为与自己一起生活的人,越早认识他们的性格越好,这样才能知道,可以从他们身上期待些什么,可以把他们培养成什么,或者什么是要永远承认他们和原谅他们的。

她在这次翻阅中虽然没有发现什么新东西,但是某些已知的事情对她却显得重要、更惹人注目。例如奥蒂莉在饮食上的节制她十分担心。

妇女们最最关心的莫过于衣着。莎绿蒂要求奥蒂莉穿得更华丽些,更考究些。这位善良的、勤快的女孩,很快拿出别人送的衣料拿来裁剪,只需别人稍微协助,她就做得又快又好,非常适合自己的窈窕身材。崭新的时装使她的体态更美。因为一个人的内在美一旦通过外形表现出来,就会使人刮目相看,如果她自身的品质使新的环境受到感染,她就更加显得仪态万千了。

因此,她开始越来越成为男子们心目中唯一的欢乐——请允许我们用这个恰当的名称吧。如果绿宝石以它光彩耀人而使人赏心悦目,甚而对这高贵的本能产生一些疗效,那么,人的美貌就会以更大的力量影响人们的外部和内部的感官。凡是看见她的人,都会烦恼顿失,觉得与自身和世界协调一致了。

可以这么讲,府邸里的人由于奥蒂莉的到来在好些方面都与以前大相径庭。爱德华和上尉这两位朋友更加有规则地遵守碰头的时间,有时分秒不差。无论是吃饭、喝茶还是散步,他们都不让别人久等。尤其是晚上,他们从不急于离开座位。莎绿蒂已经察觉到了这点,眼睛从不放过他们两人。她试图追究出来,两人当中哪一个是带头人,然而她却失败了。两人都显得善于交际了。他们在谈话当中似乎在考虑,什么东西才会引起奥蒂莉的兴趣,什么才适合于她的理解和其他的知识。在读书和讲述的时候,他们会突然中断片刻,等候她回来后再继续下去。他们变得越来越殷勤,越来越爱倾吐心里的话了。

奥蒂莉为了感激这种好意,家务干得更加勤快。她对这个家、这些人和各种关系认识得愈清楚,就愈热心地帮助干活,对每道眼光,每个动作,每一句话,每一点声响的理解就愈迅速。她平静地注意着,就像她始终那么沉静、敏捷一样。比如她坐下,站起,出去,进来,取物,送物,再坐下,让人感觉不到有任何的急促,总是不停地变换,总是不知疲倦地活动着。还有一点,她走起路来飘飘然,她的举止总是那样轻盈。

奥蒂莉这种颇有礼貌的服务态度,使得莎绿蒂非常高兴。她觉得只有一点不大满意,这点她向奥蒂莉直抒胸臆。有一天,她对奥蒂莉说:"在值得赞美的种种注意当中,要注意到迅速鞠躬,要是有人手里掉下什么东西,就要赶紧拾起来。这么一来,我们向他承认自己同样负有服务的义务;不过,在比较重要的场合中,我们就要考虑,对什么人表示谦恭。对待妇女,我不愿给你定什么规则。你还年轻。对身份较高、年龄较长的人来说,服务是应该的;对和你同辈的人来说,是殷勤的;对年纪较轻、身份较低的人来说,则显得是仁慈和善良的;不过一个女人如果同样向男人们表示恭顺和服从就太没有道理了。"

"我一定要逐步改变这一点,"奥蒂莉回答。"假如您不觉得我笨的话,我就告诉您,我为什么会这样做的。我上过历史课;我除了认为必要记的而外,记下的东西并不多。因为我不知道,这些东西会有什么用。只有个别事件给我留下深刻的印象,例如下面的故事:

"英王查理一世站在所谓的审判官面前受审时,他手上拿的拐杖的黄金杖头掉了下来。按照往常习惯,人们遇到这种机会总是争先恐后地去伺候他,这时他向四周看看,似乎期待着这次也有人给他尽这点小小的服务。可是谁也没有动,于是他只好自己俯下身去,把杖头拾起来。我感到十分不好受,我也不知怎的,从那一瞬间起,我看见有人手里掉下东西,就控制不住地俯下身去。但这么做并不常常是得体的,而我却不能总谈那个例子,"她笑微微地接着说,"将来我一定更多地克制自己。"

在这期间,使两位朋友感到责无旁贷的适当安排正在继续进行。是的,他们大天都发现有新的理由要考虑和着手去做一些什么。

有一天,他们经过一个村庄,很扫兴地发现这儿在整齐和清洁上落后于其他的村庄,那些村庄的居民由于地皮宝贵非常重视整齐和清洁。

上尉说:"不知你能否记得,我们在瑞士旅行时曾经有过一个想法,要真正美化一所乡间的花园,就得把一座适当的村庄模仿瑞士的那种整齐和清洁,而不是仿照它的建筑样式来布置,只有如此才会大大促进人们去利用它。"

爱德华回答:"我看这里一样行得通。府邸的山坡沿着突出的一角延伸下去,村庄相当有规则地建筑在对面那个呈半圆形的地面上。有条小溪从村子中间流过,溪水上涨时,有人用石头,有人用木桩,还有人用横梁,而其他的街坊甚至用厚木板来防堵,各扫门前雪,结果损人又害己。于是道路变得坎坷难走,时而向上,时而向下,时而穿过河水,时而越过石头。假如大伙心往一处使,那么,用不着多大花费,就可以在这半圆形地面上建起一堵墙,把道路向后移到房屋旁边的高处,这样就会形成一块非常漂亮的地方,可以保持清洁,如果加大力度,就会把所有那些琐碎而不中用的东西一下子全排除掉。"

"让我们来试试吧,"上尉说,同时用眼睛打量一下地形,迅速做出了判断。

爱德华回答:"我不愿意同那些市民和农民打交道,除非我能够直截了当地命令他们。"

"我也这么认为,"上尉回答,"这类事情在生活当中惹过许多烦恼。要劝说人们正确权衡得失,使他明白要获得利益必须做出牺牲,真是太难了!要使人想通想达到目的而不用鄙弃手段,这又有多难!许多人甚而混淆了手段与目的,欣赏那个而不注意这个。每种祸害应当在它一出现时就立即根治,而人们往往不考虑它的起源,也不追究它将会产生什么影响,所以很难商议,特别是同那些老百姓,他们在日常生活中完全通情达理,然而眼光往往只看到明天。现在甚而出现了这种情况:在公共设施中,这个人有所得,那个人就必然有所失,如果这样斤斤计较下去,是不会有结果的。所有一切属于公共的善事,必须通过无限制的最高权威来促成。"

正在他俩说话的时候,有个人向他们乞讨,这个人的举止与其说是贫困,不如说是无礼。爱德华因为话头被打断,对他非常不满,好几次冷静地拒斥对方都无效,于是就破口骂了起来。可是这家伙毫不示弱,甚而和他对骂起来,慢慢跨着小步离开。他坚持乞丐的准则,认为人们可以拒绝施舍,但不许侮辱他,因为乞丐也和其他人一样,受到神和官方的保护,这一下使爱德华完全失去理性。

上尉安慰他说:"让我们把这个偶然事件当作一次挑战吧,我们的乡区警察也应当来管管他们。施舍倒是应该的,不过要做得更妥善些,不要亲手给予,尤其是在家里。因此一切事情都得有分寸和统一,包括做好事。过于慷慨的捐赠,非但打发不走乞丐,反而招来更多;相反,只有在旅行途中,或匆匆路过街头碰到一个穷人时,我们偶然大发慈悲,向他抛掷出乎意外的捐赠,这样才有意思。就村庄和府邸的地形来看,搞这样的慈善机构对我们来说是轻而易举的,对此我早就考虑过了。

"村东头有一家客店,西边住着一对善良的老人;你在这两个地方都投下一小笔钱。不光是来到村里的人,从村里出去的人也要得到一点儿好处才行。因为那两所房屋都在道路旁边,而道路通向府邸,那么,涉及捐赠赐予,也得让两处都沾光。"

"来吧,"爱德华说,"我们应该拍板定下;至于详情细节,以后随时再作补充。"

于是他们到客店去,又到老夫妇俩的家去,就这样把事办完了。

"我非常赞成,"爱德华说,这时他们又一起登上府邸的山坡,"世界上一切事情都靠聪明的想法和坚定的决心。比如你非常独到地评价了我太太的园亭设置,同时也给了我改正的信号,我应该坦白,我已经把这点告诉了她。"

"这我料想到了,"上尉回答,"但是我不同意你的做法。你把她弄糊涂了。她把一切事情都放下来,和我们在这唯一的事情上赌气。因为她不再谈这事了,不再邀请我们去苔藓小屋,只在间歇时间同奥蒂莉一起上去。"

"这倒没什么可怕的,"爱德华回答,"只要我认为某种好的事情,而且这是能够而且应当实现的,那么我就不会放弃,非办到不可。我们平常也有足够的聪明来搞点创新。晚上谈话就以描写英国花园的铜版画为主题,然后就是您的庄园图。一开始必须使它成为问题,就像开玩笑一般地讨论,接下来就轮到正经事情了。"

这次约定以后,图册给摊开了,每次都看到绘制出来的地区平面图及最初的自然状态中的粗略风景画,翻到另一页上,就看到已经做过的改动,这些改动是经过艺术加工的,目的是要利用现存的产业并提高其价值。由此便很容易把这份产业及其环境按照自己的意愿去建设,搞出一些别具特色的东西来。

自从那时候,把上尉起草的图纸作为基础,已经是件令人愉快的工作,但是人们总不能完全摆脱莎绿蒂开始工作时所依据的最初设想。不过他们新开辟一条更容易通往高地去的上坡路;他们打算靠着山坡,在令人惬意的矮树丛前向上修建一座游乐亭台,这亭台要与府邸遥遥相对,从府邸窗口可以仰望亭台,从亭台又可以俯瞰府邸和花园。

上尉把这一切都计划和测量好了,接着又提起那条村道,溪边那堵墙及那项填

塞工作。他说:"我修建一条到高地去的便道,可开采出许多石头,这些石头可用来
修那堵墙。如果能把此事与建游乐亭放在一起干,两者就可以更省钱、更迅速地实
现了。"

莎绿蒂说:"可是我现在担忧的是,这肯定会令已经决定的事中止;一旦知道这
种设施需要多少钱,就得按时分配,纵然不是按周,至少也得按月计算。现金受我
的支配;我照单据付款,自己记账。"

"好像你很不信任我们,"爱德华说。

"在任意专断的事情上不大相信,"莎绿蒂说。"我们比你们在这方面会更理
智一些。"

一切都安排妥当,工作马上开始了。上尉一直在场。从现在起,莎绿蒂几乎天
天都是他那认真而又明确的思想方法的证人。他也更加了解了她,这样就很容易
使两人齐心协力作成事情。

办事情和跳舞一样:步伐一致的人,必然是互相之间不可缺少的;相互之间的
好感也必然由此产生。莎绿蒂进一步认识上尉以后,已经对他产生了好感,下面的
可靠例子便可以证实这一点:她曾在最初的布置中特别挑选出一个休息地方加以
装饰,可是这与上尉的意图相违背,于是她镇静地让人把它完全毁掉,却没有一点
点失落的感觉。

七

由于莎绿蒂和上尉在工作上的共同合作,结果使得爱德华有足够的时间和奥
蒂莉结伴。已经很久了,他心里就已经对她产生了一种隐秘的、友好的爱慕。她对
任何人都显得又殷勤又和善;要说她对他最好,好像有点自作多情。不过有一点是
不能否定的:他爱吃什么东西,以及爱吃到什么程度,她观察得非常仔细;他平常喝
茶习惯加多少糖,以及诸如此类的情形,都逃不过她的眼睛。她特别小心防止穿堂
风,因为爱德华对风过分敏感,太太又很喜欢风凉,所以夫妇俩有时陷入矛盾。奥
蒂莉也同样熟悉苗圃和花园里的情形。凡是爱德华希望有的东西,她就设法促成;

凡是他不耐烦的事情,她就设法防止,如此一段时间她已成了他不可缺少的和善的保护神,他已经有这种感觉了,奥蒂莉不在场就会感到无聊。此外还要加上一点:只有他们两人在一起时,她才显得健谈和开朗一些。

爱德华虽然年纪不轻,但身上始终保持着几分孩子气,这点特别适合奥蒂莉这样的青年。他们爱回忆过去彼此见面的时刻;他们的回忆一直追溯到爱德华爱慕莎绿蒂的最初时期。奥蒂莉还想起他们俩是一对最漂亮的宫廷配偶;爱德华不相信她记忆力会那样的好,她还说过有件事情完全像在眼前一样:有一次他跨进屋来,她躲在莎绿蒂的怀里,不是由于羞怯,而是出于儿童般的惊奇。她本来是可以坐在那儿不动的,因为他给了她那么鲜明的印象,使她非常兴奋。

这样一来,两位男朋友以前共同运作的一些事务,在一定程度上停顿了,于是他们认为应该再作一次大概的了解,拟一些草案,写点信。因此他们回到自己的办公室,发现老抄写员呆得很无聊。他们开始工作,马上就给他事干,可是无意中,把平常惯于自己办理的事情也压在那人头上了。上尉没有立即完成第一次草案,爱德华也没有立即写好第一封信。他们在构思和改写上折腾了一些时间,爱德华进展得最慢,他终于忍不住问什么时候了。

事也凑巧,上尉竟忘了给他那块有秒针的计时表上发条,以前从未有过这样的事;他们不是感觉到,而是预料到,时间对他们来说,好像已经淡漠了。

当男人们的干劲有些减弱的时候,妇女们的积极性却在增强。一般说来,一个由固定成员和必然环境组成的家庭,有习惯的生活方式,它像一个容器那样,包容不一般的爱慕和正在形成的热情,这种情形可以保持相当一段时间,直到那些新的掺和物明显地发酵,泡沫溢出容器的边缘为止。

在我们几位朋友这儿,相互之间产生的爱慕正在起着最使人愉快的作用。心情开朗了,从特殊的善意产生出普遍的善意。每个人都感到自己幸福,同时也给予别人以幸福。

这样的事使人心旷神怡,从而提高思想,凡是他们所做的和打算做的一切事情,都有一个明确的方向,而不是无从下手。朋友们再也不把自己束缚在屋子里。

他们散步的范围逐渐扩大,这时爱德华同奥蒂莉一起赶在前头,走些小路,开辟道路,而上尉和莎绿蒂则进行着重要的交谈,注意一些新发现的地方和出乎意料的景色,沿着快步走在前面的那两个人的足迹从容地往前走。

有一天,他们穿过府邸右翼的大门,向下散步到客店,跨过桥,朝着水塘走去,然后沿着水塘一直往前走,仿佛饮水思源所走的路程。水塘的堤岸被灌木丛生的丘陵和山岩所包围,前面已没有路了。

过去爱德华曾经徒步打猎,熟识这一地带,便偕同奥蒂莉在一条荒无人迹的小路上向前迈进,他大概知道,掩藏在山岩间的旧磨坊离此不远了。可是这条人迹稀少的野径不久就消失不见了,他们在这前无村后无店的树丛岩石中迷了路,不过没过多久,磨坊的磨轮发出的嘎嘎声告诉他们,他们有希望找到归路了。

他们向前攀上危岩,发现岩底那所奇特的黑色老木屋就在面前,给悬崖峭壁和高大树木的阴影遮着了。他们决定干脆从苔藓和岩石上走下去。爱德华走在前头;他抬眼望去,奥蒂莉迈着轻盈的步伐,面无惧色,在极其美妙的平衡姿态中,跟在他身后跨过一块又一块石头;他越来越觉得看见的是一位仙女在他头上飘浮。当她在走到不安全的地方时,便抓着他援助的手,甚而支撑着他的肩头,他内心狂热,这是他接触到的最温柔的女性。他几乎希望她绊一跤,滑下去,让他可以把她拥抱在怀里,紧贴在自己胸口上。但他又迷茫,他说什么也不能这么做,原因不仅是一个:他生怕她受侮辱,更怕她受伤害。

这意味着什么,我们立刻就会知道。他走下来后,他们便来到大树下的乡村桌子边相对而坐。这时善良的磨坊主妇去拿牛奶,好客的磨坊主人前去迎接莎绿蒂和上尉。爱德华迟疑了一下开口说:

"亲爱的奥蒂莉,我有一个请求:你得宽恕我,不原谅也无所谓。请您不必隐瞒,其实也大可不必,您在衣服里面贴胸带着一个小画像,这是您的父亲、那位勇敢男子的肖像吧,您大概对他还不太了解,但是我已经感受到他在您的心里占有一定的地位。也许我有些鲁莽:肖像大而笨拙,这种金属和玻璃使我不寒而栗,如果您把一个孩子高举起来,或者把什么东西抱在怀里,或者马车摇晃,或者我们挤过树丛,就像现在我们从岩石上走下来,我都会担心。我觉得这种可能性是可怕的,一次意外的碰撞、滑倒、接触,都可能使您受到损伤和危害。为了我的缘故,请您摘掉这肖像吧,不是从您的记忆中,也不是从您的房间里去掉它;当然,您尽可以把您屋子里最美好、最神圣的地方献给它,把它从胸口上拿走,我接近它就觉得危险,也许是由于过分胆怯吧。"

奥蒂莉考虑了一下,爱德华说话时,她眼睛一直注视着前方;然后她既不慌忙,也不犹豫,目光对着天空甚于对着爱德华,解开链条,摘下肖像,紧紧在额头上按了一下,把它递给爱德华,说了下面几句话:"在我们回家以前,请您替我保存好,我不能更好地向您证明,您对我的友好关怀让我感到无比的荣幸。"

爱德华不敢用嘴去吻奥蒂莉,但是他握着她的手,把它按在自己眼睛上。也许这是两双最美丽的手握在一起。对他来说,好像心上一块石头落地,好像他与奥蒂莉之间的一道隔墙给拆除了。

莎绿蒂和上尉在磨坊主人的带领下,从一条便路走下来。他们互相问候,觉得心胸开阔而顺畅。他们不愿从原路回去。爱德华建议走小溪那儿的一条岩边小路,经过努力走完那段路后,又可以从那儿看见水塘。这时他们漫步穿过花样翻新的树丛,向田野望去,发现好些村落、空地、牛奶场以及它们四周的碧绿而肥沃的地带;最先让人耳目一新的是一所附属庄园,它静悄悄地位于高地的树丛中间。在这片缓缓上升的高地上,无论从哪个角度,都极其美妙地显示出这地方无比的富饶。有一片小树林更让人有情调,从林中走出来,就到了府邸对面的那块岩石上。

他们不经意地走到这里以后,实在是兴奋异常。他们仿佛找到了世外桃源;他们立足在新建筑将要矗立的地方,又望见他们住房的窗口。

他们朝着苔藓小屋走下去,终于第一次人共聚此屋。没有什么比一致表示出来的愿望更自然了,今天他们缓慢而历经困难所走过的道路,应该有所改变,另行铺设一下,以便人们结伴同行,逍遥自在地在新路上漫步。每人都提出了建议,他们计划如此耗时又吃力的路,必须好好开辟,这样在一小时内即可回到府邸。他们设想在磨坊下面溪水流入水塘的地方架设一座桥,这样就可以缩短路程而且美化风景。莎绿蒂把这种带有发明性的想象力中止了,她提醒他们要考虑实施此工程所需要的费用。

"我倒有个主意,"爱德华回答。"森林里那所附属庄园,表面上很好,但收益却少,我们可把它出让,将所得的资金用在兴建上面。如此,我们可以轻松愉快地在散步途中享受稳妥投资的利益,因为我们迄今为止年终结算时只得到可怜的收入,费用十分不足。"

莎绿蒂本人作为好管家,没法太坚决的反对。这件事情以前就谈论过。现在上尉打算有计划地在森林里的农民当中分让地皮;爱德华却想办得简便一些。现在已经提出申请的佃户可以获得地皮,而且分期付款,他们也想逐段地分期从事有计划的兴建。

如此合理而适度的设施,必然得到一致赞同,大伙都沉浸在想象中,仿佛看见了蜿蜒的新路,同时希望在沿路和附近能找到极其舒适的休息和瞭望风景的地方。

为了把一切在细节上想象得更具体一些,当天晚上他们就在家里摊开了新地图,在地图上寻求当日的路程,看是不是在某些地方还可以修建得更有利些。他们对以前所有的主张再一次做了详细的讨论,又把新观点相对照,仍然赞成把新屋的地点定在府邸对面,环行道路到那儿终止。

奥蒂莉对这一切默不作声,最后爱德华把一直放在莎绿蒂面前的计划,移到奥蒂莉面前,让她谈谈见解,她迟疑了片刻,爱德华热情地支持她,不要默而不言,说错了也没关系,一切都还在完善之中。

"在我眼中,"奥蒂莉说话时用指头指着高地的最高处,"我就把房屋建筑到这儿来。这儿虽然瞧不见府邸,给小树林遮住了,但是我们在这儿宛如置身在另外一个新天地中,同时村落和住房都隐藏不露。向水塘,磨坊,高地,山岭和田野望去,真是风景无限,我在路过时就注意到了。"

"她说得没错!"爱德华大声说,"为什么我们偏偏就想不到这点呢?你就是这么想的吧,是不是,奥蒂莉?"他拿起一支铅笔在地图上的高地上面重重地划一个粗糙的长方四边形。

上尉心里感到很不满意，因为他实在不愿意看见有人在这细心划好的洁净图案上任意涂抹；可是他只稍微生了一点儿气以后，就仔细考虑了一下，觉得很有道理。"奥蒂莉说得对，"他说；"难道我们不喜爱做一次远游，去喝咖啡，去享受鱼肉吗？在家里吃，就没有野味了。我们要求变点花样，搞点新鲜玩意儿。先辈聪明地把府邸建到这儿来，因为这儿避风，生活十分方便；但是，如果建造房屋多半用于朋友聚会，而不是用于平常居住，那么，这个地点是最佳位置，因为在美好季节中，人们可以在那儿过一段舒服美满的时光。"

这件事情进行得更加顺利，爱德华掩饰不住自己这份得意神情，因为奥蒂莉居然有这种想法。他对此感到十分自豪，仿佛这是他的发明。

八

第二天，上尉清晨上路察看了一下地形，他先起草了一个粗略的图纸，大伙儿觉得没什么问题，他又起草了一个详细的平面图并注明预算以及一切必要的东西。至于应有的准备也不缺少。出卖附属庄园的事务也开始运作了。男子们又找到共同活动的理由了。上尉建议爱德华，利用奠基典礼来庆祝莎绿蒂的生日，表示大家的礼貌与心意。他没有多费唇舌，爱德华就表示同意：因为他很快就想起，不久奥蒂莉的生日也将会以如此隆重的方式来庆贺。

莎绿蒂觉得新的设计以及将要实现的事情是重要的、严肃的，甚而是存在很多问题的，于是她私下再一次把预算、时间和款项分配审核了一遍。白天他们大都不能见面，于是晚上的急迫就显现出来。

一段时间以来，奥蒂莉已经完全成了家务上的女主人，就她那文静和稳慎的态度来说，也是势所必然的。她的整个气质更多地倾向于家庭内部的琐碎事务，而不是倾向于外界或者户外生活，不久爱德华就觉察出来了：原来她仅仅是为了应酬才和他们一起到附近地方去，也仅仅是出于社交上的义务，晚上才在外面逗留得久些，就是这样，有时她也寻找做家务的借口以便再回家去。因此，他重新对散步做了这样的安排，夕阳西下前结束散步，然后又重新开始朗诵久已搁下的诗歌，特别是在朗诵时能够表现出纯洁而又热情洋溢的诗歌的韵味。

平常他们晚上总是围着一张小桌,坐在各自习惯的位子上:莎绿蒂坐在沙发上,奥蒂莉坐在莎绿蒂对面的靠椅上,男子们坐在她们的两边。奥蒂莉坐在爱德华的右首,他念诵时把灯光向右推。奥蒂莉也把身子向书那面靠近。因为她相信自己的眼睛强过别人的嘴;爱德华同样把身体凑上去,想让奥蒂莉感到舒适;有时,他甚而把停顿的时间拖得比必要的时间更长些,以便她跟着读完一页后,再翻过去。

莎绿蒂和上尉看得十分明白,有时两人相对微微一笑;然而有一种神情让他俩感到惊讶:奥蒂莉不时露出隐隐约约的爱慕之情。

有一天晚上,他们的预定生活被不受欢迎的访者耽误了部分时间,客人走后,爱德华让大伙儿先别走。他忽然兴起要吹笛子,这已经好久都没有排在家常活动的日程上了。莎绿蒂寻找奏鸣乐谱,这是他们常常一块儿演奏用的,可是却发现找不到它,奥蒂莉踌躇了一会儿,说乐谱是她带到她的房间里去了。

"您愿意用钢琴给我伴奏吗?"爱德华大声问,眼里闪耀着喜悦的光辉。——"我想,"奥蒂莉回答,"我大概没问题。"她回房拿来乐谱,把它放在琴上。旁边的人注意地听着,他们很惊讶:奥蒂莉居然私下把乐谱记得这么完整,然而更令人惊讶的是,她如此的懂得配合适应爱德华的吹奏。说"懂得适应"还不够恰当。平常演奏是依靠莎绿蒂娴熟的技巧和自由发挥,为了照顾跟不上调的丈夫,她常常在这里暂停一下,在那里又跟上节奏。奥蒂莉只不过听他们夫妇演奏过几次奏鸣曲,就在心里默默地记住了,怎样使爱德华与她合奏。她使他的缺点也成为她自己的缺点,从而产生出一首顺畅的曲子,虽然进行得不合节拍,可是听来却无比的舒适和惬意。如果作曲家见到他们如此歪曲他的曲子,大概也会对此感到欣然自得吧!

上尉和莎绿蒂也相顾无言地注视着这桩奇特的、令人震惊的事情,他们有一种感觉:就像人们在观察幼稚的行动时,常常害怕出现糟糕的结局,而不能表示赞成,但也不便责骂,也许甚而还会去羡慕。其实他们两人彼此的爱慕心情也同样在滋长,因为他们两人更加认真,对本身更加自信,更能控制自己,也许这样就更加危险。

上尉开始觉得，有一种力量使他不得不去受莎绿蒂吸引。他极力掩饰着自己，避开莎绿蒂常来找他询问设计的时间，他清晨整理好生活然后回到府邸右边去工作。最初几天，莎绿蒂还以为是偶然的，她到各处他可能去的地方寻找他；后来她洞察了一切，更加对他有好感。

如今，上尉虽然避免同莎绿蒂单独在一起，然而却更热心地从事和加快建筑，以便迎接即将到来的盛大生日庆典。他从下到上，绕过村庄后面，开辟了一条方便道路。他声称是去采石料，于是也从上而下工作，把一切都安排和计算好，要到生日的最后夜晚，让两条小路贯通。上面新屋的地下室刚刚动工，还没有挖好，一块具有隔层和盖板的漂亮基石已经雕凿好了。

外部的活动，掩饰不住的爱意，加上内心或多或少被压制的感情，使他们的娱乐活动有些乏味。这样爱德华便觉得缺了点什么。有一个晚上，他叫上尉把小提琴拿出来，为莎绿蒂的钢琴伴奏。上尉无法拒绝大家的要求，于是他们两人带着敏感、愉快而自由的心情，演奏了最难的一段乐曲，使得他们和旁听的一对人儿都得到了空前的满足。他们约好以后经常进行这样的演奏，并经常在一起练习。

"他们演奏得非常成功，奥蒂莉！"爱德华说，"我们赞赏他们，但是我们也要加倍努力。"

九

莎绿蒂的生日终于来到了，所有的工程也已完工。环绕村路的围墙已全部筑好，阻挡溪水的路面已填高，同样，从教堂旁边经过的路也修好了，有一段路与莎绿蒂铺设的小径连接在一起，然后向上盘绕山岩，使苔藓小屋处于它的左上角，再经过一个大转弯，苔藓小屋又出现在右下方位，就这样逐渐达到高地。

当天宾客满座。到教堂去的人，可以碰上身着节日盛装的教区居民聚会在一起。做过礼拜以后，男童、少年和成年男子列队成行，率先前行；接着是绅士们及其亲友和侍从；女孩、少女和妇女们殿后。

在道路转弯处，设有加高的岩石场地；上尉让莎绿蒂和客人们在那儿稍微驻足。他们从这儿俯瞰整条道路以及一一经过的向上前进的男队与跟随在后的妇女们。在这如此晴朗的天里,真是显得蔚为壮观。莎绿蒂感到感动万分,热情地握着上尉的手。

前行的队伍后面人们缓步跟随,大伙儿已围着未来的房屋地盘形成一圈。建筑物主人,他的亲属及尊贵的客人们都受到邀请,走到底层来,这里奠基石靠在一边,正要准备往下放。一位穿着整齐的泥水匠,一手拿泥刀,一手拿锤,说着事先熟背的优雅演说,可惜我们只能用散文不够完美地复述一遍。

他开始发言:"一座建筑物要注意三件事情:地点正确,地基扎实,施工完善。第一件应该是房屋主人的事,比如在城里只有公侯和市政区才可以决定在那儿建筑,那么,在乡下这就是地主的特权,他说,我的房屋应当建在这里,而不是任何其他地方。"

爱德华和奥蒂莉尽管面对面站得很近,在听这番话时,彼此却不敢互看一眼。

"第三件事,完成施工,几乎每个行业都很注重,不错,只有那些少数不参加工作的行业是例外。这第二件事,奠基,这是泥水匠的事情,而且,我们可以这样讲出来,这是整个事业的主要部分。这是一桩非常重要的工作,而我们的邀请也是郑重的:因为这番庆祝是在底层举行。这儿,在挖掘出来的狭隘地方的内部,请诸位赏光到场,来做我们这充满神秘的工作的证人。现在我们就要把这块雕凿好的石头埋下去,将来这些用美丽和庄严的图像装饰起来的墙壁再也没法接近了,它们将被填封起来。

"我们可以立即地把这块奠基石埋下,它的角表示建筑物的正确角度,它的直角形表示建筑物的规则性,它的水平和垂直的位置表示一切墙壁用铅垂线和水平仪所定的方向。它依靠自重安稳地埋在地下。不过石灰和粘合剂在这儿也是不可缺少的。就像人,如果相爱,用法律使他们结合在一起,他们就会相处得更好,石头也是这样,它们的形式已经互相适合,通过粘合的力量就结合得更加好;勤劳的人们中间有人偷懒是不成体统的,所以也请您别拒绝在这儿共同劳动一会儿吧。"

接着他就把泥刀递给莎绿蒂,莎绿蒂用泥刀把石灰抹在石头下。好些人都接受要求做同样工作,石头一会儿就沉下去了;接下去泥水匠又马上把锤递给莎绿蒂和其余的人,敲击了三次,他对石头与地基的联结特别称赞。发言人继续说:"现在泥水匠的工作虽然是在光天化日下干,而不是隐藏着干的,然而结果却是为了隐藏。按照规则建筑的地基给掩埋了,甚而就在我们白天建立起来的墙边,最后人们逐步把我们淡忘。倒是石匠和雕塑者的工作更多地引人注目,每当粉刷匠完全抹掉我们双手留下的痕迹,我们的工作就将被掩盖了,给墙壁粉饰、磨光和着色以后,我们甚而还得对此表示赞同。

"有谁比泥水匠更关心他干的工作呢?他盖完建筑物,有谁比他有更多助长自信的理由呢?当房屋建立起来,地面压平和铺砌妥当,外表覆盖上装饰以后,他透过一切外层一直朝里看,仍然看得出那些细心而有规律的接合部分,整体的存在和支持都有赖于它们。

"那就如同做坏事总后怕一个道理,因为无论他怎么隐瞒,坏事终归要暴露出来,那么,一个暗中干好事的人,也必然要期待着这么一天,那时好事将违反他的意志而显示在光天化日之下。因此我们把这块奠基石同时当作纪念碑。在这些挖掘出的不同空洞中,应该埋入一些东西,作为留给遥远后代的信物。这些金属焊接的器皿中贮藏着文字信息;这些金属板上雕刻着各种不同的奇妙事物;我们把美酒注入这些美丽的玻璃瓶里,并注明它的出产年代;本年铸造的各式钱币,也被存放在这;所有这一切,都是我们由于业主的慷慨大方而得来的。如果哪位客人和旁观者要随便留点东西转交给后代,空间还是比较宽敞的。"

休息了一会后,一位建筑业的伙计向四周张望;出现这种情况,通常总是没人事前有所准备的,大家都感到出乎意料。后来有位活泼的军官终于开口说:"要是让我给宝库留点什么的话,那么,我得从制服上割下几颗纽扣,它们也值得留给后代。"他说到做到!这时其他好些人也忽然深受启发。妇女们纷纷把头上的发卡投了进去,嗅盐瓶和其他装饰品也被人毫不吝惜地投了进去。只有奥蒂莉还在踌躇,她一直关注其他人的举动,直到爱德华说了些友好的话,她才反映过味来。她随即从项上解下金链,链上悬着她父亲的肖像,她用轻巧的手把这件东西放在别人投下的首饰上,接着爱德华迫不及待地吩咐下去,立即把合缝的顶盖盖上并封好。

那个小伙子原来就表现得十分活跃,这时更表现得像一个发言人,接下去说:"我们奠立这块基石是为了永久,用来保证这幢房屋的现在和未来的主人永远享受。我们在这儿埋下的几乎是珍宝,我们在所有业务中从事最细致的一种时,要想到出现意外;我们想到将来会有一天,这密封的盖子可能被打开,连我们还没建筑起来的东西,也会全部遭到毁坏,这都是有可能的。

"但是尽管如此,为了把房屋建筑起来,还是从眼前利益出发吧!让我们以今天活动为开始,来尽快地促进我们的工作,不允许在我们工地上继续干活的工匠有偷闲的机会,房子应该早日完工,房屋的主人以及他的家属和客人应从尚未建成的窗口,愉快地眺望四周,让我们趁此机会为他们和全体在场人的健康干杯吧!"

他一口气喝干了用高脚杯盛满的酒,然后把杯子抛到空中。摔碎兴高采烈时使用的酒杯是用以表示异常的喜悦。不过这次情况异常:酒杯没有落下地来,也没有人觉得奇怪。

为了加紧向前推进建筑进程,已经在相反的一隅把地基完全挖好了,并且开始建筑围墙,为了完工,最后的脚手架搭的必须比原来还要高。

为了这次庆祝典礼,人们特意搭起了木台,让一大群观众登上台去,这对工匠们是有好处的。酒杯向台上飞去,恰巧一个人接住了它,他把这一巧合,看作是自己幸运到来的象征。他频频举杯向周围展示,舍不得放下,让人们看出杯上刻有 E 和 O 两个字母十分精巧地交错在一起。原来这是为青年时代的爱德华所特制的酒杯中的一个。

脚手架上的人已走光了,客人中一些体重较轻的人爬到上面四处眺望,他们对所看到的景色赞不绝口:只要有人更上一层,从高处眺望,一切景物尽收眼底。不少新的村落出现在大地腹部。河流像一条银色的带子熠熠生辉;甚而有人看到了城市的钟楼。在树木丛生的山丘背面,极目远望,有一带苍翠的峰峦,而附近地区也一览无余。有人大声说:"如果把三个水塘连成一片湖;这样才气象万千,雄浑美丽。"

"这点早就考虑到了，"上尉说，"因为它们已经提前形成一座山中湖了。"

"大家来看看我的梧桐和白杨树群，"爱德华说，"它们长在水塘中央的周围有多美啊，您瞧，"他向前走了几步，转身对奥蒂莉，用手指着下面说，"这些树都是我亲手栽的。"

"它们究竟有多少年了？"奥蒂莉问。——"几乎与你同岁，"爱德华回答。"是呀，亲爱的孩子，当您还躺在摇篮里的时候，我就已经在种树了。"

客人们又回到府邸。吃过了饭，他们被邀请去村里散步，以便让他们看一看这儿的新设施。根据上尉的倡议，居民们都集合在自己家门前；他们不是排列成行，而是按照家庭形式自然分组：一部分人在新的长凳上，一部分人在做傍晚应做的事情。至少在星期日和节日他们都要打扫打扫，以保持这里的整洁，这已经成为他们乐意完成的工作了。

我们朋友中间所产生的具有爱慕心情的内部往来，总是被更大的社交活动所打断，让人不堪忍受。现在只有他们四人在大厅里，劳顿的心理终于得到释放；可是这种家庭感情由于爱德华接到一封信而受到一定的打搅，信中说明天有新的客人到来。

"正像我所设想的，"爱德华向莎绿蒂大声说，"伯爵不会缺席，他明天来。"

"如此说来，男爵公主也离这儿不远了，"莎绿蒂回答。

"当然啰！"爱德华答；"她明天将从她那边出发到达这儿，他们请求在这里住一夜，打算后天一块儿再继续旅行。"

"我们应该做好准备，奥蒂莉！"莎绿蒂说。

"您想怎样布置呢？"奥蒂莉问。

莎绿蒂大致吩咐了一下，奥蒂莉便离开走了。

上尉询问这两位人物的关系，他对这点只知道些皮毛。据所说，他们以前都已经各自结过婚，后来彼此热恋上了。双重婚姻不免有些不妥；他们想到离婚。在男爵公主一方倒是可能，在伯爵一方却不行。他们只好表面上分离，但是始终保持着关系；如果他们冬天不能在首都共同生活，那么，他们夏天就做避暑旅游和到浴场去求得补偿。他们两人的年龄比爱德华和莎绿蒂大些,大伙儿都是从前宫廷任职期间的老朋友。关系一直很好,尽管相互间对各自行为有不同看法。不过这次莎绿蒂对他们的到来感到不大合适,追根到底,还是为了奥蒂莉的缘故。这个善良而纯洁的女孩不应当过早知道这样的例子。

正好这时奥蒂莉跨进屋来,爱德华说:"他们推迟几天,等我们办好出卖附属花园的事情再来就好了。文件已经起草好了,我这里有一份副本,可是还差一份,我们年老的书记已经病倒了。"上尉自告奋勇担任此事,还有莎绿蒂也愿担任;不过两人的提议遇到一些反对的意见。"就把这交给我吧!"奥蒂莉略带焦急地大声说。

"你做不成的,"莎绿蒂说。

"可是我后天早上就得要,工作量是大的,"爱德华说。"我肯定行,"奥蒂莉一面说一面就把纸拿在手里了。

第二天早晨,为了不错过欢迎的机会,他们从楼上向外面张望。爱德华问:"是谁这样慢吞吞地骑着马从街那头过来?"上尉较详细地描述骑马人的形状。"就是他,"爱德华说,"从你对局部上的描述和我在整体上的把握,我敢断定他是米特勒。他干吗骑得这样慢吞吞的?"

这人越来越近了,果然是米特勒。他们热烈地欢迎,他慢条斯理地沿着台阶上来。"昨天您怎么没来呢?"爱德华冲着他大声问道。

"我不喜欢嘈杂的庆祝会,"那人回答。"不过我今天来是同你们一起悄悄庆祝我女友的生日。"

"您现在这么清闲?"爱德华用开玩笑的语气问。

"要是你们认为我的拜访有点价值,那你们就应该思考一下我昨天所做的事情。我由衷地感到高兴,在一个家庭内待了半天,促成了他们的和平,后来听说这里在庆祝生日。我心里想:'归根到底,就是自私,你只愿同那些被你促成和平的人一起乐。为什么你不可以同保持和爱护和平的朋友们一起乐呢?'说到做到!现在我在这儿,就按我想的做。"

"您昨天参加的是大场面的社交活动,今天的场合可是微不足道,"莎绿蒂说。

"您会见到伯爵和男爵公主,他们已经给您招惹过麻烦了。"

这位古怪而受欢迎的男子,带着厌烦的活泼表情,从围着他的四个家庭伙伴中挣脱出来,立即寻找帽子和马鞭。"每次我想好好放松心情的时候,总有晦气降临我的头上!但是为什么我这次也背离我自己的本性呢?我原本不该来,现在我被赶走了。因为我不愿和那种人同流合污;你们可得当心,他们只会带来灾祸!他们的人品好比是块发酵面团,会继续传染给别人的。"

无论他们怎样挽留,但结果都是自费。"谁向我攻击婚姻,"他大声嚷道,"谁在口头上,甚而在行动上挖一切道德社会的墙脚,我和他势不两立;如果我不能改变他,我就同他断绝来往。婚姻是一切文化的开头和顶峰。婚姻使粗暴的人变得温和,而对有教养的人没有比这证实其温和更好的机会了。婚姻必须是不可解除的:因为婚姻带来许多的幸福,一切个别的不幸与它比起来都是微不足道了。究竟什么叫作不幸呢?这就是一个人有时突然发生的焦急情绪,于是他就爱把这当作自己的不幸。如果他让这一瞬间过去,他就会重新获得幸福,因为已经存在这么久的夫妻关系仍然存在。根本没有充足的理由使彼此分离。人的状态在苦恼与欢乐中被置于如此高度,以至于几对夫妇之间的恩恩怨怨,简直算不清了。恩怨是无穷的,只有通过永恒才能逐渐清偿。我很相信,虽然也有时会觉得牵强,然而它是对的。难道说,我们的心不是肉长的吗?然而我们往往喜欢摆脱良心,因为它对于我们比每位做丈夫的或做妻子的可能更不舒服。"

他越说越人,要不是驿车吹号宣告宾客们到来,他还会继续发表长篇大论。宾客们好像算准了似的,从两个不同的方向同时进入府邸。家里所有成员上前迎接,米特勒躲起来,叫人把马牵到客栈,带着厌恶表情从那儿骑马走了。

十

客人们受到欢迎后,被领进屋内。他们很高兴又进入这屋子和房间,过去他们曾有过一段美好的时光,时间荏苒,一切久违了。他们的到来也给府邸里的朋友带来了极大的欢快。伯爵和男爵公主可算得上郎才女貌人物,他们尽管已届中年,却具有青年人不具备的成熟魅力。他们比之初开的鲜花虽然略显逊色，但是他们凭着本身的爱好却引起别人绝对的信任。这对人儿的出场显得落落大方。他们对待和处理生活的自由方式，他们那种轻松愉快和潇洒自如的仪表立即感染了别人，而高尚的礼貌又约束着全体，使人不自觉地遵守。

人们在这种感染下如沐春风：新到的人大都来自上流社会，这可以从他们的衣着、用具和周围所有人的身上看出来，刚开始时这种情形同我们的乡下朋友及那种含蓄的热情状态有点格格不入，界限转眼便烟消云散，旧时的回忆与眼前的关注混合起来，迅速而又热烈的谈话马上把所有的人都联结在一起。

不大一会儿，就分帮了。妇女们退回到她们那边去，交谈一些家常话儿，同时话题转到晨衣的最新裁剪式样，以及怎样装饰帽子和类似的事情，絮絮叨叨说个不停，男子们则忙于注意新式旅行车、连同展览的马匹，并且立即开始议价和交换。

要吃饭了，他们才又聚在一起。大家都换了衣服，在这方面，刚到的两位客人也显示出他们的优越性。他们穿戴的一切都是新颖的，以前没见过这样式，可是通过他们这么一穿戴，人们也渐渐习以为常，看顺眼了。

要他们热烈的交谈，经常变换话题，在这些人面前似乎一切都有趣，又似乎什么都没趣。他们用法语交谈，为的是不让侍者听懂，这样就可以肆无忌惮畅谈一些上流和中流社会的情况。但是在谈论某一点时，谈话才停顿得不必要地久些，那就是莎绿蒂探询一位年轻时代的女友，她十分惊讶地得悉她很早就离婚了。

"太令人扫兴了，"莎绿蒂说，"如果一个人相信他远方的男友们都平安无恙，而唯独他所心爱的一位女友却在忧虑度日，不久又听说，她的命运陷入动荡不安之中，她得重新踏上新的、也许又是风险重重的生活旅程。"

"我最亲爱的，其实我倒是觉得。"伯爵回答说，"要是我们这样大惊小怪，那只有怪我们自己了。我们总是把有些事情，特别是婚姻想象为经久不变的。至于您所说的最后一点，我们经常重复观看的那些喜剧，就是这样诱使我们去做与世界进程毫无关系的幻想。在喜剧当中我们看见，婚姻是作为一种愿望的最后目的，是经过了重重的磨难之后才实现的，而当目的还到了，喜剧也就结束了，可暂时的满足还在我们心里继续发生作用。现实生活中就不同了；那里幕后仍在继续演出，一旦帷幕再次升起，情节就和以前大有出入了。"

"事情还不至于坏到这种地步，"莎绿蒂微笑着说，"毕竟我们看见，那些人虽然退出了这座剧场，但是后来他们还是愿意再去扮演一种角色的。"

"这是无可厚非的，"伯爵说。"也许他们愿意扮演一种新的角色，只要我们认识这个世界，就能看得出来：在变幻莫测的世间万物中间，只有婚姻才有固定的永恒期限，而这个世界本身就具有一些不合时宜的东西。我有一位朋友，他为新的法律条令提出建议时心情特好，他曾主张：无论何种婚姻，订期最好五年。据他说，这个美好的神圣奇数和这么一段时期恰好足够用来互相增加了解，生孩子，闹破裂，而最好当然是重归于好。他总爱大声慨叹：刚开始的日子过得多么幸福啊！至少有两三年是过得愉快的。然后将会有一方很想把关系再延长一些，距离取消婚期的期限越近，彼此的好感就越深。甚至心存非分之想或不满意一方，也将由于这种态度而得到安慰并产生好感。友好交际中，人们往往忽略时间，时光流逝了，他会感到意外地舒适，等到限期过了以后，他才觉察出这个限期已经默默地被延

亲和力

图文珍藏版

长了。'"

这些话听来倒是有趣和有道理，尽可以给这种玩笑以一种深刻的道德解释，但是莎绿蒂分明觉得，此话让她感到不安，特别是因为奥蒂莉的缘故。她非常懂得，没有什么比过分的言论自由更危险的了，这种言论把违法的或半违法的状态当作平常的、普通的、甚而是值得赞美的状态来对待；追究下去，这一切肯定是侵犯婚姻结合的。因此她想把话题岔到别处去。然而她却无法办到，更加感到不安。奥蒂莉把一切都布置妥当了，用不着再站起来。这位安详而专心致志的姑娘，凭目光和手势与管家互通心意，把一切都安排得完美无缺，使几个新来的穿制服的笨拙佣人呆在那儿不知道该做什么。

这时伯爵没有觉察出莎绿蒂在打岔，仍然没完没了的谈这个话题。他平常在谈话中不习惯有人打搅他，因为他对这件事情实在太关心了，还有他亲身体会自己与太太离婚的种种困难，这就促使他辛辣地抨击一切有关婚姻结合的问题，其实他自己正迫切地希望与男爵公主结合。

"那位朋友，"他继续说，"还提出了一条法令建议：一种婚姻只有在这种条件下才应该是不可解除的，如果当事人双方，至少是其中一方第三次结过婚。因为只有这样的人才承认，他是把婚姻当作某种不可缺少的东西。究竟他们在以前的结合中行为如何，现在已成为众所周知的事情了，是不是由于他们的特性决定的呢？这往往比起坏品质来更容易引起分离。所以人们要相互调查了解；既要留心已婚的人，也要留心未婚的人，其实我们也不清楚，事情究竟是怎么发生的。"

"这肯定会引起公众的好奇，"爱德华说，"因为实际上我们都已经结婚了，现在没有人再盘问我们的道德和缺点了。"

"在这样一种布置上，"男爵公主含着微笑说，"我们的东道主人已经幸运地跨过两级了，他们完全可以准备跨第三级呀。"

"你们真走运，"伯爵说，"死神在这儿心甘情愿地干了教会监理会平常不愿意干的事情。"

"我们还是让死者安息吧，"莎绿蒂露出半严肃的目光说。

"为什么呢?"伯爵回答,"因为人们可以怀着敬意纪念他们吗? 他们是够知足了,遗留下的许多财产,只满足于活了短短几年。"

男爵公主情不自禁地一声叹息,说:"在这种情形下,不浪费青春就是万幸了。"

"非常正确,"伯爵回答,"如果世界上根本没有这样少数几件事显示出预期的结果,人们必定会对此感到绝望了。孩子们不肯履行诺言,年轻人更是不尊重说过的话,纵然他们履行诺言,世界也不会对他们履行诺言。"

莎绿蒂对话题变了感到高兴,她愉快地回答:"喏! 我们反正要不了一会儿就得习惯逐件和分批地享受财产。"

"那当然,"伯爵回答,"你们两人也曾有过浪漫的时光。要是我回忆过去的年代,那时您和爱德华是宫廷上最漂亮的一对。现在已经回不到光辉的时代,也谈不上这样出色的人物了。那时你们俩翩翩起舞,成为众人瞩目的焦点,一旦你们会心地四目相视,不知道会引起多少人着迷啊!"

"时过境迁,"莎绿蒂说,"现在我们只能乖乖地倾听你讲述许多美好的东西,不再有什么奢求了。"

"我曾经对爱德华进行责备,"伯爵说,"怪他没有更坚定一些。因为他那脾气古怪的父母终归会让步的;争取十年的时光并不是件小事情啊。"

"我不得不替他辩护几句,"男爵公主插嘴说。"莎绿蒂也应负有一定责任的,她对各方面的追求也不是毫不动心,虽然内心爱上爱德华,而且也在暗中认定他就是丈夫,可是我却是证人,亲眼瞧见她有时候把他折磨得多厉害,这很容易逼迫他做出不幸的决定,比如去旅行,离开本地,甚至和她疏远。"

爱德华向男爵公主颔首示意,感谢她为自己说情。

男爵公主接着说:"为了请莎绿蒂原谅,我得强调一下:当时追求她的男子,早就已经表现出对她的爱慕了,只要莎绿蒂进一步认识他,他肯定会比别人告诉她的更可爱些。"

"亲爱的女友,"伯爵带点热烈的表情说,"我们必须承认,那个人对您来说也不是无关紧要的,莎绿蒂对您比对别的女人更担心一些。我发现妇女们身上有种非常可爱的特性，就是她们对任何一个男子的依恋可以维持许久，不会因为某种分别而被打扰或取消。"

"这种良好特性可能男性更甚于女性，"男爵公主回答，"至少在您身上是这样，亲爱的伯爵，我注意到，没有人比一位您从前爱慕过的女人更具有左右您的力量。我也看得出，您为这个女人辩护做了不少努力，为的是取得一些效果，而您现在的女友却领不到您这份友情了。"

"我只得接受责备，"伯爵回答；"可是关于莎绿蒂的第一位丈夫，我非常不喜欢他，是因为他在我眼中活生生地拆散了甜蜜的一对，一对实在再合适不过的情侣，他们一旦结合在一起，就用不着害怕五年，也用不着再朝第二次甚而第三次结合看了。"

"我们一直在努力，"莎绿蒂说，"把耽误掉的东西再弥补过来。"

"那你们一定要抓紧时间，"伯爵说。"你们第一次结婚，"他继续说时略带几分激烈的语气，"却是那种实在令人憎恨的正式婚姻方式；可惜婚姻一般都带有一点愚蠢性质，直说了吧，因为它破坏了极细腻的关系，实际上只强调了愚蠢的安全感，至少让一方得到好处。一切都不需说的了，人们表面上结合，仅仅是为了从今以后彼此各行其是。"

莎绿蒂早就想结束这个话题，于是她采取果断手段扭转方向，终于成功了。他们谈起了一些共同的事情，两位丈夫及上尉都能够参加谈话了，连奥蒂莉也有机会发表点意见，大伙儿都兴高采烈地享用饭后点心，精致的果篮里盛满时鲜水果，五彩缤纷的花朵巧妙地分插在华贵的花瓶中，这更大大增加了宾主们的雅兴。

他们也谈到新的园亭布置，餐后立刻去参观一下。奥蒂莉借口料理家务退席走了，其实她又回去从事抄写工作。上尉陪着伯爵聊天，后来莎绿蒂也参加进去。他们刚到山上的高地，上尉殷勤地忙着下去取计划，伯爵对莎绿蒂说："我非常欣赏这个男子。他受过良好的系统教育。尤其是他对工作极认真而有章法。他在这儿干的事情，如果换在一个更高的阶层里将会有意义得多。"

莎绿蒂听到上尉受到赞美，好像自己得到赞赏一样。可是她还是尽量控制住自己,用平静而明白的语言确证对方说得不错。但是下面的话却出乎她的意料:"这次认识对我来说正是时候。我所知的一个工作,对这个男子完全合适,我可以推荐他去,使他快乐荣华,从而也使我和一位高贵的朋友建立起极好的关系。"

这对莎绿蒂来说,好比是晴天霹雳。伯爵对此显然没有察觉,因为女人们惯于在任何时候控制自己,在非常的情形下始终保持表面上的镇定。可是莎绿蒂已经听不见伯爵说些什么了,这时他说:"我认为如果某件事正确,我就会全力以赴地实现。我已经打好腹稿,这迫使我马上动手去写。请您设法给我找一个骑马的信差,今晚我就可以把他打发走。"

莎绿蒂心烦意乱,她不仅对伯爵的建议感到意外,而且也对自己本身感到非常惊异,简直说不出话来。幸好伯爵继续谈论着他为上尉所拟的计划,这个计划的好处莎绿蒂一眼就看出来了。上尉这时候进来了,他在伯爵面前展开图卷。她用多么依恋的目光来看她即将失去的朋友啊!她礼仪性地鞠了一躬,随后掉转身子,急急忙忙朝下面苔藓小屋走去。在半路上,她止不住泪流满面,这时她走进这所供人隐居的狭小的屋子,让痛苦、激情、绝望尽情地爆发,在几分钟以前,她一点也没有料到会有这种可能。

在那边,爱德华同男爵公主沿着池边走来。这位聪明的女人,从来都是爱探听各方面的消息,不久她就在探索性的谈话中发觉爱德华对奥蒂莉感情不一般,于是她就用很自然的方式,逐步把爱德华的话匣子打开,最后她不得不承认,这里有种热情不仅正在酝酿,而且的确已经爆发了。

已婚的妇人,尽管她们彼此之间互不相爱,但是为了本身利害,常在沉默中结成同盟,尤其是在对付年轻漂亮姑娘的时候。不过这种同情结果是过快地显示出她那圆滑处世的精神。加上今天早上她已经同莎绿蒂谈起奥蒂莉,不赞成这个女孩在乡间逗留,特别不满意她那种郁郁寡欢的气质,于是她建议把奥蒂莉送到城里一位女友家去,据说,这位女友非常关心自己独生女儿的教养,正在为她物色一位脾气好的女伴,这位女伴可以占有第二个孩子的位置,同享一切优惠待遇。

莎绿蒂已经在考虑此事的可行性。

亲和力

图文珍藏版

这时男爵太太目睹爱德华的神情，就更加坚持这个建议。她在心里盘算得越快，表面上就越是奉承爱德华诸事如意。没有人比这个女人更善于控制自己了，这种在特殊情形下的自制，往往使人用伪装来对待通常情形，并使人惯于对自身施加许多强力的同时，也把本身的专横扩展到别人身上，这样使自己表面上赢得内心缺少的东西，一直对此关心，就相当得到补偿了。

除了上述的想法而外，她多半还抱有一种幸灾乐祸的心理，暗中窃笑别人的无知和麻木，可以诱使他们上当。她不仅对目前的成功，而且也对可能出现意外的丢脸事情感到高兴。公主是够心术不正的了，她邀请爱德华偕同莎绿蒂到她田庄上去过葡萄收获节。当爱德华问她，奥蒂莉是否跟他们来，她的回答也十分巧妙，让她可以做有利于他的事情。

爱德华已经在神采飞扬地畅谈那个美丽的地方，畅谈大河、丘陵、山岩和葡萄园，还有那些古老的城堡、水路旅游以及采摘和压榨葡萄的狂欢等等，他本着坦荡的胸怀，为理想中的印象大声喝彩，想让这些场景也博得奥蒂莉健康的脸颊上的微笑。这会儿他们瞧见奥蒂莉走来，男爵公主提醒对爱德华说，请他一个字儿也别提正在计划中的秋季旅行。并说，不要高兴过早，省得乐极生悲。爱德华答应了，但是催促她快点迎着奥蒂莉走去；最后他还是比公主提前几步迎上了这个可爱的姑娘。他表现得非常振奋。他吻她的手，把他在半路上采集的一束野花塞在她手里。公主目睹这种情景，几乎觉得肺也气炸了。虽然她内心不赞成这种应受惩罚的爱慕表示，但是她不希望如此温馨而甜蜜的示意方式，加惠于这个微不足道的新来乍到的女孩。

晚餐时大家聚在一起，各人的情绪不同。伯爵在餐前就写好信，而且打发信差走了，这时正在和上尉谈话，用审慎而客气的方式不断探询对方，让对方今晚坐在自己身边。坐在伯爵右手边的男爵公主因而有些百无聊赖；爱德华也同样使她感到无聊。这时爱德华又渴又兴奋，大口喝着葡萄酒，同奥蒂莉谈得十分起劲，他让她坐在自己身边，就同那一边莎绿蒂坐在上尉身边一样。莎绿蒂很难，甚而可以说无法掩藏内心的焦躁。

男爵公主表现了她那细心观察的习惯。她发觉莎绿蒂郁郁不乐，因为她心中只想到爱德华和奥蒂莉的关系，因此她坚信莎绿蒂对自己丈夫的态度有所怀疑和不满，她一直计划着，今后怎样才可以最好地达到自己的目的。

晚餐以后，大伙儿的气氛还是显得不和谐。伯爵本来打算多多地对上尉进行探询。对待这样一位性格沉静、毫不虚夸、说话扼要的男子，要知道他希望什么，就得多转几道弯。他们一起在大厅的一边来回走动。这时爱德华被葡萄酒和希望所激动，同奥蒂莉在一扇窗口边开玩笑。莎绿蒂和男爵公主默默无语地在大厅的另一边并肩走来走去。她们沉默而又懒散地站立在四处，最后也使得这个圈子中的其他人停止了活动。妇女们退回到她们住的那边厢房，男人们则退回到另一边。这一天似乎就这样结束了。

十一

爱德华陪同伯爵回房间去，他巴不得让对方引起谈话，好在那儿多待一会儿。伯爵沉浸在往事里，他对莎绿蒂的美丽还记忆犹新，他像一个行家那样热情地加以渲染："美丽好看的脚是大自然的巨大恩赐。这种优美姿态持久不衰。我昨天又看到了她走路的姿态；我仍然想要吻她的鞋，重复波兰人那种虽然略带野蛮，但感情深刻的敬礼，那些人除了从一个被他敬爱的人的鞋上祝福健康而外，从来就不懂得比这更好的示意。"

不光是脚尖成为这两位亲密男子的赞美对象。他们从人物谈到过去的故事和冒险经历，又提起当时人们为一对恋人的幽会所设置的重重阻碍，他们费了九牛二虎之力，冲破重重阻力，才得以互相说出：彼此相爱。

"你还记得吗？"伯爵接着问，"我那些帮助你完成过哪些冒险？那时我们的君主们拜访他们的伯父，正在宽敞的王宫里聚会。人们披红挂绿在节日的欢乐中度过了白天，而在夜里他们至少想把一部分时间消磨在无拘无束、深情脉脉的谈话中。"

"通往宫廷女士们住所的道路，您记得毫不含糊，"爱德华说，"我们非常幸运到了我爱人的那儿。"

"这位女士,"伯爵回答,"只重礼貌,不管我满意不满意,她在身边留了一个非常丑陋的护身女伴;当你们二人情意绵绵,谈得兴致正浓的当儿,我可就倒霉极了。"

爱德华回答:"昨天我得知你们要来,我还同我的太太说到了这事,尤其是我们'撤退'的情形。我们竟然记错了道,来到近卫队的前厅。因为我们熟悉当地的情形,就以为这儿也可以毫无顾虑地通过,直达岗位,就像经过其他岗位一样畅行无阻。可是一开门,我们就傻眼了!满是床垫的地上,许多彪形大汉分成几行躺在上面睡着了。岗位上唯一的一个站岗人惊奇地看着我们;我们本着青年人的胆量和任性,从容不迫地跨过那些伸直的穿着高统靴子的脚,竟然没有惊醒一个呼呼酣睡的巨人的孩子。"

"我真想摔倒,"伯爵说,"发出一片闹嚷声,好让我们瞧见那些人多么古怪地起立!"

时钟此时指向零点。

"夜深了,"伯爵微笑着说,"又到点了。亲爱的男爵,您得帮助我:请您今天带我去,就像我当年带您去那样;我已经向男爵公主许下诺言,还得去拜访她。我们整天都没有单独谈话,许久都没见面了,我们渴望有个亲密的时刻,没有什么比这更自然了。告诉我去路,回来的路我自己会找到,不管怎样,我是不会从靴筒上面绊跌摔过去的。"

"能为您效劳我很荣幸,"爱德华回答,"不过那三位女士是共同待在那边的。不知道我们能否碰到她们正在一起呢?或者我们会不会引起争吵,引出些风流韵事呢?"

"没什么可担心的!"伯爵说,"男爵公主正在等候我。现在她肯定正独守空房。"

"这事其实不难,"爱德华说着,一边拿起一盏灯,在前面为伯爵照亮,他们走下一道秘密楼梯,来到长廊上。爱德华打开长廊尽头的一扇小门。他们爬上一座螺旋形的楼梯;爱德华向伯爵指点上面一个狭窄的休息地方,把灯给他,走近右首一道裱糊过的暗门,轻轻敲了敲,门立即打开了,他就走了进去,爱德华则留在黑暗的房间里。

左边还有一道门通到莎绿蒂的卧室。他听见有人说话,于是竖起了耳朵。莎绿蒂问她的侍女:"奥蒂莉睡了吗?"——"没有,"侍女答,"她还在下面写东西呢。"——"那就把蜡烛点上,"莎绿蒂吩咐,"您只管去吧,已经晚了。我会自己吹灭蜡烛,上床去睡觉的。"

爱德华暗自高兴,原来奥蒂莉还在抄写。"这一切都是为了我!"他洋洋得意地想。他完全沉浸在自己的想象中,透过黑暗,他似乎看见她坐着在写字;他以为自己在朝她走去,看着她,她也回过头来望着他;他感到有种冲动,想再一次去接近她。可是她住在阁楼里,没法到那里。这时他恰好站在他太太的门口,他突发奇想把她们两个混淆起来;他试图拧开门,可是发现门是锁住的,他轻轻叩门,他太太没有听见。

莎绿蒂在隔壁一个较大的房间里来回踱步。她三番五次地回味起伯爵向她提出的那个出人意料的建议,心情是多么不平静。上尉仿佛就站在她的面前。他还住在这屋子里,还使两人一起散步富有生气,可是他要走了,这儿的一切都将是场梦!她对自己说出一个人所能说的话,甚而像人们通常用来聊以自慰的那样,认为时间会抚平这种痛苦。她诅咒抚平这痛苦所需要的时间,诅咒这抚平痛苦死一般寂静的日子。

最后,没有别的办法,只好求助于眼泪,她是从来不哭的。她扑倒在沙发上,尽情发泄自己的痛苦。爱德华却不想离,他又叩了一次门,接着又重重地叩了第三次,莎绿蒂在深夜的寂静中听得十分清楚,吓得一下子跳起来。首先想到的是:这可能是上尉,一定是上尉;接下来想:这是不可能的! 她以为自己听错了;可是她分明听见了,她希望听见,却又害怕听见。她回到卧室,轻轻走向上了插销的暗门。她责备自己的怯懦。"男爵公主想要什么多么容易啊!"她自言自语,镇静而又沉稳绿蒂又问,她分辨不出是谁的声音。门口好像站着上尉的身影。回答的声音大了一些:"爱德华!"她打开门,她的丈夫站在她面前。他用开玩笑的语气向她问候。莎绿蒂也回敬了他几句。他用他含糊的话解释这次暧昧的访问。"至于我为什么来,"他最后说,"我承认。我发誓,今晚上还要吻你的鞋。"

"这是很久以前的事了,"莎绿蒂说。——"这就更糟糕,"爱德华答,"不过也更好!"

她坐在一张靠椅上,让自己薄薄的睡衣避开他的目光。他跪在她脚下,她无法拒绝他吻她的鞋,他一手握鞋,一手握着她的脚,把脚温存地贴在心口。

莎绿蒂是属于那种天性保守的妇女,她们在婚姻中,既不刻意又轻而易举继续情人生活的方式。她不大主动,甚至于对于他的要求不迎合;但也不是冷冰冰令人生厌,像一个温柔的未婚妻,纵然对允许做的事情也不免有些娇羞。今天晚上她不能小看了爱德华。她巴不得丈夫离开,因为上尉的影子似乎就在那里责备她。但是她拒绝他,这反而更加吸引他。这时他似乎有些激动。她哭过了,软弱的人多半由于哭泣而失去娇美,可是,平常公认为坚强和稳重的人的哭泣像荷叶带雨,风韵无限。爱德华是那么可爱,那么和善,那么恳切;他请求她让他留下,但不强迫她,他时而认真,时而开玩笑似的劝诱她,他忘了自己本来是有权利的,最后他熄灭了蜡烛。

在朦胧的灯光中,激情和幻想立即唤起他享有现实权利的欲望。爱德华觉得拥抱在怀里的是奥蒂莉;莎绿蒂的眼前晃动的却是上尉的影子。不在的东西与眼前的东西,就这样令人迷惑而陶醉的相互交融,实在奇妙已极。

可是梦是梦,现实是现实。他们在呢喃细语和嬉戏笑谑中度过了残夜,加上言非所想,就无所束。但是当爱德华第二天早晨在太太怀中醒来时,他似乎觉得白昼带来了不祥的预感,像犯了一种罪行却被揭露了一样。他趁她还没醒,悄然离去。当她醒来时,却发现独自一人,觉得奇怪极了。

十二

吃早饭时人们又聚在一起。一位细心的观察者可以从每个人的脸上,看出他们各自的内心世界。伯爵和男爵公主见面时带着快活的满意表情,久别重逢的恋人都是这样。莎绿蒂和爱德华就与此不同了,都羞愧内疚地向自己的恋人走去。爱情就是这样,只有自己有理,别的在它面前都不值一提。奥蒂莉是天真快活的,就她的模样儿来说,可以说她是坦率的。上尉显得严肃;他和伯爵谈话后,感想颇多,伯爵使他胸中的死水又起了波澜。但感到自己在这里本来就没有完成使命,说到底只不过消磨了半工作式的闲散时光。两位客人刚离去,就又有新的客人来访了,莎绿蒂颇为欢迎,她要摆脱胸中的烦恼,希望排遣一下;而对爱德华来说正相反,他迫切希望同奥蒂莉在一起;奥蒂莉同样不希望有新的客人来访,因为她明天一早就得交卷的副本还没有抄好。因此,等到客人终于走了,她也就立即赶回自己的房里去了。

薄暮时分。爱德华、莎绿蒂和上尉三人送客人上车前,还陪同他们散了一会步。这时三人一致同意再到池塘那边去散步。驾来一只小船,这是爱德华从远方巨资订购的。他们想试试,小船的性能是否良好。

小船系在中间那个池塘的岸边,离几棵老橡树不远。这些老树已经被计划在未来的建筑规划里了。这里要修建一座码头,树下还有雅致的座位可供休息,以便招徕游湖的人们游玩。

"我们在对面什么地方靠岸最好呢?"爱德华问。"我的那些梧桐树边怎么样?"

"那太偏右了,"上尉说。"如果再往下,就离府邸更近了;但是这事还得考虑考虑。"

上尉已经站在船尾,伸手抓起一把桨。莎绿蒂上了船,爱德华也跟了上去,抓起另一把桨;但是他正要开船,忽然想到了奥蒂莉,他想,划船会耽误时间,不知何时回来。他改变主意又上了岸,把另一把桨也递给上尉,匆匆表示歉意就赶忙回家了。

回到家里他听说:奥蒂莉把自己关在房内,专心抄写。他又是欣慰,因为她在为他做事,但又因看不见她而觉得非常难受。他像热锅上的蚂蚁。在大厅中走来走去,他想分散注意力,但没办到。他希望看见她,要在莎绿蒂和上尉还没有回来以前单独见到她。掌灯时分她终于进来了,容光焕发,温柔可爱。这种为心爱的人做了一点事情的心情,让她换了个人。她把原件与副本都放在爱德华面前的桌上。"我们要校对一遍吗?"她微笑着问。爱德华不知如何回答。他打量着她,检查了副本。开头几页写得非常谨慎,是用温柔的女性的手写的;后来的笔迹似乎变了,变得灵活自如。但是当他扫过最后几页时,他惊讶极了:"天哪!"他惊叹道,"这是什么? 这是我的笔迹呀!"他深深地望着奥蒂莉,又看了看文件,尤其是最后部分就跟他亲笔写的一样。奥蒂莉默默地用快乐的眼睛注视着他。爱德华举起双臂:"你爱我!"他大声喊道,"奥蒂莉。你爱我!"两人相拥在一起。也说不出到底是谁先拥抱谁的。

从这一刻开始,世界对爱德华来说彻底变了,他不再是从前的他,世界也不再是从前的世界。他们面对面地站着,两手相握,四目相投,正要再次拥抱。

莎绿蒂同上尉走了进来。他们为在外耽搁久了而表示歉意,爱德华暗暗好笑:"哦,你们回来得太早了!"他自言自语。

他们坐在一起进晚餐评论了今天的每一个客人。爱德华由于怀着深深的感情,对每个人都说好,对客人们表示体谅,又称赞他们。莎绿蒂并不完全赞同他的意见,觉得他有些异常,就同他开玩笑,说他平常对离开的客人总是很刻薄,今天却这样大度。

爱德华怀着满腔热情,又充满自信地说:"一个人要是从心底真正爱上了另一个人,那么,在他眼里所有的人都变得可爱了!"奥蒂莉的眼帘垂了下来,莎绿蒂却正视着前方。

上尉接过话头说:"尊敬和崇拜的感情也是这样。只有当人们可以在一个对象身上表达这些感情的时候,才会明白什么在世界上是值得珍惜的。"

莎绿蒂不久就借故回到卧室里去了,这是为了好好回味今晚她与上尉之间发生的一切。

当爱德华跳上岸,把小船从陆地推开,让太太和朋友随船荡漾在水面上时,莎绿蒂望着眼前这男子在他朦胧地坐在面前,手操双桨漫无目的地划船,她为了他已经默默吃了不少苦。她觉得从未有过的深深地悲哀。小船在原地打转,双桨拍击有声,水面上吹来一阵微风,芦苇莎莎作响,归巢的鸟儿在做最后一次飞翔,晚星闪烁不定,这一切在一片宁静中带有某种神秘的意味。她似乎觉得,男友要带她远远地离去,让她漂泊异乡,浪迹天涯。她觉得莫名地激动,但却哭不出来。

这时候上尉向她描述,怎样按照他的主张来修建这里的亭园。他称赞小船质地良好,一个人就能轻而易举地操纵双桨来划动和驾驶。他劝她学划船。据说,有时候一个人泛舟,自任船夫兼舵手,会很惬意。

沙绿蒂听了这些话,忽然想起离别。"他是诚心这样说的吗?"她心中暗自思忖。"他知道了吗? 他猜到了吗? 还是他无意说说,却无意中预告了我的命运?"她感到莫大的悲哀,无法再忍受下去了;她请求他尽快靠岸,陪她一起回家。

上尉还是第一次在水塘里划船,虽然他已经测过水的深度,但也有个别的地方他不知道。天色开始昏暗起来,他划着小船驶向意想中的停泊处,离那儿不远有条直达府邸的小路。可是莎绿蒂露出胆怯的神色催促他尽快着陆,于是在匆忙当中他稍微偏离了一点原定的航行路线。他一再奋力向堤岸靠拢,可惜在离岸不远的地方搁浅了,原来他的小船搁浅了。他费尽气力想把船撑出来,但这都成了徒劳。现在怎么办呢? 别无他法,只好跳下水去,幸亏水浅,可以托着女友上岸。他庆幸地把酥软娇媚身体抱了过去,为了避免在中途发生震荡,使女友少为他而分心,他表现得十分勇敢。可是她却恐惧地紧紧地抱住他的脖子。他紧紧地抱着她,把她贴在自己身上。到了一块满是绿草的斜坡上,他缓缓地将她放下,不免显得困惑和紧张。她一直抱着他的脖子;他又搂着她的腰肢,在她嘴唇上亲了一个热烈的吻;同时他抱着她的腿,用嘴吻她的手,大声说:"莎绿蒂,给我改正错误的机会吧!"

男友这惊人的举动,使莎绿蒂清醒过来,她几乎也想回他一吻。她抚着他的手,但没有拉他起来。但是她向他俯下身去,一只手放在他的肩上,大声说道:"这一刻在我们生活中又是一个新的开端,这是无法阻止的;不过要使这对我们有价值,全靠我们自己。您得走了,亲爱的朋友,你真的要走了。伯爵做了安排,来改善您的命运；这使我又高兴又苦恼。我本想隐瞒下去，等到事情有个结果再说。可是这一瞬间迫使我无法隐瞒下去。如果我们有信心改变目前的尴尬，我才能原谅您，也才能原谅我自己，因为改变我们的主意，不是取决于我们本身。"她拉他起来，抓着他的手臂，好使自己有个抚慰，于是他们一路无语地回到了府邸。

可是现在她站在自己的睡房里，在这儿她不得不觉得，也不得不把自己看作是爱德华的妻子。面对这些矛盾，她那干练的、具有丰富生活经验的秉性帮助了她。她就像往常一样地自觉控制住了自己。现在她经过复杂的思想斗争，也不难于逐渐恢复预期的内心平衡。是呀，她想起那次奇妙的夜间来访，暗自地感到自己多么可爱。可是她突然有种怪异的预感，有种愉悦而又恐惧的战栗，这种战栗溶解在虔诚的愿望和希望中。她再次虔诚的跪下，重复她在圣坛前曾对爱德华宣过的誓词。友谊、爱慕、割舍，一组组生活图画在她眼前闪过。她觉得内心渐渐的平和。不久有一种甜蜜的倦意向她袭来，不知不觉中，她睡了。

十三

就爱德华自己来说，情绪就完全不同了。他不愿意进入梦乡，甚而连脱衣服也想不起来。他一遍又一遍地吻着文件的副本。副本开头还是奥蒂莉那种娇弱和羞涩的笔迹，后面那部分他就不大敢吻了，因为他分明觉得笔迹是他本人的。"哦，但愿这是另一份文件啊！"他在默默地自言自语。可是这对他已经算得上是最美好的保证了，他最高的愿望实现了。他不愿放下那份文件，尽管第三者的签名将使它受到不同程度的破坏，他仍然会不断地把它贴在心上。

下弦月升到树林上空。迷人的夜色吸引着他到了屋外；他四处环望着，他是一切世人当中最神情紧张而又最幸福。他漫步穿过花园，花园对他来说太狭小了；他疾步走向田野，田野在他眼里又太广阔了。最后又归到了住处；他置身在奥蒂莉卧房的窗下，坐到那儿的一级台阶上去。"现在墙壁和门闩把我们俩隔开了，"他自言自语，"但是我们的心是分不开的。如果她来到我这里，她会投入我的怀里，我也会柔柔地抱住她，世上还有什么比这份确信更幸福呢！"他周围的一切都是静悄悄的,连一丝风儿也没有;静得简直可以让他听出活动在地下的生物不分昼夜在地下扒土的声音。他完全沉浸在幸福的梦幻中,最终还是睡着了。直到太阳升起,万丈光芒拨开云雾后,他才醒来。

这时他出现在田庄上最早醒来的人们当中。他似乎觉得工人们误工的时间太长了。他们来了;他忽然感到人手不够,每天预定的工作根本不符合他的意愿。他问了好些工人,他们答应去找人,安排他们参加白天的劳动。但是他却认为,就是加上这些人,也不能够按期完成他的计划。现在他对工作已经没有兴趣,他要的是完美的结果,可是为了谁呢? 道路还得开辟出来,好让奥蒂莉舒适地在路上走,各处的座位也得准备就绪,好让奥蒂莉可以就地休息。为了新房他绞尽脑汁,这是为了奥蒂莉的生日而准备的。爱德华在思想和行动中都陷入了疯狂的地步了。爱人与被人爱这种意识,使他想得漫无边际。他对所有房间及所有环境的看法变化得多厉害! 他已经无法在自己家里安身。对他来说,奥蒂莉是他的一切。他完全沉醉在她的身上;没有别的磁性物出现在他面前,没有理性对他引导;凡是在他天性当中曾经受到控制的一切都解体了。他整个身心都投入到奥蒂莉的身上。

上尉早已察觉出爱情引起的忙碌活动,希望能防止其可悲的后果。这里的一切设施原本是为世外桃源般的生活而布置的,现在却由单方面的激情而加以推进了。出卖附属田庄是由他办理成功的,第一次交易款已到手了,莎绿蒂根据约定把现款纳入她的腰包。可是她在头一星期就得比平常更认真、更耐心、更有秩序,因为按照目前这种鲁莽的豪奢,这笔现款是维持不了多久的。

万事开头难,因为这之后要做的事更多。上尉怎么能让莎绿蒂在这种情况下一个人支撑呢? 他们协商后统一意见:宁肯自己来加速这种有计划的工作,把收纳现款进行到底,指定出卖附属田庄余下款项的付款期限,以应付预定的支出。通过权利的转让,他们几乎不受损失。这么一来,更能自由处理。一切都在计划实现中,又有足够的工人,所以一下子就更见成效,肯定不久就可达到目的。爱德华喜欢合作态度,因为这和他的那些想法一致。

可是莎绿蒂在内心还是坚持她已经决定的事情,男友坚定地持同样思想站在

杂和力

图文珍藏版

她这边。这样一来,更增加了他们的亲密关系。他们都冷静地对待他的激情,商量解决问题的办法。莎绿蒂让奥蒂莉更加亲近自己,更严格地观察她,越是让她了解自己的心,自己也就越深刻地看透这姑娘的心。她想不出别的办法,唯有赶走她这个下策。

现在她觉得有种幸运的巧合,露茜娜在寄宿学校里获得了优异的表扬。姨祖母非常兴奋,打算一劳永逸地把她接去,住在自己身边,然后让她逐步走向社会。这样奥蒂莉就可以回到寄宿学校去了。上尉也有去意。一切又和几个月前一样,也许与从前相比会更好。莎绿蒂希望不久恢复自己同爱德华的关系,她把一切都安排得细致入微,于是她幻想着:他们可以回到从前受到约束的状态,一种被强力解放了的感情,似乎又可以听受制约。

可是爱德华却觉得大家都在与他作对。很快他就发现,人们把他和奥蒂莉分开,使他没有机会同她谈话,甚而难于接近她,除非有多数人在场。这使他感到厌恶,同时,也对好些别的东西产生了厌恶。如果他同奥蒂莉匆匆说几句话,那不仅是向她证明他的爱情,同时也是抱怨他的妻子和上尉。他完全没有意识到,由于他的大肆挥霍,金库已快枯竭了;他毫不留情地抱怨莎绿蒂和上尉,怪他们在业务上违背第一次约定,可是他同意了第二次约定,虽然这曾经是由他发起而使其成为必要的。

恨是有派性的,而爱就更厉害了。奥蒂莉同莎绿蒂和上尉也有些疏远了。有一次爱德华向奥蒂莉埋怨上尉,认为他这个朋友在此关系上不光明正大,奥蒂莉不假思索地回答:"他也不是完全忠实您,我早就不高兴了。我听见他有一次对莎绿蒂说:'但愿爱德华饶过我们,别再呜呜地吹笛,他吹不出一点儿名堂来,只惹得听众心烦。'您可以想象得出,也不是完全忠实您,因为我非常喜欢为您伴奏呀。"

她刚把话说完,心里便犯疑起来,她应当保持缄默,可是木已成舟了。爱德华变了脸色,从来没有什么事情比这更使他生气:他在引以为荣的事情上受到了攻击。他原以为这是一种稚气的努力追求,不带一丝一毫傲慢心理,是用以消遣、用以取乐的,应当得到朋友们的认可和鼓励甚至赞扬。可是他没有想到对于一个第三者,让他去听一个演技欠佳的人的演奏,有多么难受。他受到了侮辱,暴跳如雷,不再原谅别人了。他觉得自己摆脱了一切义务。

和奥蒂莉在一起,永不分离,同她卿卿我我,儿女情长,这种需要与日俱增。他决定给她写信,向她请求暗中进行书信往来。他写了一封小纸条放在桌上,当男仆进房给他梳洗卷发时,纸条被穿堂风吹落在地。往常仆人为了试试烙铁的热度,常在地上寻找一些纸片。这回他觉得运气不错,急忙夹好,纸给烫焦了。爱德华发现了他拿错了,从他手里夺过纸条。他坐下又很快重写了一张,可是写第二遍就不自信那种感觉了。他感到有些顾虑,有些担心,不过他还是克服了。等到接近奥蒂莉的那一刹那,他把纸条塞到了她的手里。

奥蒂莉没有停止,马上写了回信。他来不及读,便把纸条塞进背心的口袋里。背心又时髦又短,口袋里却不易保存东西。纸条冒了出来,掉在地上他也没有注意。莎绿蒂看见后拾了起来,快速读了一遍便递给他道:"这是你写的东西,"她说,"也许你不愿丢失它吧。"

他大吃一惊。"难道她装作不知?"他想。"她已经知道纸条的内容了吗? 或者她被相似的笔迹迷惑住了?"他希望是后者。他受到了警告,加倍地受到了警告,但是这些古怪而又偶然的征象——一种高级动物似乎通过它们来和我们对话——却不为他的热情所理解,相反,因为它们不断引导他向前,因此他觉得很多人都阻止他,这使他痛苦不堪。友好的社交活动消失了。他关闭了和善的感情闸门,当他为情势所迫,不得不和朋友、妻子在一起时,也已经无法再找到从前那种对他们的爱慕,或者重新使这种爱慕活跃起来。他试图求助于一种幽默,可是由于没有爱,所以也就缺乏平常惯用的绅士风度。

莎绿蒂坚持自己的信念默默地承受。她明白自己的严肃的决心,不得不放弃一种这么美好、可贵的情谊。

她多么希望自己也能帮助那两个人。她分明觉得,人为的阻碍医不好这种毛病的。她打算把事情对这善良的女孩挑明;可是她又有些顾虑,一想起自身的动摇,也就无法这样去做了。她试图泛泛谈一下有关方面的情形;然而这种情形也适合于她自己的处境,她更是无法开口。她想给奥蒂莉的一点暗示,竟然全都反射到自己心上。她想忠告别人,但是又觉得自己本身也需要一种忠告。

因此,她只好一直默默地把这对相爱的人分开,然而却没像他愿望那样美好。有时她忍不住露出轻微的暗示,然而对奥蒂莉却不起作用,因为爱德华使奥蒂莉相信,莎绿蒂喜欢上尉,又使她相信,莎绿蒂希望离婚,他想用明媒正娶的方式促成这件事。

奥蒂莉本着纯洁的感情,正在追求着美好的幸福,她只为爱德华而生存。由于这种对他的爱,她做任何事都特别有劲头,也为了他的缘故而更愉快地做事,待人接物也比较人情味了,她似乎置身在尘世上的天堂里一般。

人们就这样在一起继续过着日常生活,人不同,思想也不相同,有时在思考,有时又不在思考;一切都好像按部就班,就好像在非常情形下,一切正在冒孤注一掷的险,可是大家还是若无其事得像往常一样地生活下去。

十四

这时伯爵写给上尉的信到了,信中包含了两层意思:一是向上尉指出,前途远大;二是目前为他提供了一个可靠的机会,即一个为宫廷办事的要职,头衔是少校,薪俸可观,而且还有其他优厚待遇,不过由于种种次要情况还得暂时保守秘密。上尉向朋友们转了这条消息,不过只提到那些希望,而隐瞒了即将到来的事情。

在这期间,他积极干着手边的事情,暗中做好种种安排,目的是让一切事情在他离去以后照常进行,不至于受到影响。他自己也很放在心上,为好些事情规定了期限,并为奥蒂莉的生日火速办理了一些事情。这时两位男友虽然没有明白表示同意,暗地里却很愿意在一起工作。爱德华此时颇为满意,因为金库通过预征粮税而变得仓库充实。整个工作进展得非常迅速。

上尉现在极力劝阻把三个水塘变成一个湖的想法。因为要加固下面的堤坝,铲平中间的堤坝,这整桩事情从多种意义上说,都是重要而需要三思的。不过这两件可以互相交错的工作却已经开始了。正好有位年轻建筑师来到这儿,相当欢迎,

他是上尉从前的学生。他一面聘用能干的师傅,一面采用可以通行的包工方法,把事情带动起来,给工程以安全和持久的保障。这时上尉心中暗喜,他离开这里将不会使人感到手足无措了。因为他坚持一个原则,要等到有人完全接替他的位置,才离开自己所接受的、尚未完成的事务。是的,他鄙视那些缺乏教养的自私自利的人,那些人故意在团体中制造混乱,使人觉得离不开他们,甚至想要破坏他们再也无法继续对其施加影响的东西。

府邸的人这样起劲地工作,都是为了让奥蒂莉的生日气势宏大,不过他们没有明说出来,或者也不肯坦白承认这点。莎绿蒂虽然没有妒意,但认为不能把这作为重要的节日。因为奥蒂莉还年轻,凭她的命运和对家庭的关系,都没有理由让她成为庆祝生日那天的女王。爱德华不愿听人说起这些,因为一切都是顺理成章的。虽然在意料之外,却也令人高兴。

于是大家暗暗地寻找借口达成一致,声称不为别的原因,只为了在那一天前把那座亭台完工,借此机会好向村民和朋友宣告节日来临。

但是爱德华的爱是无止境的。由于他渴望拥有奥蒂莉,所以在效劳、馈赠和诺言上也不加节制。他打算在那天送给奥蒂莉一些礼物,莎绿蒂提出了一些建议,但他觉得太寒碜了。他同管理衣物的男仆商量,这人经常与商贩和时装商人保持着联系,而且对于最令人满意的礼品本身以及如何送礼品的方式也相当内行。男仆立即在城里订购了一只非常雅致的箱子。箱子外壳是用精制羊皮制成的,并镶着钢钉,里面满是与这种外表相称的礼物。

他还向爱德华提出另一个建议。府里现存有一小批的烟花,迄今一直没有机会燃放。这东西可以轻而易举地给人留下深刻印象。这种想法打动了爱德华,那位男仆答应去办燃放的事。这事情眼前要保守秘密。

眼看生日一天天就要到了,上尉及时采取了保安措施,他认为在众人被邀请或被吸引来时,是有这个必要的。他甚至对乞讨及种种扰乱节日气氛的事儿也做了滴水不漏的预防。

爱德华和他的亲信仆人可不一样,他们主要是照管烟花。烟花要在中心水塘边的大橡树前燃放。众人则呆在对面的梧桐树下,便于从适当的角度,又安全又舒服地欣赏水中的倒影及燃放后落在水面上的烟花。

因此爱德华找了其他的借口,叫人清除梧桐树下那一带的灌木、野草和苔藓,在清除杂秽后的地面上,才显出树木在高度和广度上的郁郁葱葱。爱德华对此高兴极了。"我种这些树时,也许也是这个季节。算来这有多久了?"他自言自语。他刚回到家,就去翻看旧日记,这是他父亲专程来到乡下后有条不紊地记载的。植树的事情在日记里虽然不可能提到,但是爱德华还记忆犹新,同一天家里发生过一件非常重要的事件,这一定记在里面。他翻查了几本日记,终于找到了那件事:可是使爱德华多么吃惊,又多么欢喜,他发现了奇迹般的巧合!原来植树的那天,正跟奥蒂莉出生的同一年、同一月、同一日!

十五

盼望已久的清晨终于来临了,阳光照耀着爱德华,许多客人络绎而来。街坊四邻都被邀请到了,上次奠基典礼留传下的许多佳话,使那些上次没有参加的人更不愿意错过这次庆祝活动的大好良机了。

宴会开始以前,木工们携着乐器出现在府邸庭院里,抬着华丽的花环,这是由许多层层叠叠、摇曳生姿的绿叶和花圈组成的。他们说着祝福的话，向女士们讨来绸布和丝带作通常的装饰。宾主们就餐的时候，他们的队伍欢呼着继续前进，在村庄里逗留一会儿，也向那儿的妇女和姑娘要来一些纱带，最后在众人的等候和陪同下，到达新建房屋的高地。

莎绿蒂在宴会后挽留客人们多待一会儿，她不喜欢老套的隆重队伍，所以他们就三三两两，不分等级和次序，从容地来到新建房屋的场地。莎绿蒂同奥蒂莉十分拘谨，可是事情并不因而有什么改善。因为奥蒂莉的确是最后走来的人，好像喇叭和铜鼓专门在等待她，而庆祝典礼要在她到来时才能开始。

为了改变房屋的粗糙外观，人们根据上尉的指示，用绿色的树枝和鲜花加以装饰；不过爱德华没有通知上尉，就先叫建筑师用鲜花在墙柱突出的壁架上标明日期。本来这是不费什么事的，可是这时上尉正好赶到，他想阻止，别让奥蒂莉的名字闪耀在山墙的三角面上。他懂得用巧妙的方式来阻止它，并把已经做好的鲜花字母移到一边。

花环已经被举起来了，本区远邻可以看见。五彩缤纷的绸带和丝帕在空中飘扬，风声几乎掩盖了简短的祝词。庆典一结束，人们便在房屋前面绿叶环绕的平整空地上跳起舞来。一个打扮得漂漂亮亮的木工学徒把一个伶俐的乡下姑娘带到爱德华面前，他自己则请站在旁边的奥蒂莉同他跳舞。两对跳舞的人儿立即带动了其他人。过了一会儿，爱德华就挽着奥蒂莉，同她一起满场飞旋。年轻的男女都愉快地加入跳舞的人群中，而年纪较大的人则待在一旁观看。

人们还没有分开散步以前就约定，在日落的时候再到梧桐林边重新聚会。爱德华首先到了那儿，安排了诸事，并和男仆约好，要他在另一边同别人一起照管燃放烟花的娱乐活动。

上尉对于这方面的安全措施，显然不怎么满意；他预计到观众可能会很拥挤，想同爱德华商量一下，可是爱德华急火火地请上尉别管，这部分庆祝活动由他一个人负责。

人们已经拥到了凸起的、草皮剥露的堤岸上，那儿的地面既不平坦，也不安全。

夕阳西下,暮色来临,众人在梧桐树下翘首企盼,暮色渐浓,他们受到款待,喝着清凉饮料。他们觉得这地方简直完美无瑕,想象着将来可从这里领略到一望辽阔而秀美多姿的湖泊风光。

静静的傍晚,连一丝儿风也没有,预示夜间的庆祝活动可以顺利进行。忽然传来一阵恐怖的叫声。大块大块的土从堤岸上崩裂开来,许多人失足落水。土壤承受不住越来越多的人群的拥挤践踏。每个人都想占有最好位置,现在他们进也不是,退也不是。

每个人都跳起来,向前拥挤着,多半是为了看热闹而不是去救人,因为没有人能够到那么危险的地方去,实在没法可想。上尉同几个果断的人一起赶来,立即把众人从堤上集中到岸边,让救援的人可以放手工作,把落水的人救起来。这时所有的人,有的靠自己,有的靠别人的帮助,又回到陆地上来,只剩下一个男孩,由于小心翼翼,不敢妄动,非但没有靠拢堤岸,反而离得越来越远了。他似乎已经筋疲力尽,偶尔只有一只手和一只脚露出水面。这时小船又不巧停在另一边,船上堆满了烟火,只能小心地缓缓地卸下来,救援是来不及了。上尉下了决心,他甩脱上衣,众人都望着他。他那坚强而健壮的体魄赢得了每个人的信任;不过当他跳下水时,人群中发出了一声惊呼。每双眼睛都跟随着他,作为一个游泳行家,他很快就抓住了男孩,把男孩硬挺挺地一般地拖上了堤坝。

此时小船驶来了,上尉爬上船去,仔细查一下在场的人,看他们是不是都已确实得救。外科医生来了,收下被人认为死了的男孩。莎绿蒂走上前去,她请上尉只管去照看自己,回府邸去更换衣服。他还在犹豫,直到那些老成和明理的人走来,他们刚才就在他的旁边,也帮助搭救过落水的人,他们向他郑重其事地保证,直到所有的人都得救了,这样,上尉才回府邸去。

莎绿蒂目送他离去,心里想,酒和茶以及其他必需品都锁住了,人们在这种情形下做事总是有些颠三倒四;她穿过四散的人群,这些人依然还停留在梧桐树下;爱德华正忙着劝说每个人,要他们留下;他打算马上发出信号,让烟花开始燃放。莎绿蒂走上前去,请他推延这项娱乐,在目前这种情形下还来享受娱乐,实在太不合情理了。她提醒他，要对被救的人和救人的人尽自己的责任。爱德华回答："外科医生会尽他的责任的。他已经准备好各种用具和药品，我们挤过去，反而帮倒忙。"

莎绿蒂坚持己见，向奥蒂莉招手，奥蒂莉准备立即离开。爱德华抓着她的手，大声说："我们不想在战地医院里过完今天。当一个仁慈的女护士，她未免不太合适。没有我们，那些假死的人也会醒过来的，那些活着的人会擦干自己的身体。"

莎绿蒂默默地走了。有一些人跟着她走开了，另一些人陪着他们两人。最后没有人愿意留下，大伙儿都相继离去。只剩爱德华和奥蒂莉两人留在梧桐树下。尽管她恳切而又胆小地请求他同她一起回府邸去，可是他始终坚持留下。"不，奥蒂莉！"他大声说，"重大的事情是不会出现在普通的、平坦的道路上的。今天晚上发生的意外事故，加速了我们的相聚。你是我的！我已经多次向你表白和发誓；我们用不着再说，再发誓；现在这一切都该成为事实了！"

小船从对岸划了过来。原来是困惑的男仆前来请示：现在这些烟花该怎么办。"燃放吧！"爱德华向他大声说。"这只是为你定做的，奥蒂莉，现在也要让你一个人单独观赏！请你允许我坐在你的旁边与你共享这一刻吧。"他温存而谦逊地在她身边坐下，没有去碰她的身体。

火箭呼啸着直飞云霄，火炮轰然作响，火球高飞上天空，焰火盘旋爆炸，转轮火花四溅，开始是单个，接着是成对的，然后是汇合在一起的，越转越光芒上射，一个接一个，聚而不散。爱德华的心也被点燃了，用热烈的满意的目光注视着这种烟火奇观。可是就奥蒂莉的温柔而激动的心情来说，这种呼啸的、闪电般的烟火交融忽生忽灭的景象，使她更加胆怯而不是舒适。她娇怯地依偎着爱德华，这种依偎，这种信任，使他充分感觉到，他完全拥有了她。

夜色苍茫，明月当空，照明了两人回家的路径。有个人影，手里拿着帽子，把他们的去路挡住了，向他们请求布施，他说，他错过了今天这个节日。月光照着他的脸，爱德华看出就是那个纠缠不休的乞丐的模样。然而他心里是无比的幸福，对人发不出脾气了，他已经忘记了，乞讨在今天是特别禁忌的。他在口袋里摸了一会儿,取出一枚金币给对方。现在他认为幸福深广无际,所以他也极愿意使每个人都幸福。

此时家中也顺利进行着,如愿以偿了。外科医生的手术,一切必需品的准备,莎绿蒂的帮助,由于各方协力合作,生命再次赋予了男孩。客人们四散分开,他们一是想从远处再瞧瞧烟火,其次是经过这么混乱的场面之后,再回到自己安静的家园。

上尉也迅速换好衣服,积极参加必要的预防措施;所有都平静下来,只剩下他和莎绿蒂两人了。这时他用敞开心扉的友好语气说,他快要动身走了。她今晚经历了这么多事情,这个消息已经不能提高她的敏感度了。她亲眼目睹了男友做出牺牲,他怎样救人,自己又怎样获救。这些奇妙的事件似乎向她预示了一个重要的、而并非不幸的未来。

爱德华同奥蒂莉一跨进屋,就听说上尉即将离开的消息。爱德华怀疑莎绿蒂早就知道了详情,但是他一心关心他自己和他的目的,也就感觉不到什么不快了。

相反,他聆听着上尉即将升迁到美好而光荣的职位。他暗中的愿望不可遏制地推进事态的发展。他仿佛已经看见上尉同莎绿蒂结合,自己同奥蒂莉结合。从这个角度讲,这份礼物显得格外珍贵。

然而当奥蒂莉走进卧房时感到多么惊讶,她发现珍贵的小箱放在桌上。她毫不耽搁,立即把小箱打开。这里面一切东西都包扎和整理得如此井然有序,她不舍得把它们一一分开,甚而不敢拿出来透透空气。高级薄纱、细亚麻布、丝绸、围巾和花边,在精致、纤细和贵重方面,互相争妍斗艳。另外首饰也很吸引人。她很懂得送礼物的人的用意,就是让她不只一次地从头到脚打扮起来。不过这一切都是这样贵重和罕见,她在思想中是毫无准备的。

十六

第二天早上上尉就不知去向,留下一封信表示对朋友的感激。昨晚他已同莎绿蒂作了半正式的简短话别。她感觉就像是永别,只好屈从命运。因为伯爵在第二封信中也提到有希望达成一件有利的婚姻，这件事上尉最后才告诉她。尽管他自己不注重于此，可她认为木已成舟，对他只好完完全全地忍痛割爱了。

她相信她用来控制自己的力量，也可以要求别人做到这点。她自己既然办得到的事，别人也应当同样办得到。她本着这种想法开始同丈夫谈话，谈得开诚布公而又满怀信心，觉得这事情非一劳永逸地来个了结不可。

"我们的朋友已经离开了我们，"她说，"现在我们又和从前一样四目相对了，是否想从头开始，事情全在我们自己。"

爱德华除了爱听奉承他的热情的话而外，其他的根本不进耳里，他以为莎绿蒂用这些话来表示从前的寡妇身份，虽然没有明说，但还是寄希望于离婚。于是他含着微笑说："为什么不呢？问题只在于人们互相谅解。"

可是当他听了莎绿蒂的回答后，发现自己像被愚弄了，她说："现在我们只得作出选择，把奥蒂莉也安置到别处去。有两种机会为她提供了值得追求的关系：她可以回到寄宿学校去，因为我的女儿已搬到姨祖母那儿去了；她也可以被一家有声望的家庭接受，同那家的独生女儿一起享受合乎身份教育的一切利益。"

"但是你好好想想，"爱德华相当镇静地回答道，"奥蒂莉在我们友爱的家庭里已经娇养惯了，她能被别的家庭接受吗？"

"我们大伙儿都娇养惯了，"莎绿蒂说，"你也不是最后一个。但是要求我们恢复理智的时候到了，它严肃地劝告我们，要为我们小圈子里所有人的最好方面着想，也不要拒绝做出任何一种牺牲。"

"可我认为这有些不妥，"爱德华回答，"让奥蒂莉被牺牲掉，而方法却是现在就把她推到陌生人当中去。上尉遇到了好运气，我们可以安心地甚而愉快地让他与我们分手。谁知道奥蒂莉将会遇到什么呢？为什么我们要过于急躁呢？"

"难道问题还不清楚吗？"莎绿蒂说明略带几分激动，因为她打算一下子把话倾吐出来，便继续说："你爱奥蒂莉，对她俯首帖耳。爱慕和热情也从她那方面产生和滋长。我们为什么不把每个时候都自认不讳的事情说出来呢？难道我们不应该扪心自问，这将产生什么后果？"

"虽然我还不能马上给予回答，"爱德华说，一边尽量控制住自己，"但是可以说出这么一些：我们首先要下决心等待，看未来将会给我们以什么教训，我想现在还不能说，这件事情的结局究竟如何。"

"要在这儿预见一点什么，"莎绿蒂回答说，"并不需要多大的智慧，无论如何，马上可以说出以下这些：我们两人都不很年轻了，再也不能盲目地向前闯，闯到人们不应该去或者不情愿去的地方。没有人再会为我们担心；我们必须作自己的朋友，也作自己的管家。谁都不希望我们陷入绝境而不能自拔，几乎没有谁希望我们受人责备或者甚而惹人笑话。"

"如果我为奥蒂莉的幸福着想，"爱德华反问道，他对太太那坦率而干脆的话没法回答。"你就可以责怪我吗？你就可以骂我吗？我倒不关心什么未来的、始终无法估计的幸福，而是指眼前的幸福。你设身处地地想想，不要自欺欺人，把奥蒂莉从我们家庭中推出去，硬塞给陌生人——起码我还没有狠心到这种地步，指望在她的身上出现这样的变故。"

莎绿蒂已完全明白丈夫在借口掩饰下的决心。终于她察觉出他和她的距离有多远。她相当激动地大声嚷道："奥蒂莉如果使我们的关系破裂，夺走我的丈夫，夺去孩子们的父亲，那她就可以幸福吗？"

"我想，会有人照料我们的孩子，"爱德华面带微笑而语气冷酷地说；但是接着他又用较为友好的语气补充说："谁会马上就想到极端的事情呢！"

"极端与热情是一步之隔啊，"莎绿蒂说。"我想你还有为数不多的机会，你别拒绝善良的劝告，别拒绝我为我们提供的帮助。在模糊不清的情况下，只有看得最清楚的人才能发生作用和帮助别人。我现在是最清楚的人。亲爱的、最亲爱的爱德华，接受我的劝告吧！你就忍心我这样干脆地抛弃我所得到的美满幸福，抛弃最美好的权利，抛弃你吗？"

"谁想谈这个？"爱德华略有几分局促的表情说。

"你自己呀，"莎绿蒂回答；"假如你真的留奥蒂莉在身边，难道还不承认由此必然产生的一切后果吗？我不会强迫你；不过你要是克制不住自己的话，那你至少不能再长久地骗自己了。"

爱德华觉得她说得非常有道理。说出口的话是如此具有威力,如果它把埋藏已久的心事一下子吐露出来。为了避开目前的窘状,爱德华回答:"我想知道,你究竟有什么打算。"

"我的意思是,"莎绿蒂说,"咱俩静下心来考虑这两个建议。两者都有许多好处。如果只看奥蒂莉的现状,她是最适合寄宿学校了。但是假如我考虑到她的将来,那么,那个较大、较广阔的环境更有前途。"接着她不厌其烦地向丈夫说明这两种情况,并用下面的话句来做结束:"如果征求个人的意见,那我宁愿选择那位女士的家,而不愿选择寄宿学校,原因很多,特别是我不想增加那位青年男子的爱慕,进而言之他的热情。奥蒂莉早就在那儿赢得了他的心。"

爱德华好像对她表示赞成,其实不过是虚晃一招。莎绿蒂抱定决心做出决断,看见爱德华没有直接反对,便自作主张,把奥蒂莉的行期定在最近几天以内,她暗地里早把一切都准备好了。

爱德华浑身发抖,他认为自己被出卖了,他的太太那些娓娓动听的话是凭空虚构的,是故意捏造的,而且是有计划的,目的是为了把他和他的幸福永远分开。他表面上不直接反对此事,而内心已经做出决定。为了争取机会,避开由于奥蒂莉的分别而面临的难以预测的不幸,他决定离开家庭。不过事先得和莎绿蒂打个招呼,他寻找借口迷惑对方,他说,在奥蒂莉启程时他不愿在场,甚而从此刻起,他不愿再看到她。莎绿蒂相信自己胜利了,对他尽力支持。他吩咐备马,给男仆做了必要的指示,要收拾什么行李,怎样跟在他的身后。当他快要上马时,又坐下去写信。

爱德华给莎绿蒂的信

亲爱的,我们遭受的灾祸,或许有救,或许不可救——我只感觉出了这点:如果我目前还没有绝望,那我就必须为我自己,也为我们大家求得延期。因为我做出了牺牲,因而我可以提出要求。我离开家庭,直到有了较为顺利、较为安静的情况下才回来。在这期间,你应当管好这个家,不过要同奥蒂莉一起。我要知道,她是在你身边,而不是在陌生人当中。照顾她,像往常一样,像迄今为止的一样对待她,不错,还要更加亲切,更加友好和温存。我答应不同奥蒂莉搞秘密关系。我宁愿有段时间完全不知道你们怎样生活;我为我自己只朝最好的方面着想。请你们也这样想着我吧。我诚心诚意求你:千万别企图把奥蒂莉安顿在任何别的地方,别把她送到新的环境中去。除了你的府邸、你的花园的范围而外,倘若把她托付给陌生的人,那么,她就属于我,我将尽力夺取她。但是,如果你尊重我的心情、我的愿望、我的痛苦,迎合我的幻想,我的希望,那么,当恢复关系的机会自动向我提供时,我也就不加拒绝了。

他信笔写出了结束语,而不是从他心里流露出来的。是的,当他看见信纸上的字句时,开始痛哭起来。这意味着,他要按照某种方式舍弃由于爱奥蒂莉而招来的幸福或者不幸! 他终于明白了他正在做什么。他离家出走,而不知道从而会发生什么情况。至少他现在不应当再见着她;他是不是还会和她再见,对此他能有什么把握呢? 但是信已写好,马匹已站在门口,他有些不托底,会在某个地方看到奥蒂莉,让自己的计划彻底失败。他稳住自己,心里想,他随时都可以回来,不过通过距离更能使他接近愿望了。同时他也在想,如果他留下来,奥蒂莉就会从家里被排挤出去。他封好信,快步走下台阶,一跃上了马背。

当他骑马经过客店时,看见了那乞丐他昨晚慷慨施舍的那个,正坐在凉亭里愉快地吃中饭。乞丐站起来,向爱德华毕恭毕敬地鞠了一躬。昨天他看到这个人时,自己正用手臂挽着奥蒂莉走路;这时他痛苦地回想起自己一生当中这最幸福的时刻。他的苦痛不断增加。他对于遗留下的东西所产生的感情,实在令他难以忍受。他又朝乞丐望了一眼:"哦,你真是一个令人羡慕的人!"他大声嚷道;"你还可以靠昨天的施舍过活,而我却不能再靠昨天的幸福过活了!"

十七

奥蒂莉走到窗边,她听见有人骑马离去,并且看清了是爱德华的背影。她觉得奇怪，他离开家怎么没有再瞧她一眼，也没有向她问候早安。她烦闷不安，不断陷入沉思。这时莎绿蒂招呼她一起去做一次远程散步，一路上她谈到各种事情，只是只字不提她的丈夫，仿佛有某种寓意。回家后，她发现餐桌上只放着两份餐具，因而更加感到吃惊了。

我们平常对似乎微不足道的习惯不大在意，但是在某些特殊情况下，缺少一点什么人们的感受就不同了。现在爱德华和上尉都不在，长期以来，这是莎绿蒂第一次亲自布置餐桌，在奥蒂莉看来，自己似乎被撤职了。两位妇女面对面地就座；莎绿蒂大大方方地谈到上尉的职位，还说几乎没希望再和他见面。唯一使奥蒂莉在自己处境下得到安慰的一点，就是她相信爱德华是为了伴送朋友一程才骑马赶上去的。

但她从餐桌边站起来时，瞧见爱德华的旅行车停在窗口下，这时莎绿蒂相当恼火地问，谁把车子放在这了，有人回答说是男仆，他还要在这儿收拾一些什么。奥蒂莉极力地掩饰她的惊奇和痛苦。

男仆走进屋来，还想取一些东西：主人用的漱口杯，几只银匙以及其他物品等等。在奥蒂莉看来，这意味着一次远途旅行，要在外逗留较长一段时间。莎绿蒂毫不容情地怒斥他的请求。她说，她不明白，他究竟想干什么，因为关于主人的一切东西，都是由他来决定。这个机灵的男仆进来的本意，自然是想同奥蒂莉谈话，所以想找某种借口，把她从房间里引出去。他表示歉意，但对要求仍然坚持。奥蒂莉倒愿意满足他的要求，但是莎绿蒂让他立即走，男仆只好离开，车子轰隆隆地开走了。

这对奥蒂莉来说，是令人多么的困惑和痛苦。她既不明白，也不理解，这到底是怎么回事；可是爱德华要长途旅行，这点她是感觉到了。莎绿蒂也同样感到这种情况，却让奥蒂莉一个人对影自怜。我们不忍描述她怎样伤心，也不忍描述她怎样流泪，她忍受的痛苦是无穷无尽的。她只有祈求上帝，尽快让她脱离苦海；她熬过了白天和黑夜，当她重又恢复神志后，仿佛发现自己是另外一个人了。

她既不能控制自己，也不愿屈从命运，但是她经过如此大的打击后，仍然还在

亲和力

图文珍藏版

这儿，要担心的事情更多了。她的头脑清醒过来后，首先担忧的是自己将继两位男子之后同样离开这里。她丝毫没有料到，爱德华信中的恫吓保证了她能留在莎绿蒂身边；莎绿蒂的态度也让她稍稍安下心来。莎绿蒂总是让这善良的女孩做些事，很少而且也不愿让她离开自己。她明知单凭空话对坚定的热情起不了多大作用，可是她也懂得审慎和自信的力量，因此她促使自己在某些事情上和奥蒂莉进行讨论。

这对奥蒂莉是一种极大的快慰。有时莎绿蒂抱着慎重的态度和决心聪明地观察着。她说："如果我们冷静地帮助那些从热情的困境中脱身出来的人，他们的感激之情会有多么热烈啊。让我们高高兴兴地接管男人们留下来尚未完成的事情吧，这样我们就为他们的归来准备了极美好的前景。他们那种雷厉风行的性格所要毁坏的东西，可以通过我们的节制来维持和促进了。"

"既然您谈到节制，亲爱的姨妈，"奥蒂莉回答说，"我就直言不讳了，我想起男人们漫无节制的情形，尤其是在喝酒方面。我曾经很长时间发现一些优秀男人，由于酗酒而好长一段时间失去纯粹的理智、聪明、对别人的珍惜，以至于还失去了自己优雅、和蔼的态度，这使我多么苦恼和担忧啊！他原来能做一些有益的事，确保一切顺利进行，现在反而要制造灾难和混乱，给别人带来威胁。这么一来，势必常常做出蛮横的决定！"

莎绿蒂认为她说得对，可是她没有把谈话继续下去，因为她明显地察觉出，这时奥蒂莉心中又只有爱德华了。爱德华有时就爱酗酒以提高他的兴趣、谈锋和活动，虽然还没有成为习惯，但已多次超过令人忧虑的限度了。

假如说奥蒂莉听莎绿蒂发表上述意见时，不免也想到了男人们，特别是爱德华，那么，当她听莎绿蒂提到上尉即将面临的婚姻时就更加注意了，莎绿蒂好像在说一件众所周知而又确实可靠的事情。如此，一切都变了，不像以前根据爱德华的保证所想象的那样。由于这一切，奥蒂莉更加注意莎绿蒂的每一种表达、每一次暗示、每一个动作、每一项步骤。她在不知不觉中变得聪明、机警而又多疑了。

莎绿蒂在这段时间中，凭着敏锐的目光洞察周围的各种事物，运用明确的灵活手腕加以影响,同时常常硬拉奥蒂莉一起参加。她放心大胆地收缩家庭开支。不错,要是她仔细观察一切的话,她就把他们之间发生的热情事件当作是万幸的天意。因为已经走到了无路可退,他们还来不及作充分考虑,就因为繁忙的生活和活动,使充裕的物质财富的美好状态纵然不被摧毁,也被动摇了。

对花园设施的安排,她任其自然。她让那些必须为将来的扩展而奠基的工作继续干下去;不过也就到此为止。她想让将来丈夫回家后还能找到足够使他高兴的工作。

她每次遇到这样的工作以及打算这么做时,就对建筑师的方法赞不绝口。湖面在短短的时间内就在她眼前扩大了,新筑成的堤岸上栽了花、植了树、铺了草皮,被点缀得焕然一新。新屋旁边的一切粗坯建筑都已完成,维持房屋所必需的东西也照顾到了,于是她让工作到此告一段落,以便让今后再高高兴兴地从头开始。这个时候她平静而又快活;而奥蒂莉却只是表面上显得如此,因为她在这一切当中,只在观察某些征象,看是不是可以期待爱德华不久回来。除了注意这点而外,任何事都激发不了她的兴趣。

因此她喜欢采取措施、把村童们集合起来,让他们经常维持大花园的整洁。爱德华曾经这样设想过,要给男孩们定制一套浅色制服,让他们晚上浑身都洗干净后才穿上。衣帽间设在府邸里,由最精细、最懂事的男孩来监管。建筑师指导全盘工作,转眼之间,所有的男孩都干得相当熟练了。成人对他们的管教并不费力,他们完成任务时,在操作上都有一定的规则。毋庸置疑,当他们当中有的人带着刮刀、有柄的刀刃、耙、小铁锹、锄头、扇形的扫帚等走来,剩下的人带着箩筐跟上,一起来清除杂草和石块,还有的人把又高又大的铁滚轮拖来,这群孩子形成一支漂亮的、令人高兴的队伍。建筑师记下了孩子们种种工作的顺序和优美的姿态,作为花园房屋的雕饰花纹的设计。奥蒂莉与此不同,她在这里只看出某种形式的演习,以为这是为了向不久归来的主人致敬。

这鼓励了她并给了她兴趣,她也想用类似的方式来迎接他。之后的日子里,她不断鼓励村子里的女孩们从事缝纫、编结、纺纱以及其他妇女做的工作。自从对村子里的清洁和美观采取维护措施以来,勤劳品德愈加在女孩身上体现。奥蒂莉自己也不断参加多半是偶然的活动,看机会和兴趣而定。她现在想把事情做得更完善、更合理一些。然而女孩不同于男孩,不能从她们当中组成一个合唱队。她本着一片好心,尽管没有完全明说出来,却一再劝说每个女孩都要依靠自己的家庭、父母和姊妹。

她在许多女孩身上做到了这点。唯有一个活泼的小女孩总被责备,说她没本事,在家里太懒惰。奥蒂莉却不讨厌这个女孩,因为女孩对她特别友好。女孩总是不肯离开奥蒂莉,只要奥蒂莉允许,她就陪着奥蒂莉一起走,一起跑。这时女孩显得积极、活泼而不知疲倦。亲近一位如此美丽的女主人,似乎成了这个女孩的需要。开始奥蒂莉让她陪伴自己还有点勉强,后来她自己也喜欢上她了;最后她们两人简直形影不离。这个名叫兰妮的小女孩陪着她的女主人到处走。

奥蒂莉常常到花园去,她喜欢枝繁叶茂的景色。浆果和樱桃季节已经结束,可是兰妮特别爱吃迟结的果子。在那些秋天才果实累累的果树旁边,园丁很是想念男主人,他在闲聊中没有一次不盼望他回来。奥蒂莉爱听这位善良的老人谈话。他完全精通本行的手艺,常常向她讲起关于爱德华的旧事。

奥蒂莉亲眼看见今春嫁接的嫩枝长得十分茁壮,很是振奋。园丁沉思了一会儿,回答说:"我只希望好心的男主人由此得到许多快乐。要是他今秋回来,他就会瞧见哪些珍贵品种还是他的令尊大人栽培在府邸里面的。现在的园艺先生们,不及嘉尔特会修士们那样可靠。在他们的品种目录里看到的纯是名种。于是人们接枝、培育,而后来等到结了果实,才发现不值得再让这些树长在园子里了。"

这位忠诚的仆人每次见到奥蒂莉,总是一再问她,男主人什么时候回来。要是奥蒂莉回答不出所以然,这位善良的老人就不免对她显出内心的忧虑,认为她不信任他。她不明情况,又被人怪罪,让她本身感到十分难堪,然而她还是离不开这些花坛和苗床。她们共同撒下的部分种子,栽培的一切花草,长势很好,除了让兰妮常常去浇水外,再也不需要什么照顾了。奥蒂莉带着异样的感觉来观看这些迟开的翠菊,它们本该在爱德华过生日的时候才显示其光辉和茂盛。为了这个生日,她暗下决心,要好好庆祝一番,并用花朵来表达她的爱慕和思念之情。但是想要目睹这个节日的希望,并非一直那么活跃。怀疑与顾虑,不断搅乱这个善良女孩的心灵。

现在要和莎绿蒂达到原来那种真诚的一致显然是不可能了。这自然由于两位女人的处境完全不同。如果一切照旧,仍然回到有规律的生活轨道上去,莎绿蒂就能赢得目前的幸福,而未来也向她展示出美好的前景;与此相反,奥蒂莉则失去了一切,应该说是一切:因为她初次在爱德华身上找到了生活和乐趣,可是在目前的情况下,她感觉到无穷无尽的空虚,她以前从未想过这些。因为一颗寻求爱的心,分明觉得它缺少什么;而一颗失去爱的心,则因缺少什么而感到不幸了。相思化为烦闷和焦急,一个女人的心情本来习惯于期望和等待,可是现在却想从禁圈中跳出来,变得积极、进取,而且也要为本身的幸福做点事情。

奥蒂莉并没有停止对爱德华的想念,她无法办到这一点。莎绿蒂虽然非常聪明,却违反自己的信念,以为是人所共知的事,又假定这是确定不移的,就是在她的丈夫与奥蒂莉之间可能保持一种友好的平静关系。但是很多晚上奥蒂莉关着房门,跪在打开的小箱子前面,仔细查看生日的赠品。她纹丝不动这些东西,衣料没有剪裁,没有缝纫。有多少次这个善良的女孩在朝阳升起时,就急忙离开她平常从中获得一切欢乐的家,来到野外,到她平时不感兴趣的地方去。就是在地面上,她也不愿逗留。她跳上小船,向湖心划去,然后她拿出一本游记来读,让小船随着起伏的波澜而簸荡,她梦想到异国他乡去,总觉得她的朋友在那儿;他俩的心息息相通。

十八

我们曾经说过的那位与众不同的男子米特勒,他听说了朋友们中间发生不幸的消息,虽然没有人请他去参与和帮助,然而他在这种情形下愿意证实他的友谊和表现他的本领。但是他在心中盘算:他觉得最好还是再观望一些时候。因为他非常懂得,在道德混乱问题上,有教养的人比没教养的人更难以帮助。因而有一段时间他听凭事情放任自流。但是他还是坚持不住了,急忙赶去寻找他追踪已久的爱德华。

他走的路通向一片令人心旷神怡的山谷,谷中碧草如茵,树木茂盛,一条永不枯竭的溪流,蜿蜒穿过草地,经常发出汩汩的响声。在平缓的坡地上,田地连成一片,果树排列整齐。两村之间靠得并不太拢,整个地区具有一种和平的气氛,至于局部地方虽然不适宜于绘画,却显得特别适宜于生活。

一所维持完好、拥有清洁朴素的住房、花园环绕四周的附属田庄,终于映入眼帘。他猜想这是爱德华目前的住地,事实上他猜对了。

对于这位孤独的朋友,我们可以说出这么些话,就是他暗地里完全听凭热情的奔放,他想出一些计划,也产生了一些希望。他甚至承认,他希望在这儿见到奥蒂莉,他希望带她或引诱她到这儿来,他无法阻止自己去想平常许可做和不许可做的事情。后来他的想象力就在一切可能方面摇摆不定。要是他不该在这儿占有她,或者不能合法地占有她,他将奉献自己的财产所有权。她应当在这儿安静地独立生活;她应当幸福,如果他让自我苦恼的想象力走得更远一点,就想她也许会同另外一个人一起幸福生活。

他的日子就在眼泪与笑声,希望与痛苦,决心、准备与绝望中不断动摇而流逝了。米特勒的出现没有让他感到惊奇。他早就期待这个人到来,所以他也表示出一半欢迎。如果他认为米特勒是莎绿蒂派来的,那么,他早就准备好各式各样的道歉、推宕以及更坚定的建议了。可是他现在希望再听到一点关于奥蒂莉的消息,所以米特勒对于他好比是天上来的使者那样可爱。

爱德华听出米特勒不是来自府邸,相反是自愿而来,于是感到厌烦和扫兴。他的心扉关闭了,再也不愿多谈些什么。可是米特勒心里非常明白,一种魂牵梦绕的心情迫切需要表达,需要把心里所想的东西在朋友面前倾吐出来,于是他也就乐于东拉西扯一阵以后,退出角色,不表演中间人,而是充当知心朋友了。

接下去他用友好的方式,责备爱德华不该过这种寂寞的生活,爱德华回答:"哦,我真不知道怎样更好地打发我的时间!我每时每刻都想着她,仿佛自己是在她的身边。我有着无法估计的优点,我可以想象,奥蒂莉在哪儿,走到哪儿去,站在哪儿,在哪儿休息。我瞧见她和平常一样在我眼前做事和活动,在工作和做什么事情,而这些事情都是使我最高兴的。当然还不止于此。我离开了她怎么能幸福呢!现在我生活在幻想之中,认为奥蒂莉应当做些什么来让我活下去。我以她的名义写一些甜蜜而亲切的信给自己;我又回复她,把信都保存在一起。我许下诺言,不去找她,我得遵守诺言。然而有什么东西阻止她不向我走来呢? 难道是莎绿蒂竟这么狠心要她许下诺言和誓词,不给我写信,不许她告诉我一点有关她本人的消息吗? 这倒是自然的,也是可能的,可是我总觉得这令人气恼,无法忍受。倘使她像我相信和知道的那样爱我,为什么她不下定决心,为什么她不敢逃走,投到我的怀里来呢? 我常常想:她应该这样做,也能够这样做。要是前厅里有点动静,我就向门口看。她应当进来呀! 我还是这样想,也还是这样希望。唉! 因为可能的事情往往又是不可能的,所以我就幻想,不可能的事情终将成为可能。晚上,我一觉醒来,孤灯投射出一道摇曳不定的光线照亮卧室时,我好像觉得她的身影在我面前晃动,她的形象,她的精神好像在向我靠近,攫住了我,刹那间,我仿佛得到了一种保证:她在思念我,她是我的。

"我只剩下唯一的一点乐趣了。当我们在 起时,我从没有梦见过她;可是现在我们分开后,却在梦中相逢,真是奇怪极了。自从我在邻近认识一些别的可爱人儿以后,现在她的形象才出现在我的梦里,我觉得她在对我说:'你尽管四处看吧!却找不到比我更美丽、更可爱的人儿。'她的形象就这样每次出现在我的梦中。我和她遭遇到的一切事情,都显得颠三倒四,离奇古怪:有时我们签署一份契约;那是她的手迹和我的手迹,她的名字和我的名字;两者相互涂抹,又相互缠绕在一起。这种欢快的幻想魔术总是很痛苦的。有时幻想做出一些事情,伤害我从她身上得到的纯粹理想;这样我才真正发觉我多么爱她,这种爱语言是无法形容的。有时她一反常态地和我打趣,折磨我,但是她的形象立即变了,她那美丽、圆润、天使般的小脸露出失望的表情,这是另外一个人。我却感到苦恼、不满和精神错乱。

"您别笑,亲爱的米特勒,也好,您尽管笑吧! 哦,对于我的这种依恋,如果您高兴的话，也可以说这种愚蠢的、发狂的相思，我丝毫不感到惭愧。不错，我还从来没有恋爱过，现在我终于认识到，什么是恋爱。直到今天，我生活中的一切都仅仅是序幕、是等待、是消磨时光，是浪费时间，直到我认识了她，直到我全心全意地爱上了她。有人责备我，虽然不是当面，而是在背后，说我在很多事情上，工作总是马虎和草率的。他们也许没有错，可是我还没有发现，我在哪一方面能成为大师，我倒要瞧瞧在恋爱才能上能超过我的人。

"这固然是十分可怜、令人心酸落泪的事情，但是我觉得这对于我是这么自然，这么独特，以至于我很难有在某一天再放弃它了。"

爱德华通过这番热烈而由衷地表白后，心情得到了释放。可是他的奇特处境的个别特征一下子都明显地出现在眼前，他被痛苦的斗争所压倒，突然失声痛哭起来，泪流满面，因为他的心通过交底而软化了。

米特勒由于目睹爱德华痛苦的激情爆发，不得已而违背了他此行的目的。这样他就更加难以违反他急躁的天性及严格的理智，老实不客气地表示没什么大不了的。他认为爱德华应当好好考虑，振作起来：怎样才不辜负堂堂男子汉的尊严，他不应该忘记，一个人是可以得到最高的荣誉的。他必须在不幸中克制自己，用镇静和礼节来忍受痛苦的折磨，这样就会受到高度的评价和尊敬，而且会被人当作典范来仰慕。像爱德华这样易于激动的人，内心充满了痛苦的情感，理所当然地认为对方的话又空又缺乏人情味。他气愤地说："幸福的人、快活的人会说风凉话，可是，只要他看出这对苦恼的人儿是多么难受，就会感到惭愧。固执的快活人儿只要求无限的耐心，而不承认无穷的痛苦。然而事实有这种情形，而且还不少呢，到了这时任何安慰都是卑鄙的，而绝望则成为必然。有位高尚的希腊人，善于描写英雄人物，却绝不鄙视这些人物在受痛苦的煎熬时痛哭流涕。他曾经有一句名言：泪多的男子是善良的。让所有没有同情心、不流泪的人离开我吧！我咒骂那些幸福的人们，不幸的人只为他们提供笑料。不幸的人在肉体与精神遭受到极端压抑的残酷情形下，还要做出高贵的样儿以博得他人的赞赏，以便在他临死前还能听到他人的喝彩，就像一位古罗马的斗士在众人眼前从容死去那样。亲爱的米特勒，您能来看我我感激,不过如果您愿在这园子里,愿在这一带四下看看,这对我来说,就是最大的爱的表示了。我们一定又会碰头。我打算更克制一些,更像您一些。"

他们不再谈了,米特勒愿意让步,因为不容易再把话头接上。爱德华完全同意继续谈下去,反正总得达到目的才行。

"当然,"爱德华说,"想这想那,说来说去,是毫无结果的,可是我在这种谈话中才了解自我,才坚定的感觉出,为什么我应该下决心,为什么我下了决心。我看出我所面临的目前生活,也看出我将要面临的未来生活;我只有在痛苦与享乐中做出选择。最好的人,请您促成一次离婚吧,它是如此必要,甚至已经实际上这样了。请您为我争得莎绿蒂的同意吧,我相信,但我不想详谈,她是可以得到的亲爱的人,您随便说去吧,让我们大伙儿放心,使我们大伙儿幸福!"

米特勒欲说无言。爱德华继续说:"我的命运和奥蒂莉的命运是分不开的,我们不会毁灭。看一看这只玻璃杯吧!我们俩名字的开头字母都刻在上面。一位快乐的欢呼者把杯子抛到空中,大伙儿以为没有人再能够用它喝酒了,酒杯会在山坡上摔碎,可是却有人把它接住了。我出了高价才把它再买回来,现在我天天都用它饮酒,以便让我每天都确信不疑:命运已经决定了的关系,都是不可摧毁的。"

"哦,我真霉气,"米特勒叫道,"我对朋友还得有多大的耐心啊!现在我甚而碰到了迷信,我一直痛恨这是人们中间出现的最有害的东西。我们玩弄预言、猜想和梦幻,从而使日常生活变得有意义起来。不过,如果现在生活本身已经有了意义,如果我们周围的一切都在动荡和沸腾,那么,有了那些妖魔鬼怪,雷雨到来时只会变得更加可怕了。"

"请您在这不可捉摸的生活当中,"爱德华大声说,"在希望与恐惧当中,给这贫乏的心灵充当某种形式的导航星吧,即使它不能朝着目标航行,至少可以辨明前面的方向。"

米特勒回答:"只要有希望得到一些结果,我是乐于照办的,不过我常常发现:没有人重视告诫的征象,只注意恭维和好听的话,而且对此深信不疑。"

由于米特勒已经知道了事情的内幕,他在这呆的时间越长,就越感到无所适从，于是勉强接受爱德华的迫切愿望，去拜访莎绿蒂。此刻他究竟用什么才能够反对爱德华呢？只有争取时间，去摸清妇女的情况，这就是按照他本身的想法还给他留下的可做的事情了。

他急匆匆地赶去看莎绿蒂，发现她和平常一样沉着而快活。她乐意向他汇报一切事情发生的经过，因为他从爱德华的谈话中只能听到事情发生后的影响。他从他这方面谨慎地进行交谈，但是不管怎样他狠不下心，离婚这个词儿总是难以启齿，哪怕只是顺便提一下也不行。可是事实使他感到多么奇怪，多么惊异，按照他自己的观点，又多么开心！这时，莎绿蒂继续谈了许多不让人高兴的事情，最后说道："我一定相信，也一定希望，一切事情又会好转，爱德华又会回来。这也算不得什么意外吧，现在我可以告诉您我有了。"

"我没有听错吧？"米特勒插嘴问。——"一点没错，"莎绿蒂回答。——"我要为这消息祝福一千遍！"他大声说，一边拍起手来。"我知道这个理由对男子心情所发生的力量。我见过许多婚姻都因此而加快、加固、破镜重圆！这怀孕的作用胜过千言万语，的的确确是我们所能有的最好的希望了。可是，"他接着说，"关于我本身，我可能有一切理由感到厌烦。我很自知，在这种情形下，我的自尊心不会受人恭维，我的活动在你们那儿也得不到感谢。我觉得自己就像我那个当医生的朋友，他采用一切疗法对待穷人都顺利成功了，但是他很少治愈一个愿付优厚酬金的富人。这儿的事情幸而靠自己的力量得救了，光凭我的努力，我的劝说是不会有结果的。"

这时莎绿蒂要求他把消息告诉爱德华，给他捎一封信去，同时看看，要做些什么，要恢复些什么。他不肯接受这一要求。"一切事情都已经做好了，"他大声嚷道。"您写信吧！任何一个信差都会干得和我一样好。我得到更需要我的地方去。只有在祝福的时候我会再来，我来参加孩子的洗礼。"

莎绿蒂这一次，也和过去几次一样，对米特勒感到不满。他那急躁性格固然做了不少好事，但是他那仓促行动也招致了许多失败。他总是比别人更信赖自己临时决定的意见了。

莎绿蒂的信差到达爱德华住处时,爱德华用半吃惊的神情接见了他。这封信既可能是表示同意,也可能是表示反对。他好久不敢拆开它,可是他知道情况后,站在那儿惊惶失措,读到信的结尾那段时,他简直惊呆了:

　　"想想那个夜晚,你充作求爱者冒险来访你的妻子,把毫无抵抗的她拉到你的身边,把她当作情人、当作未婚妻拥抱在怀里。让我们把这不寻常的偶然事件当作是上天的安排来崇敬吧,正当我们生活中的幸福眼看就要瓦解和消失的时候,这个事件造成了我们关系的新的纽带。"

　　从这一刻起,爱德华心灵上起了什么变化,是无法描述的。在这样一种困境中,最后旧的习惯和爱好又冒了出来,用来扼杀时间,填满生活空间。狩猎和战争对于贵族来说,经常是现成的脱困方法。爱德华渴望去冒外界的风险,用以维持内心的平衡。他巴不得自毁自灭,因为生存对于他已变得难以忍受了。不错,如下的想法对他是种安慰,这就是世界上不再有他这个人,好让他的亲人和朋友过得幸福。因为他隐瞒了自己的决定,所以没有人对他的意志设置障碍。他按照各种形式立下自己的遗嘱:他有种甜蜜的感觉,可以把财产遗赠给奥蒂莉。对莎绿蒂、对尚未出世的孩子、对上尉、对他的男女仆役,都分别做了安排。这时,新的战争促成了他的计划。由于他在军事上没有韬略,曾在他青年时期给他带来过许多麻烦,因此他退役了。现在能同一位统帅一起出征,这使他产生了一种崇高的感觉,关于这位统帅,他这样对自己说,在这个人的率领下,出生入死,而胜利则是肯定无疑的。

　　奥蒂莉知道莎绿蒂的秘密以后,也像爱德华一样惊惶失措,而且有过之而无不及。她经过反省,再也无话可说了。她既不能够希望,也不允许祝愿。她的日记可让我们透视一下她的内心,我们打算从中摘录几段于下。

第二卷

一

在平常生活中,我们曾经遇到这种情形,它在英雄史诗里通常被誉为诗人的艺术手法,这就是当主角离开、退场或者无所事事的时候,便立即有第二者、第三者,甚至一个至今未被注意的人物来填补空缺。由于他发挥出全部作用,我们便同样觉得,他是值得我们关注、同情,甚而夸奖和赞美的。

比如那位建筑师,自从上尉和爱德华离开以后,日趋显示出他的重要性。这时一些工程的安排和实施全仗他一人操持。他在这方面表现得仔细、明理、活跃,同时,他想一些方法帮助两位女士,并懂得在寂静、漫长的时刻给她们消愁解闷。就是他的仪表也足以引起别人的信任和好感。青年这个词的含义在他身上彻底体现了。他身材匀称、修长,略微高了一点;他谦逊而不胆怯,亲切而不强人所难。无论什么操劳和辛苦,他都愿意承担。由于他极会运筹,所以不久府中的全部家务对人,常常是由他出面接待,对于不速之客他懂得怎样回绝,或者至少让女士们有所准备,而不至于产生什么不方便的情况。

在来访的客人中,有一天来了一位年轻的律师,给他带来了不少麻烦。这位律师是附近一位贵族派来面谈一件事情的,这事虽然没有什么特殊意义,却搅动了莎绿蒂的心。我们不得不提到这件事,因为它又触及了许多也许早该平息了的事情。

我们曾经知道,莎绿蒂曾改变了教堂墓地的面貌。所有的墓碑都从原处被搬安置在墓地的围墙和教堂的墙基边上,其余的地面全被铲平了。除了一条宽敞的道路通向教堂并从教堂前面经过,通往墓地另一端的小门外,地上全都种上了品种不一的苜蓿,现在它们已经是花红叶绿时候。按照有关规定,新坟应从墓地的尽头依次排列过来,可是,地面必须始终保持平整,上面也依然种植花草。没有人会否认,这种安排给星期天和节日上教堂做礼拜的人提供了赏心悦目的景色。甚至那位年迈、守旧的教士,起初对上述安排并不十分满意,可是现在他在古老的菩提树下,就像菲莱蒙和他的鲍茜丝在后门修身养性一样,看到绚丽多彩的草坪代替了高低不平的坟地,心中也感到不胜愉快。此外,由于莎绿蒂答应将这块地产的使用权交给本教区,所以这对于教士的家庭经济是有利的。

可是,虽然如此,这个教区的一些教徒还是指责说,他们祖先长眠之所的标志被废除了,从而使他们对先人的缅怀也随之消失。因为保存完好的墓碑虽然能表明埋葬过谁,可是却不能指出他埋葬在什么地方,而葬地恰恰是人们认为至关重要的。

住在附近的一户人家就是这么想的。很多年以前,他们赠给教堂一笔小小的捐款,为自己和他们的宗族在这个公共墓地上换取了一块土地。现在他们派遣这位年轻律师前来,就是要取消这笔捐款,并声明以后不再继续捐款,因为他们的交换条件业已被单方面取消,而且他们所有的抗议和反对意见都没有引起重视。莎绿蒂作为改造墓地的发起人,想亲自与这位年轻人交谈。这位年轻人虽然伶牙俐齿,但并没有强词夺理。他陈述了他自己和他的委托人的理由,并提请在场的人对某些问题予以考虑。

"您看,"他在简短的开场白里为自己的迫切心情作了辩解之后说,"无论是凡夫俗子还是至高无上的人,都看重把埋葬他们亲属的地方标志出来。一个最穷困的农民,在埋葬他夭折的孩子时,也会在墓前树立一个简单的木十字架,并安放一只花圈加以点缀,以便在痛苦的日子里,至少能使他的哀思有所寄托。尽管他那种纪念性的标志像悲哀本身一样,会随着时间的流逝而消失,但他从中已获得了一种安慰。富裕的人还要把木十字架换成铁的,并用种种方式加以巩固和保护,以便它们能多留存几年。然而铁十字架最终也会埋没而变得难以辨认,于是有钱人又考虑树立一块石碑,它可以代代留传并被后人修缮和更新。不过吸引我们的倒不是石碑,而是它下面所埋葬的东西,是早已入土的死者。人们议论的并不是纪念物,而是死者本身,不是回忆往事,而是面对现实。我宁愿热诚地拥抱坟丘中的、而不是纪念碑上的亲爱的死者,因为纪念碑本身的意义甚小;但是围绕着这样一块像界石一般的纪念碑,夫妻、亲属和朋友在他们死后还能聚集在一起,而活着的人还有权利把素昧平生和心怀恶意的人从那些长眠于地下的、可爱的人身边排斥和隔离出去。

"因此我认为,我的委托人收回捐款是完全合理的;这要求够低了,因为他们全家人的感情曾经受到创伤,而要弥补这种创伤是无法想象的。他们将失去在亲人墓前祭祀时所产生的那种痛苦的甜蜜感,从而也失去了那种给人以慰藉的,将来安息于亲人身旁的希望。"

"只是一桩小事,"莎绿蒂回答说,"无须通过诉讼闹得沸沸扬扬。我对自己的安排没有什么后悔的,如果教堂损失了什么,那么我将非常乐意赔偿。只是我不得不向您坦白地承认,您的理由没有说服我。那种最终大家平等的纯洁感情,至少死后是这样,在我看来比这种固执己见,死板地僵持我们的个性,继续我们对他人的依恋和维系我们的生活方式,要使人心安得多了。——您对此怎么看呢?"她转身问建筑师。

"在这问题上,"建筑师回答说,"我既不想争论,也不想起决定作用。您还是让我在最接近我的手艺和思想方式的方面来谈谈我的胡言乱语。现在我们不再那么有幸能将亲人的骨灰装入盒中,拥有胸前,也不可能将他们的遗体完整地放在巨大、华丽的石棺当中,因为我们既不够富有,也没有那样的兴致,再说,在教堂里根本就找不到我们和我们亲属的位置,我们只能指望在野地安息,所以我们有一切理由赞同您,仁慈的太太所倡导的方式和方法。如果一个教区的信徒都并排地埋葬在一起,那么他们也就等于安息在亲人的身旁和中间了。既然大地将会接受我们,那么,我认为更自然、更圣洁的莫过于立即铲平那些偶然出现又逐渐坍塌的坟丘了,这样还能使死者减轻覆盖在他们身上的重荷。"

"难道事情就这样了吗?不留下任何纪念的标志,不留下任何使人回忆的东西?"奥蒂莉问道。

"不,不是的!"建筑师继续说道,"这并不是要人放弃纪念,而只是放弃墓地而已。建筑师与雕刻家最感兴趣的是,人们期待着他们,期待着他们的艺术和他们的双手创造出使人们的存在经久不衰的作品;因此我所期望的是构思奇妙、制作精美的纪念碑,它们并不是没有规律地各自分散着,而是集中在一个能使其长久留存的地方。现在,有些高贵和虔诚的人已经放弃了死后长眠于教堂里面的特权,因此人们至少可以在那里或在墓地周围富丽的厅堂内陈列纪念的标志和铭文。关于这些标志和铭文,有千百种形式,而用以装饰它们的图案也有千百种。"

"如果艺术家的想象真的那么丰富,"莎绿蒂说道,"我请求您告诉我,为什么人们从来没有能够从小小的方尖塔、截顶的圆柱和骨灰盒的形式中摆脱出来呢?我并没有看到您所夸耀的千百种发明,相反,我只看到了千百种重复。"

"在我们这里大体是这样,"建筑师回答说,"但并非处处如此。一般说来,关于发明和适当的应用完全是不同的事情。在这种情况下,要使严肃的事物变得使人开心,要使人们碰到不愉快的事情也不致陷于不快,是相当的困难。至于说到各种形式的纪念碑图案,我倒是搜集了许多,有机会我可以给您看看。不过一个人最美好的纪念碑永远是他自己的肖像。这种肖像比其他任何东西都更能说明他曾经是怎样的人,它就像最美妙的歌词配着或多或少的音符,只是这种肖像要在人最美好的时候制作出来,而这通常被人耽误了。没人想到要保存活人的形象,即使有也不够完美。只有当一个人死后,人们才赶紧用石膏印下他面孔的模型,然后将模型雕刻在一块石头上,于是人们就把它称为半身塑像。然而艺术家要使其完全达到栩栩如生的地步是多么罕见啊!"

"可能您还没意识到,"莎绿蒂接着说,"您在无意之中竟使谈话完全有利于我了。一个人的肖像可以是独立的,无论在何方,它只是为自身而存在,我们不会要求它来标志本来的坟墓。但是我该不该向您承认一种奇怪的感觉呢?就是对于那些肖像我也有一种反感,因为在我看来,它们总是在做无声的责备;它们暗示着某些遥远的、逝去的东西,也提醒我,正确尊重现实是多么艰难。我们可以仔细想想,究竟我们看到过和认识过多少人,并坦率地说,我们对于他们,以及他们对于我们是多么微不足道,这样,我们的心情又会怎样!我们遇见过富有才华的人,却没有和他交谈;遇见过学者,却没有向他学习;遇见过旅行者,却没有向他求救;遇见过亲切可爱的人,却没有向他作点适意的表示。

"可惜发生这种事情并不仅是对于路人。社会和家庭对于它们最可爱的成员,城市对于它们最可敬的市民,百姓对于他们最卓越的君主,国家对于它们最优秀的人物,态度都是如此。

"我曾听到有人问,为什么人们可以那么直截了当地说死者的好话,而谈论活人却总是很谨慎。有人回答说:因为我们对于死者已无所畏惧,而活着的人则随时会与我们冤家路窄。纪念他人的动机竟是如此不纯。这往往是自私可笑的,相反,把那种与活着的人们之间的关系一直保持得生动活泼,倒似乎是神圣而严肃的了。"

二

众人为上述事件及其与此相关的谈话所激动,第二天便动身前往墓地。建筑师对修饰和美化墓地提出过一些好的建议。不过他的一些想法也涉及了教堂。这座建筑物一开始就吸引了他。

这座教堂已经矗立了好几百年,它是根据德国的艺术风格建造的,比例谐调,装饰精美。人们可以发现,那位曾经建造了附近一座修道院的建筑师,在这座小巧的教堂上也同样证实了他的卓见和爱好。尽管教堂内部那些用于做基督教礼拜的新设置,使建筑物的宁静和崇高气象有所损失,但整个教堂给人的印象依然是庄严和谐的。

建筑师很轻松就从莎绿蒂手里领到了一笔相当的款项,他打算用这笔钱把教堂里里外外都修建成古代式样,使它与前面的墓地协调起来。他自己的技巧十分娴熟,此外还有几位工匠在府中参加建筑,他极力挽留,直到这项慈善工程完工。

现在他们着手对教堂本身及其周围环境和附属建筑进行考察。这期间使建筑师十分惊讶和高兴的是,在教堂侧面又发现了一个鲜为人知的小礼拜堂,它的构造更加奇妙、更加灵巧,装饰也更为悦目,别具匠心。同时室内还有一些过去做礼拜时留下的雕刻和绘画的残余。这说明当年的礼拜仪式已经知道用各种各样的图像和器皿来区分不同的祭日,并以各种不同的方式举行祭祀。

建筑师立即把这个小礼拜堂纳入了他的设计计划,特别是想把这个狭窄的地方修复成过去时代和过去风尚的纪念馆。他正在盘算如何把那些空白地方按照自己的爱好加以装饰,而且也乐于为此施展自己的绘画才能。不过对府邸中的人他还想暂时保守这个秘密。

第一,如约给府邸中的两位女士看古代墓碑、容器以及其他一些东西的各种仿制品和草图。当话题扯到北欧民族较为简易的坟墓时,他就拿出他所收藏的、从这些坟墓中挖掘出来的、各种各样的兵器和器皿让她们观赏。他把所有的东西都保存得非常整洁,放在衬着布料的分隔抽屉里,以便搬动。这些古老而严肃的东西由于他的保护竟然显得有些像装饰品了。而看的人也像观赏时髦物品商人的小宝箱一样兴致勃勃。由于他拿出来展示过一次,而两位女士的寂寞又需要排遣,于是他便每天晚上带些他的宝贝来。它们大多来源于德国:如中世纪的薄面银币、厚面银币、印章以及一些与其有关的东西。所有这些东西都唤起了人们对古代的想象。由于他后来又拿出了早期的印刷品,木刻和最古老的铜版画,并讲得绘声绘色,而且教堂的色彩和其他的装饰在这种尚古思想的指导下也日复一日地朝古代的风格发展,于是人们不得不问自己,他们是否真的生活在近代,现在这种完全沉湎于另一种风俗习惯、生活方式和宗教信仰的现象是不是一场梦幻。

有了这种精神准备,建筑师最后拿出一只较大的纸夹,就产生了极好的效果。纸夹里面装的虽然只是些人像的轮廓画,但是由于它们是按原画精心描绘下来的,所以依然完美地保留着古代的特征,这在观赏者的眼里是多么惹人喜爱啊!在这些人物形象中,一个个都显示出他们的存在是至为纯洁的。人们虽然不能说他们高贵,然而却可以说他们是善良的。这些人物形象神情愉快、聚精会神,俯首皈依一位君临我们上空的圣人。在所有的面容和所有的姿态上,都表现出他们默默地沉浸在爱和期待之中。那鹤发童颜的老人,满头鬈发的男孩,血气方刚的青年,不苟言笑的男子,超凡脱俗的圣者,随风飘舞的天使,所有的形象都在一种纯洁的满足和虔诚的期待中显得幸福。连画中所表现的最平凡的情形也都带着天国的生活气息,那种礼拜仪式也同样显得与每个人物的天性完全和谐。

对于这样一种境界,大多数观画的人都心系神往,如同向往一个业已消逝的黄金时代,向往一个失去的乐园。也许只有奥蒂莉才能感觉到身临其境在画上的人物之中。

现在还有谁能拒绝建筑师的请求呢?就是以这些原画为范本来描绘小礼拜堂尖形穹顶的内壁,从而在他觉得适当的地方确立他的纪念物。建筑师在说明他的意愿时略带几分伤感,经验告诉他,他不能长久留在这个美满的府邸,可能马上就必须离开了。

除了这些,这几天别无他事,不过许多话题还是值得认真谈一谈的。因此,我们现在就利用这个机会介绍一点奥蒂莉写在她日记中的事情。为此我们除了用一个比喻而外,没有更合适的过渡文字了,它会促使我们去读奥蒂莉亲切的日记。

据说英国海军有一种特殊的设备,就是皇家舰艇上的所有缆绳,从最纤弱地到最牢固的,都是这样制作的:每条缆绳都贯穿着一条红线,如果不把它全部解开就无法将红线取出来,所以就算一小段缆绳,只要有这一红线,就可以断定它是属于皇室的了。

同样,在奥蒂莉的日记中也贯穿着一条爱慕与依恋的线索,它把一切都串了起来,同时也说明了这些事情的全过程。由于这条线索,便使写日记的女主人公的评论、观察、格言摘录以及其他一些出现的东西都有了特点和意义。我们选录和介绍的任何一个段落,都可以有力地证明这一点。

奥蒂莉日记摘录

如果一个人想象他死后的归宿,那么,最令他感到高兴的,莫过于将来长眠于所爱的人的身旁了。"与亲人团聚",这句话多么亲切啊。

有很多纪念碑和纪念标志使我们与远离的人和逝世的人接近了。不过没有一种具有肖像那样的意义。对着一张亲爱的人的相片谈话，纵然那相片与本人有出入，也别有一番情趣，就像与朋友争论有时也有一番诱人的情趣一样。人们常常在一种愉悦的状况下感觉到，他们是比翼齐飞的，因而不能彼此分离。

人们有时不是和相片，而是和一个站在面前的人谈话，这人用不着说话，用不着看着我们，用不着和我们打交道，而我们看着他，感觉着与他的关系。我们对他的各种关系即使没有他的参与也会发展，而他自己丝毫感觉不到，他对我们只是充当了一张相片的作用。

人们对于所认识的人的肖像的满足感是永远无法达到的。因此，我总为肖像画家感到难过。人们很少要求他人办不可能办到的事情，可是偏偏要这样去要求肖像画家，要他们画一个人，就应该在画中表现出他的全部神情和爱憎来；要他们不应该只表现他们是怎样理解一个人的，而应该表现出每个人会怎样理解这个人。如果这样的艺术家渐渐变得冥顽不灵，漫不经心和固执己见，我是不会觉得奇怪的。只要人们不感到缺少一些可亲可爱的人的画像，那么由此产生的结果也就可以听之任之了。

是的，建筑师所收藏的那些曾埋葬于死者身旁、为高高的土丘和岩石所覆盖的兵器和古代器皿向我们证明了：人们生前顾虑自己死后遗骸的保存是多么无用。然而我们竟是这样自相矛盾！建筑师承认自己也挖开过祖先的坟墓，而现在却又继续忙于为后人建造纪念碑。

但是人们为什么要把这一类事情看得如此之重呢？难道我们所干的一切就是为了一劳永逸吗？我们早晨穿上衣服，到了晚上不是还要再脱下来吗？我们外出旅行，不是还要重返故里吗？那么，我们为什么不能希望安息在亲人身旁，哪怕只有一个世纪？

　　如果人们看到许许多多陷落的、被上教堂的人践踏的墓石，看到那些倒塌在墓碑上的教堂，总会觉得死后的存在是第二次生命。人们现在通过肖像和墓志铭进入这第二次生命，而且在这里逗留的时间比活在世上还要长久。可是肖像和第二次生命迟早也会消失。时光的流逝对于人和纪念碑都是无情的。

三

　　一个人从事一知半解的事情时，有种惬意的感受，那就是：没人会指责一个对艺术只是浅尝辄止而渗透它的外行；同样，一位艺术家，如果他有兴趣越出自己的艺术界限，去接触一个相近的专业领域，也无可非议。

　　让我们本着这种公正的观点来看待建筑师用绘画装饰小礼拜堂的种种安排吧。此时，各种颜料都已备齐，大小尺寸业已量定，底稿也都画在厚纸上面了；他放弃了创新的所有愿望，而完全以他的草图为根据了。他现在关心的只是把那些坐着和飘浮着的人物形象进行适当的分配，把整个空间点缀得美观和谐。

　　脚手架搭好了，一切都在进行中。由于一些图画业已完成，映入了人们的眼帘，所以建筑师无法谢绝莎绿蒂和奥蒂莉前来观光。那栩栩如生的天使脸庞，那蓝天衬映下的飘逸的盛装，无不使她们赏心悦目。她们娴静、虔诚的性格使她们全神贯注地凝视着图画，内心漾起了一片似水的柔情。

　　两位女士爬上了脚手架，来到建筑师身旁。奥蒂莉这才发现，其实这些工作并不困难，而且还充满了乐趣。她以前上课所学到的知识似乎一下子可以得到发挥了。于是她便拿起颜料和画笔，在建筑师的指点下，以干净利索的技勾勒出了一件有许多皱褶的衣服。

　　莎绿蒂十分愿意看见奥蒂莉随便干点事情作为消遣，所以她听凭奥蒂莉和建

筑师两人一起作画，自己走开了。她陷入沉思，反复琢磨着自己那些无法告诉他人的观察和忧虑。

在日常生活中，普通人往往因为陷入一种平凡的困境而变得惶恐不安，对此我们经常是报以怜悯的微笑；与此相反，我们怀着敬畏的心情观察这样一种人，在这种人身上，一种重大的命运的种子已经播撒下去，他必须静静等待种子孕育的发展，他既不能也无法加快正在产生的善与恶、祸与福的步伐。

爱德华让莎绿蒂在他寂寞时派来的信差带回去一封友好、同情的复信。这封信与其说是亲切温柔，不如说是沉着严肃的。此后不久，爱德华便消失了。他的太太无法得到他的消息，直到有一天她才偶然在报纸上发现了他的名字。他是一批因为在一次重大战役中战功显赫而受到嘉奖的勇士之一。莎绿蒂这才知道他走了怎样的一条路，这才明白，他大难不死，不过她同时又确信，爱德华会去冒更大的风险，而她由此可以十分清晰地预料，人们说什么都劝阻不了他去铤而走险。她只有独自一人怀着这些忧虑，经常陷入沉思，有时又尽量把它们抛开。无论如何，她总是心神不宁。

奥蒂莉对这一切毫无所知，这期间她对教堂里的绘画工作产生了浓厚的兴趣。

她轻而易举地获得了莎绿蒂的同意,可以定期去教堂继续她的绘画。一切进行得很快,那蔚蓝色的天空上不久便聚集了可敬的居民。由于持续不断的练习,奥蒂莉和建筑师在描绘后来的一些图画时更加得心应手了,这些画显然比以前画得好。此外,那些全由建筑师一人负责画出的人物面孔,现在也显示出了一种完全独特的气质:他们全都越来越像奥蒂莉了。这位年轻的建筑师事先并没有勾勒出自然的或艺术的人物面貌,但是自从接近奥蒂莉以后,这个美丽的姑娘在他心中留下了生动活泼的印象,于是,他逐渐地把眼睛看到的通过手毫无遗漏地表现了出来,最后竟使观察和描绘完全协调一致了。在最后画出的那些面孔中有一幅非常成功,它看上去活像是奥蒂莉本人从天空中向下俯瞰,这真是美妙绝伦。

穹顶部分的画已全部完成,至于墙壁,他们决定保留朴素的原形,只打算粉刷一层浅褐色;而那些精致的圆柱和用作装饰的艺术雕刻,则将通过略暗的色泽来表现其特色。但是事情总是层层递进的接着他们又决定,再画些鲜花和悬挂枝头的果实,把天上和地下衔接起来。在这一点上,奥蒂莉是很在行的。各个花园为他们提供了原始美丽的素材。尽管所画的花环瑰丽多彩,但完成的时间却大大地缩短了。

不过这里的一切看上去仍显得粗糙和紊乱。脚手架被移得毫无秩序,木板乱七八糟地堆在一起,高低不平的地面由于滴上了各种颜料,显得更加难看了。于是建筑师请求两位女士给他八天时间清理,要求她们这段时间里别到小礼拜堂来。终于,在一个美好的傍晚,他前去恭请她们两位光临参观;不过他希望允许他不做奉陪,说完就告辞了。

他走了以后莎绿蒂对奥蒂莉说:"即使他为我们安排了什么惊喜的场面,我现在也没有兴致下去。还是你一个人去一趟,回来把情况告诉我吧。想必他有什么令人赏心悦目的东西完成了。我只有听了你的描述后,才愿意去实地欣赏一番。"

奥蒂莉非常清楚,莎绿蒂在某些事情上是很注意的,她想避免任何激动,特别是不想受到意外的刺激,因此奥蒂莉立即独自一人前往教堂去了。她一边走一边四处张望寻找建筑师,可是怎么也不见他的踪影,他显然是躲起来了。她发现教堂的门开着,就走了进去。这里的一切早已完工,而且已清理干净,可供落成典礼使用了。她朝小礼拜堂的门走去,那沉重的、包着铁皮的门尽管负荷很大,可是她刚走到面前,门就轻轻地敞开了。她走进这个熟悉的地方,顿时被眼前出乎意外的景象惊呆了。

从小礼拜堂那唯一的高窗射进一道庄严、绚丽的光线,透过色彩斑斓的玻璃,形成了美妙的图景。整个小礼拜堂因此出现了一种异样的情调和独特的气氛。穹顶和四壁被精心铺设的地面映衬得更加多姿多彩了。地面是用形状别致的砖头按照一个美丽的图案铺成的,并浇上了一层石膏。这些砖头和彩色的窗玻璃都是建筑师暗中叫人准备的,所以他能在短时间内将它们组合起来。甚至连休息的地方也考虑到了。以前,在教堂内找到的那些古物中,人们曾发现几把唱诗班使用的、雕刻精致的椅子,现在它们都恰到好处地靠着四壁排列着。

奥蒂莉原来熟悉的各个部分,现在整体出现在眼前的有些陌生,对此她感到十分欣喜。她时而站立,时而踱步,远观,近看;最后,她坐到了一把椅子上,朝上仰望,又四下环顾,好像觉得自己身在这儿,又觉得不在这儿,仿佛觉得自己的存在,又觉得不存在,仿佛一切都会从她眼前消失,又仿佛她自己也会从自己的眼前消失;直到太阳离开了一直以它的金辉沐浴着的高窗,奥蒂莉才从迷迷糊糊中醒来,匆匆向府邸走去。

在莎绿蒂面前她并不隐讳自己的惊讶:走进小礼拜堂犹如跨入了一个奇特的历史时期。这是爱德华生日的前夜。当然,对这个生日奥蒂莉曾经希望用奇特的方式来庆贺。府中的一切都要为这个节日加以装点!然而直到现在,园中那些秋天盛开的花朵全都没人去摘。向日葵依然跟着太阳转;翠菊依然娴静而羞怯地向前凝视。即便用这些花扎成几个花环,也只是作为样品,让人们把它们描绘下来,用以装饰某个地方而已。如果说,这些花环除了在艺术家异想天开的境界而外,还有什么别的用途的话,那么,似乎只有把它们放到公墓上去最合适了。

这时,奥蒂莉不禁想起爱德华为庆祝她的生日而兴师动众,忙碌不堪的情景;她不禁想起那座新建的房屋,在这个屋宇下他们彼此吐露了那么多的衷肠。那焰火的光芒又在眼前闪烁,它的声响又在耳畔萦绕。她越是寂寞,想象中出现的东西就越多,从而也就越感到孤单。她再也不能依偎在他的怀抱中了,再也没有希望有朝一日能重新在他身上找到依靠了。

奥蒂莉日记摘录

那位青年艺术家的话我得记下来:"不管是从手工工匠还是从造型艺术家身上,我们都可以十分明了地觉察到,他们几乎无法占有本来完全属于他们自己的东西。他们的作品离开了他们,就犹如鸟儿离弃了自己孵化于其中的巢穴。"

从某种程序讲,建筑师首先具有这种最奇特的命运,有多少次他们倾注了全部才智和爱好去建造房屋,而这些房屋一旦落成,他们自己却被排挤了出去!王宫的富丽堂皇是他们的功绩,但是他们却不能从其巨大的效益中分享乐趣。在他们建筑的庙宇里,他们在自己与最神圣的内殿之间划了一道界线;他们为激动人心的庆典建立了台阶,自己却再也不能拾级而上,就像金匠给圣体匣镶嵌了珐琅和宝石以后,便只能从远处顶礼膜拜了。建筑师把宫殿的钥匙连同所有的舒适与安逸交给了富豪,自己却没有从中得到半点享受。照这样下去,如果艺术家的作品都像一个孩子分得财产后便再也不理会父亲,那么,艺术家岂不要和艺术逐渐分离了吗?如果说,艺术几乎注定是为公众,为那些属于大家,自然也属于艺术家的利益服务的话,那么,艺术就应该努力促进自身的发展!

一些人对前人的想象是慎重的,看来也可能是可怕的。他们想象他们的祖先都居住在巨大的洞穴里,大家围坐在宝座旁默然相对。要是有新的人进来,只要这人十分值得尊敬,他们便会站立起来向他表示欢迎。昨天,我坐在小礼拜堂内有雕刻的椅子上,看着排列在我对面的其他椅子,上面说的那种思想竟使我觉得十分亲切可爱。我自己想,为什么你就不能一直坐在那儿呢？一直静静地反省，许久、许久，直到朋友们到来，那时你站起身来，友好地鞠躬，然后再给他们指点席位。小礼拜堂的白昼由于彩色玻璃的缘故而变得十分朦胧了。也许有人会捐赠一盏长明灯，使这里的夜晚不至于显得一片漆黑。

一个人可以任意安排自己，然而他总是边看边想。我相信，人们做梦也只是为了不停地观看。也许有一天，我们心中的光明也会消失，那时我们就再也不需要其他什么东西了。

时光流逝。风儿吹过收割后的庄稼地，余茬纹丝不动；只有那些细长树枝上的红色浆果，似乎还让我们回忆起些许欢乐，就像打谷人的拍子会使我们想到，在割下的谷穗里包含着许多给人以生机和营养的成分。

四

爱德华把自己的生命交给了出生入死的战争，这个消息再也瞒不过奥蒂莉了。这对于刚刚经历了前面那些事件，并强烈地感受到变幻莫测，好景不长的她来说，这是一个沉重的打击。可惜她不得不去思考这些事，她有理由去思考。幸好一个人尚能忍受一定程度的不幸，但是超越了这种程度，不幸就会把他毁灭或使他变得厌世。在有些情况下，恐惧和希望合而为一，彼此互相抵消，变成一种模糊的麻木不仁。不然的话，我们怎么能够明明知道最亲爱的人远离身旁，每时每刻都处在危险之中，却还能继续过着日常生活呢？

所以，现在奥蒂莉就像受到一位慈善神灵的关怀，这位神灵在她似乎要陷于孤独和无所事事的时候，突然招来了一支狂野的队伍，冲破了寂寞，从外部给她带来了足够忙碌的事情，使她摆脱了孤独的处境同时唤起了她对自身力量的感觉。

原来，莎绿蒂的女儿露茜娜刚从寄宿学校毕业就踏进了芸芸众生的社会。在姨祖母的家中，她感到自己被无数的社交人物所包围。她想获得别人的青睐，也果然如愿以偿:一位非常富有的青年男子很快对她产生了热烈的爱慕,想要娶她为妻。他那可观的财富使他有权将任何最美好的东西宣布为己有。现在,除了一位完美无缺的太太之外,他似乎一切都有了。他要让世人由于他有这样一位太太而对他产生羡慕,就像羡慕其余事物一样。

家里有了这桩事情,使莎绿蒂忙得不可开交,她除了打听爱德华的近况而外,把自己的全部心思和通信都花在了这件事上。因此,奥蒂莉也比过去更孤独了。她自然是知道露茜娜要回家,所以她在家里做好了必不可少的准备,但是没想到露茜娜回家的日期竟会这样早的到来。她们本来还想先写信商量,把事情进一步确定下来,可是露茜娜的人马却风也似的朝府邸和奥蒂莉奔来了。

首先到达府邸的是年轻的侍女和仆人以及装满了箱笼的行李车,从这点来看,人们就知道家中的客人要增加两三倍了。不过真正的宾客这才出现:姨祖母带着露茜娜和自己的几位女友,那位未婚夫也有人陪着。府邸的前厅堆满了皮箱、旅行提包和其他皮盒子。人们费了很大的劲才把许多小箱小匣从套盒中拣取出来。行李和运来的东西简直没完没了。这时下起了暴雨,情形乱得很。面对这种乱哄哄的场面,奥蒂莉从容不迫,极为出色地表现了她办事的干净利落。她在很短时间内就把一切都安排就绪、整理停当了。每个人都有住宿的地方,每个人都感到各得其所,都相信受到了热情的款待,因为他们都可以随意行动,没有其他拘束。

现在,经过一场极为疲劳的旅途奔波之后,大家都想享受一番安宁;露茜娜的未婚夫则想去拜见岳母,表明一下自己对她的敬爱和良好的愿望,可是露茜娜却不能安心休息。她很高兴获得允许,可以去骑马。她的未婚夫有不少骏马,所以她一到府邸就骑上了。什么狂风暴雨,她无所畏惧,似乎人们活在世上就是为了让雨淋湿,然后再擦干似的。如果她想步行外出,那么也不会在乎身上穿着什么衣服,脚上穿什么鞋的;她一心只想参观那些早已听到过许多介绍的新建工程。在那些无法骑马的地方,她便步行过去。她很快就把一切都看完了,并详细作了评定。她那急躁的性情让人很难应付,所以她周围的人不得不遭受点苦头,其中受苦最多的是侍女。她们浆洗拆缝,简直没有休息时间。

她刚看完了自己的府邸和附近的风景，便觉得有义务去拜访周围的邻居。他们骑马、乘车，来回穿梭，雷厉风行，所以连相当远的庄园都拜访到了。而回访的人也挤满了府邸。为了避免错过见面机会，他们不久就采用了约定日期的办法。

这时候，莎绿蒂和姨母及露茜娜未婚夫的管事一起忙着安排府邸内的事情。奥蒂莉也同她手下的人一起细心照料，使府邸在这种忙乱不堪的时候不至于缺少什么。她把猎人、园丁、渔夫和小商贩都发动起来了。此时，露茜娜却一直带着人马四处奔走，就像一颗燃烧的彗星核，身后拖着一条长长的尾巴。没多久，她又感到与来访的客人进行寻常的谈话太无聊了。这天，她好不容易才把一群年纪最大的人在牌桌边安顿下来，而那些还有几分活力的人一定得跟着她，不是去跳舞，就是去参加活泼的典当游戏、处罚游戏和猜谜游戏——对于她这种诱人的执着要求又有谁能拒绝呢？虽说这一切以及后来赎回的典当物都是有利于她个人的，但是从另一方面说，并没有一个人，特别是没有一个男人，不管他是什么样的男人，最终是输得精光的。她居然成功地将几个年纪较大的、德高望重的人完全争取到了自己的一边，因为她正好探询到了他们恰恰届临的生日和命名日，专门为他们庆贺了一番。在这方面，她那独一无二的灵活手腕帮了她很大的忙。她使所有的人都看到自己受到了优待，又使每个人都认为自己是最得宠的，就连他们当中最年长的人也非常明显地表现出了这种弱点。

倘若说露茜娜的计划好像是要争取那些显得有身份、有威望、有声誉或其他一些显著特性的男人，使他们失去理智和审慎，慢慢地赢得他们对她这位野性难驯、性情古怪的女子的宠爱，那么，与此同时，她也没有亏待年轻人：每个人都有自己的所得，自己的日子，自己的时光。这时她懂得如何去吸引他们，使他们高兴。不久，她注意到了那位建筑师。他长着一头黑色的、长长的鬈发，是那么的神态自然；他挺直而泰然自若地站在远处，简单明了地回答着所有的问题，而绝没有显得要介入其他什么事情。于是，有一次露茜娜竟一半出于愠怒，一半出于狡猾，决定要把他当作某一天娱乐的中心人物，从而把他争取到自己的圈子里来。

她带了许多的行李，而且有一些还在运送途中，的确，她是有打算的。她准备经常地更换衣服。她一天换三四次衣服，从早到晚由普通衣服换到社交场合流行的衣服。如果说这给她带来了欢乐，那么，使她更快乐的是真正的乔装打扮。她一会儿扮成农妇或渔娘，一会儿又扮成仙女或卖花姑娘。为了使她那青春的脸蛋在包头巾下显得更妩媚多姿，即使把自己打扮成老妪也在所不惜。这样一来，她确实将现实和虚幻搞得难以区分，以致使在场的人看了都以为自己和萨勒河女妖有血缘或姻缘关系了。

不过，这些化装服饰主要还是用在表演哑剧和舞会上。在这些表演中她可以娴熟地表现形形色色的人物性格。她的随从中有个献殷勤的男子，他随时准备着用大钢琴为她的表演动作伴奏一点必要的音乐；他们事前只要简短地商量一下，便能立即协调起来。

有一天，在一个欢快舞会的休息时间，她让人根据自己暗中的指使，要求她作一次即兴表演，然后她装作尴尬和吃惊的样子，一反常态地让人请了半天。她忸怩作态，让人家挑选节目，活像一个请人定题目的即兴表演者。直到那个早已与她商量妥了的演奏钢琴的助手坐到大钢琴旁，开始弹起一段丧礼进行曲，请她表演阿特美西娅这个她早已谙熟于胸的角色，她才接受了这个请求。没过多久，她在凄婉悲凉的哀乐伴奏下，扮作那位国王的遗孀，迈着徐缓、庄重的步伐，捧着一个骨灰盒出现了。在她身后，人们抬着一块大黑板，拿着一支金色的绘图笔，笔的下端是一段削尖的粉笔。

露茜娜的一个崇拜者和随从听了她的一番耳语后，当即去要求那位建筑师，怂恿他，差不多是把他推了出去，要他扮作工程师描绘摩索洛斯的陵墓，这就是说不是要他扮演一个跑龙套的人物，而是一个正经的配角。无论建筑师表面上看起来多么窘迫——因为他那纯黑、紧身的近代平民服装与露茜娜身上那些罗纱、绉绸、缎子、玻璃彩晶、绒球和王冠形成了鲜明奇特的对比——但他内心还是立即平静了下来。但是这么一来，那场面显得更加怪诞了。他严肃认真地走到由几个侍者扶着的大黑板前，经过一番深思熟虑后，精确地画出了一座陵墓，这与其说适合于卡里恩国王，倒不如说更适合于一个伦巴德族的国王。不过陵墓画得那么美观，各个部位显得那么严谨,装饰得那么巧妙,以致人们一开始就怀着愉悦的心情观看着它的形成。等到全部画完后,他们都惊叹不已。

在这整个过程中,建筑师几乎没有理会那位王后,而是全神贯注于他的绘画上。最后,他向王后鞠了一躬,表示他相信已经执行了她的命令。可是王后又把那个骨灰盒递给他,要求看到将它画在陵墓的顶上。虽然他一点也不情愿,因为这与他的全部构思格格不入,但是他还是照办了。对于露茜娜这方面,她终于从不耐烦当中摆脱了出来,因为她原来根本不打算要从建筑师那里得到一幅精确的图画。要是建筑师只是草草地勾勒几笔,画个看上去略像纪念碑的东西,然后把其余时间都用在她的身上,那就符合她的最终目的和愿望了。但恰恰相反,建筑师的态度使她显得极为狼狈,因为虽然她试图变换着表现痛苦、命令和指示的神态,为那渐渐形成的陵墓喝彩,有几次简直把建筑师搞得团团转,想表现出和他的某种关系,但是他却显得过于呆板。这样她不得不过多地求助于那只骨灰盒,把它紧紧地抱在胸前并仰望着苍天,最后由于这种剧情不断高涨,使得她所表演的角色与其说像卡里恩的王后,倒不如说更像爱弗索斯的风流寡妇了。演出因此便拖延下去,那位平时很有耐性的钢琴手,现在也根本不知道该选择什么曲调才好。当他看到骨灰盒画到了陵墓的顶端,而那位工后也正要表达她的谢意时,他真是感到谢天谢地,于是,便情不自禁地弹起了一支欢快的曲子。这虽然使演出失去了原来的情调,但却使在场的人全都十分快活起来。这些人马上分成了两部分,一部分走向露茜娜,另一部分则走向建筑师,分别对她出色的表演和他精湛的绘画艺术表示愉快的赞赏。

尤其是露茜娜的未婚夫,他也与建筑师交谈了起来。"很遗憾,"他说,"这幅图案不能长久留存。不过您现在至少得允许我先让人把它搬到我的房间,然后我再和您谈论一下这方面的问题。"——"只要这能使您感到愉快,"建筑师说,"那么,我可以拿一些这类建筑物和墓碑的精确图案给您瞧瞧,这幅画只不过是偶然画出的粗略草图而已。"

奥蒂莉站在不远的地方,这时她朝两人走了过来。"您别错过了机会,"她对建筑师说,"让男爵先生也能看看您的收藏品吧,他是艺术和古物爱好者。我希望你们彼此能增进了解。"

露茜娜跑了过来,问道:"能告诉我你们在说什么吗?"

"我们在谈艺术品的收藏,"男爵回答说,"这位先生收藏了一些艺术品,他想有机会让我们看看。"

"但愿他马上就能拿来,"露茜娜大声说道。"我想您现在就去拿,是不是?"她一边讨好地补充说,一边亲切地用双手握住建筑师的手。

"现在还不是时候,"建筑师回答说。

"什么!"露茜娜咄咄逼人地叫道,"您不想服从女王的命令吗?"然后便撒娇似的强求起来。

"您别这么任性,"奥蒂莉温和地说。

建筑师鞠了个躬就走开了,既不表示答应,也不表示拒绝。

他刚一离开,露茜娜便在大厅里与一只细长的小狗四处追逐起来。"唉!"她忽然撞到了母亲身上,叫道,"真倒霉!我没有把我的猴子带来,都是他们劝我别带的。其实,只是因为我手下的人懒惰成性,才剥夺了我的这种乐趣。我还是要让猴子跟来,我得派人去把它带到这儿来。只要我能看到它的画像,也就心满意足了。我也一定要让人给它画张像,它不能离开我。"

"如果我让人到图书馆给你去拿一部大卷的关于最珍奇的猿猴图片集,"莎绿蒂回答说,"这样或许你能得到些安慰!"露茜娜听了高兴得大声喊叫起来。于是大开本的画册果然取来了。看着那些与人相似、经过艺术家的加工更加拟人化的可憎的动物,露茜娜高兴极了。不过最使她感兴趣的,还是从每个动物身上去寻找她所认识的人的相似之处。"这一只看上去不像伯父吗?"她无情地大声说,"这就像那个卖时髦服饰用品的 M 商人,这个像 S 牧师,而这个就像那个家伙,简直栩栩如生。实际上这些猴子完全像巴黎的时髦人物,可是人们居然把它们都排斥在上流社会之外,真是不可理解。"

她在上流社会说了这番话,却也没人责怪她。因为她的美丽,人们对她是宽容的,他们对许多事情都习以为常了,所以她所有的胡闹到头来也总是得到宽容。

这时候,奥蒂莉与露茜娜的未婚夫在交谈。她希望建筑师回到这儿来,用他那些较为严肃和较为有趣的收藏品使在场的人从那些猿猴的图片中摆脱出来。她怀着这种期待和男爵谈论,并使他注意到一些事情。可是建筑师没来。而且他终于回到这儿的时候,却又混入了人群之中,什么也没带来,而且表现出若无其事的样子。有一瞬间奥蒂莉似乎——怎么说呢?——有点厌烦、恼火和吃惊。她本来对他说了一句好话,希望让露茜娜的未婚夫能按他自己的心愿度过一个愉快的时刻。这位未婚夫尽管一往情深地爱着露茜娜,但同时也在为她的行径感到苦恼。

吃晚饭时,有关猴子的问题只好搁下了。接着大家又玩起游戏,甚至还跳了舞,后来又索然寡味地四处闲坐着,最后又重新鼓起已经消沉的兴致。这一回像往常一样,闹到深更半夜。露茜娜早已养成了习惯,早晨不肯起床,晚上又不愿意上床。

这段时间,奥蒂莉的日记中很少记事,但经常有关于生活和从生活中获得的格言和警句。不过由于这些格言和警句大部分不太像她自己思考出来的,所以也许是有人向她推荐过某一本小册子,她便从中摘录了她所喜爱的句子。有些也是她的肺腑之言,这可以根据贯穿在她日记中的那条红线看出来。

奥蒂莉日记摘录

我们是满心欢喜展望未来,因为我们是那么的想使那些动荡不定的未来事物通过我们无声的愿望渐渐有利于我们。

我们置身在巨大的社交场合中,不动脑筋是困难的。偶然的机会把许多人集合在一起,也会给我们引来朋友。

一个人无论怎样孤独地生活,但转瞬之间他却有可能成为一个欠别人的情或别人欠自己情的人。

如果我们碰见一个应该对我们表示感激的人,我们马上就会想起来。

可是我们又是多么经常地碰到一个我们应该对他表示感激的人，我们却想不起来！

人有一种本性就是说出心里话，然而完全按原意去接受人们告知的东西，却需要教育。

如果一个人意识到自己经常误解别人的意思，那么，他也许就不会在社交场合多说话了。

人们复述别人的话时很容易改变原意，这是因为他并没有懂得那些话。

谁要是在哗众取宠，那么，他就要引起反感。

所有的事都有着相反两面。

反驳和奉承，两者都会造成恶劣的对话。

最让人愉快的社交就是在这些场合的人彼此心悦诚服。

那些被人们认为可笑的东西比其他任何东西都更能说明人们的性格。

可笑的东西产生于一种道德上的对比，这种对比通过一种无害的方式结合起来，诉诸于感观。

喜欢感性享受的人常常在不值得一笑的地方发笑。不管什么事引起他激动，他内心的满足都会显露出来。

聪明的人觉得几乎一切都是可笑的，而明理的人则觉得几乎没有什么是可笑的。

有人责怪一个男人上了年纪还追求年轻姑娘。可是他说："这是使自己变得年轻的唯一方法，这也是每个人都向往的。"

人们对自己的缺点可以忍受指责，忍受惩罚，甚至为此忍受一些痛苦，可是一旦要他们抛弃这些缺点时，却变得无法忍受了。

某些缺点对于个人的生存是必要的，如果老朋友抛弃了某些特性，那我们也许就会感到不快。

一个人作了反常的事情，人们就会说："他快要死了。"

什么样的缺点是我们可以保留，甚至在我们身上加以培养的呢？这便是那些不是损害他人，而是愉悦他人的东西。

激情既是缺点，又是优点，只不过是提高了的缺点或优点罢了。

我们的激情是凤凰涅槃，就像老的自焚了，新的马上又从灰烬中诞生出来。

巨大的激情是不治之症。凡是能治愈此症的东西恰恰使它变得更加危险。

激情通过坦白而提高和减弱。中庸之道在我们对所爱的人表示信任和缄默时,也许比在其他任何方面都更受欢迎。

五

露茜娜就这样在交际的生活中,毫无克制地追逐生命的陶醉。她的侍从日益增多,一方面是由于她那繁忙的活动激励和吸引了一些人,另一方面也因为她懂得用情谊和恩惠来笼络人心。她慷慨大方。因为她的姨祖母和未婚夫出于对她的宠爱,突然给了她那么多美好和珍贵的东西,因此对她来说,她所拥有的东西根本毫不费劲,她也不知道堆积在她周围的东西的价值。她可以毫不犹豫地解下一块昂贵的围巾,给一个在她看来与其他人相比穿着太寒酸的妇女披上。这种事情她做得那么调皮,那么巧妙,因此没有人能拒绝这样的馈赠。她的一个侍从总是带着钱袋,并受她的委托,在她所到之处去探询最年迈多病的人,使他们的困境至少能得到暂时的缓和,这样,她的美名传遍了整个地区。但是有时候也给她带来麻烦,由于它给她召来了过多的令人讨厌的灾民。

然而没有什么比她对一位不幸的青年男子所抱的慈善、鲜明和持久的态度,更使她的声誉大大地提高了。那个青年相当英俊,并且受过良好的教育,可是他却逃避社交活动,因为在战争中他失去了右手,尽管这是光荣的事情。残废使他陷入了忧郁的境地。每当新结识一个人,他总得向对方讲述一遍自己的不幸,这使他感到不胜其烦,所以他宁愿躲藏起来,沉浸在读书和其他方面的研究中,永远不想再与社会有任何往来。

露茜娜知道了这个青年男子的生活。她让他出来,首先让他在小的、然后在较大的、最后在最大的社交场合上露面。她在他面前的举止比在其他任何人面前都更加文雅;她特别懂得用恳切的殷勤态度为他操心,使他明白自己的损失得到补偿是值得的。在筵席上,她必定要让他坐在自己的身旁,并把吃的给他切好,这样他只要用叉子就行了。如果年纪较大的人或有身份的人，占据了他原来坐在她身旁的位置，那么她的关切就会越过整个餐桌，而那些忙碌中的侍者，一旦看到他够不到什么，就不得不代劳。后来她又鼓励他用左手写字；他的一切尝试都按着她的意志进行，所以她一直或近或远地与他保持着联系。这位青年男子自己也不知道是怎么了，从这个时候起，他真的开始了一种新的生活。

人们也许会想，她这种行为可能会使未婚夫不高兴，可是事情恰恰相反。他把她的这些努力都看作是极大的功劳，他深知她那表现得几乎有点过分的脾气，因此对此他完全泰然处之，而露茜娜也懂得拒绝一切稍微显得麻烦的事情。她随心所欲地对待每个人，每个人都有被她碰撞和拉扯一下的危险，否则，就是被嘲弄一番，但是任何人也不许对她做出同样的举动，任何人也不得任意触动她，任何人也不得存有丝毫的念头，以其人之道还治其人之身；因此，在别人对待她时，她将别人置于最严格的道德限制之内，而她对待别人时，这些限制则可以随时跨越。

人们早已习惯，让人公平地领受褒贬爱憎，已经成了她的生活准则。因为每当她设法用各种方式把人们吸引到自己一边的时候，却又常常用那不饶人的恶言恶语把自己的成就毁掉。她一次也没有放弃去邻近庄园拜访的机会。在那些府邸和宅第中，她和她的随从无不受到友好的款待，但是每次在回归的途中，她总是肆无忌惮，让人感到她是多么喜欢从可笑的方面来看待人与人的关系。她说，有兄弟三人，在谁先结婚的问题上彼此总是一味谦让，结果他们都等老了还没结婚；又说，这里有个娇小、年轻的女子，配了一个高大、年迈的男人；那里相反，一个矮小、开朗的男子，配了一个废物一般的大个子女人；她还说在一户人家，人们每走一步都会被一个小孩绊倒；可是在另一家举行的盛大聚会上，她又觉得人还不够多，由于孩子们没在场；她认为老年夫妇应该尽快被埋葬，以便别人又可以在他们的家里放声大笑，因为他们没有合法的遗产继承人了；她认为年轻夫妻应该外出旅行，因为操持家务与他们是完全不相称的。她对人是这样，对物也毫不留情，她对待建筑物就像对待家庭用具和桌上用品一样。特别是墙上的一切装饰引起了她许多嘲讽的评论。从最古老的、织有图画的壁毯到最新的糊壁纸；从最令人崇敬的家庭相片到最浅俗的新铜版画,样样都得忍受她的抨击,一件件都被她那些讥讽的评论批得体无完肤,所以如果有人发现方圆五英里内竟然还有一些东西没有被她骂道,那就一定要感到奇怪了。

也许在露茜娜这些否定的评论中本来并没有什么恶意,通常只是一种只顾自己的任性才使她这么干了,可是在她与奥蒂莉的关系上却产生了一种真正的怨恨。奥蒂莉这个可爱的姑娘所做的默默无闻的、持续性的工作,是有口皆碑的,并受到了大家的赞赏,可是露茜娜却对此表示鄙视;她听到人们说奥蒂莉怎样细心照料花园和暖房,便对此加以嘲笑。她无视人们现在正生活在严冬季节,而故作惊讶的样子,说既看不到鲜花,也看不到果实。不但如此,她从现在起还让人弄来了许多绿叶、树枝,以及许多刚刚发芽的东西,每天把它们浪费在装饰房间和桌子上面,使奥蒂莉和园丁都无法忍受,他们眼巴巴地看着明年和几年以后的希望都被毁掉了。

露茜娜同样也不让奥蒂莉安静地操持家务,她自己在这方面一直是懒散的。她要奥蒂莉陪她一起去游览和乘雪橇,陪她参加在邻近庄园举行的种种舞会,要她既不怕冰雪,也不怕寒冷和夜间的强烈风暴,甚至还说,其他许多人并没有因此而丢了性命。温顺的奥蒂莉为此吃了不少苦头,不过,露茜娜从中也没有得到什么好处。尽管奥蒂莉出去时衣着非常简朴,但是至少在男人的目光中,她总是最美丽的。在那些大厅里,无论她坐在最前面还是最后面,总有一种温柔的魅力将所有的男子都吸引到她的周围;就连露茜娜的未婚夫也经常和她交谈,而且当他忙于一件事情,需要她做参谋和协助时,这种谈话就更加频繁了。

露茜娜的未婚夫进一步认识了建筑师,并趁观赏艺术收藏品的机会及在其他场合中,与他谈论了许多历史上的问题,特别是在观看小礼拜堂时,他对建筑师的才能大为欣赏。这位男爵年轻、富有;他收藏珍品,也想搞建筑;他有强烈的兴趣爱好,可是知识却很贫乏;他相信从建筑师身上发现了他心目中的男子,认为与这样的人在一起可以同时达到好几个目的。他向未婚妻说了这种想法,她为此称赞了他,对他的建议非常满意,不过她想得更多的也许是把那位年轻的建筑师从奥蒂莉身边拉走——因为她相信自己发现了他对奥蒂莉产生了几分爱慕之情——而不是要利用他的才能为自己的目的服务。虽然建筑师在她那些即兴游戏中表现得非常积极,并且也为这为那提供了一些帮助,但她一直认为自己在这些方面懂得更多,实际上她那些设想都是极平常的,一个聪明伶俐的仆人就足以像一个杰出的艺人那样完成这些工作。可是当她想到要为某人举办一个隆重的生日或纪念日的庆典时,她除了能顾及供奉牺牲的祭坛和给某个石膏像或活人的头上套一只花环以外,便什么也想不到了。

露茜娜的未婚夫在打听建筑师的家庭境况,奥蒂莉给了他最详尽的回答。她知道莎绿蒂早就在为建筑师寻找一个工作。如果这一帮人不来的话,他也许一完成小礼拜堂的工作就离开这里了,因为整个冬季所有的建筑都要停下来,而且必须停下来。莎绿蒂非常希望这位灵巧的艺术家重新被一个恩主选用和提携。

奥蒂莉和建筑师的个人关系是非常纯洁和自然的。她感到有他在场是那么令人舒适,那么富有活力,就像一位哥哥站在身旁保护着她,使她愉悦。她对他的那些感情都保持在平静的、不带任何激情的兄妹般的关系上,因为在她的心中再也没有余地,它完全被她对爱德华的爱占据了,只有无所不在的上帝,才能同时和他占据这颗心。

这时隆冬降临,天气越来越恶劣,道路也越来越难行了,所以在友好的聚会中度过逐渐缩短了的白昼,对人们的吸引力就更大了。经过一个短短的低潮,府邸又渐渐挤满了来访的大批人马,甚至边防驻军的军官们也从远处赶来了,他们之中那些受过教育的人为这里的聚会大大增添了光彩,而那些粗鲁的人却带来了不便。在这些来访者中间也不乏市民身份的人,可是有件出人意料的事,有一天那位伯爵和男爵公主也一起乘车驾到了。

由于这两位贵宾的莅临,似乎才真正形成了一个宫廷般的圈子。那些有地位、懂礼节的男子围住了伯爵,而女士们则以公正的态度对待男爵公主。他们俩携手同行,而且显得那么快活,对此人们并没有惊讶多久,因为人们获悉,伯爵太太已经死了,如果条件成熟,新的结合就能实现。奥蒂莉回忆起他们第一次来访时的情形,想起了当初谈论婚姻和离婚,结合与分离,希望、期待、割舍和断念时的每一句话。当时,他们俩一点儿结合的希望也没有,可现在他们站在她的面前,离他们所希冀的幸福却那么近。奥蒂莉忍不住地从心底发出了一声叹息。

露茜娜刚一听说伯爵是位音乐爱好者,就打算举办一次音乐会,会上她想让人听她演唱,并自己弹吉他伴奏。音乐会按她的意志开成了。她的吉他弹得不错,歌声也很动听,可是关于歌词,人们听懂的却很少,这就像平常一个德国美女在吉他伴奏下所唱的一样。每个人都肯定她唱得很有表情,她对响亮的掌声也颇为满意。只是这时她却碰到了一件大为扫兴的事情。来出席音乐会的人当中有一位诗人,这是她特别想拉拢的,因为她希望诗人写几首歌来献给她,所以这个晚上演唱的大多是他写的歌。诗人像大家一样对她表示客气,可是她期待得更多。她好几次向他暗示这种意思,却丝毫听不到他进一步的回答,她终于忍耐不住了,派了一个侍从到他那里去打听,问他听了自己那些优美的诗歌被唱得如此动听是否感到高兴。"我的诗歌吗?"这位诗人惊讶地回答。"请您原谅,先生,"他补充道,"我除了字母的元音而外什么也没听到,甚至连这些元音也没有全部听清。不过在这儿我还是应当对这样一种友好的用意表示感谢。"这位侍从听后哑然无语,他对露茜娜隐瞒了这些话。那位诗人想说几句好听的恭维话来摆脱这件事情。但是露茜娜还是让他明白地觉察到,她还想要几首特意为她写的诗。要不是显得太无礼貌,诗人也许会给她递一份字母表,让她自己去找任何一个现成的旋律配一首随心所欲的赞美诗。露茜娜感情上受到了挫伤,只得搁下这件事情。可是没过多久她听说,诗人在同一天晚上为奥蒂莉最喜欢的曲调配上了一首绝妙的诗歌,这就超出普通的应酬了。

露茜娜现在又想在朗诵上表现一下她的才能。就像她这种类型的人一样,她总是分不清,什么对他们是有利的,什么对他们是有害的。她的记忆力不错,可是坦率地说,她的朗诵却是枯燥、急促而缺少热情的。她朗诵叙事诗、短篇小说以及其他一些通常用以朗诵的作品。但是她有一个朗诵时爱做手势的习惯,这样一来,人们便感到极不舒适,把原来是叙事和抒情的东西混同于戏剧性的东西,而无法将它们联系起来了。

伯爵是位有洞察力的人，他来后不久便完全看清了这里的社交情形以及人们有哪些爱好、热情和消遣。他有幸，或者说不幸将露茜娜引到了一种符合她个性的新的表演方式上来。"我发现，"他说，"这里有些人的体态非常优美，他们肯定不会缺少模仿画中人物动作和姿态的能力。他们想必没有试过表演那些真正的名画吧？这样一种模仿，虽然要求辛苦的排练，但也可以带来一种令人难以置信的魅力。"

露茜娜很快就觉察到，她在这方面是完全在行的。她那优美的身段、丰盈的体态，她那匀称而富有表情的脸蛋儿，她那淡褐色的发辫和细长的脖子，所有这一切都像是为画卷准备的。如果她现在就知道自己静立的时候比动的时候看上去更美，如此，她也许还会更热心地沉溺于这种自然的雕塑艺术之中。可她一动起来，有时就会露出一些扰乱别人和极不优雅的姿态来。

人们现在在寻找根据名画复制的铜版画，他们一下子选中了梵·迪克画的《布列萨尔》。一个魁梧健壮而又上了一定年纪的人扮演这位坐着的、双目失明的将军，建筑师则模仿那位富有同情心、忧郁地站在将军面前的武士，他与这个武士还真的有点相像。露茜娜有一半是出于谦虚，给自己选择了画面背景上那个青年妇女的角色，她从一个钱袋里拿出一笔丰厚的布施金，放在平摊的手掌上数着，这当儿一个老妇人在劝阻她，好像是向她表示，她给得太多了。此外，还有一位真的给那位将军递过一份施舍的女子，也没有被人忘记。

他们都十分认真地对这些画以及其他的一些事情，他们都非常认真。伯爵在设置场景的方法上给了建筑师一些指点。建筑师很快就布置好了一个用作表演的舞台，并为照明做了必要的考虑。他们全神贯注地做着这些准备工作。直到这时他们才发现，这样一种活动需要很大一笔钱，而且在这隆冬时节有些需要的东西在乡间根本就没有。为了不使之半途而废，露茜娜几乎让人拆了她所有的衣服，把它们改成那些艺术家随意画出的、形形色色的服装。

晚会来到了，演出在一大批来宾面前和众人的掌声中开始。一段名曲扣紧了观众期待的心弦。那位布列萨尔揭开了帷幕。演员和画上的形象是如此吻合，色彩分布得如此恰到好处,灯光照明又是如此富有艺术性,使得人们真的相信是置身在另一个世界了,只是眼前的真人真物代替了画上的一切,却又使人产生了一种惶恐的感觉。

帷幕落下后,又应观众的要求拉起来好几次。幕间演奏的音乐使观众听得很愉快。下面将有一幅意境更高的图画使他们感到惊喜,那就是表演普桑的名作《阿哈斯威鲁斯与爱丝苔尔》。这一回露茜娜考虑得更周到了。在表现那位昏厥倒下的王后时,她发挥了自己所有的魅力,并认真挑选了漂亮而受过良好教育的女子来充当站在她周围搀扶她的侍从,不过这些人是根本无法跟她媲美的。奥蒂莉在这幅画以及其他画中都被排挤在外。为了表现宝座上那位宙斯一般的国王,他们从在场的人中挑选了一位最健壮、最英俊的男子,所以这幅画确实达到了无与伦比的完美境界。

第三场,他们选中的是泰尔布克画的所谓《父亲的劝诫》。有谁不知道我们的威勒根据这幅画制作的精美的铜版画呢?一位高贵而勇武的父亲盘腿而坐,看上去是在劝诫站在他面前的女儿。这是一个极美的形象,她穿着多褶的白缎连衣裙,人们虽然只能看到她的背影,但她的全部气质都显示出,她是在全神贯注地倾听。从父亲的脸色和表情上可以看出劝诫不是激烈的,而是使人羞愧的。至于画上的那位母亲,她凝望着一杯正要喝下去的葡萄酒,借以掩盖她那略显尴尬的表情。

碰见眼前这种机会,露茜娜必定要以最夺目的光彩亮相。她那发辫,她那头型、脖子和颈项都美得无以复加,而她那极为纤巧、苗条和轻盈的身段,原来因为穿近代仿古的女子服装很少看得出来,现在穿上真正的古装才格外显出了它的优美。建筑师费了一番心思,用手工将那件白缎连衣裙的褶子折叠得天衣无缝,因此这场生动的模仿毫无疑问大大超过了那幅原画,引起了普遍的轰动。他们没完没了地要求重复表演。他们看够了这个美貌女子的背影,现在也想看看她的正面。这种非常自然的愿望不断增强,以致后来有个滑稽的、没有耐性的人儿,把那句人们常在写满一张纸后习惯用在末尾的话"请翻过来"大声叫了出来,并引起了共鸣。可是演员们对自己的优点太清楚了,对这一艺术品的含义太清楚了,所以他们面对大家的呼声也决不让步。那位表现得羞答答的女儿始终静静地站着,没有向观众展示她的面部表情,那位父亲依然保持着劝诫的姿势坐着,而那位母亲的鼻子和眼睛依然没有离开那只透明的玻璃杯,虽然她仿佛马上要把酒喝下去,可是杯中的葡萄酒依然没减少半滴。看了这一幕后,对于后面那些小节目我们还有什么可说的呢?那些选来表演的尽是荷兰酒店和年市的场景!

伯爵和男爵公主要走了,不过他们留下话,很快,在他们结婚后的第一个蜜月,将再次回到这里。莎绿蒂现在也希望经过两个多月的疲惫生活后,同时摆脱其他客人。她深信,只要女儿身上那种未婚妻和少女的早期自我陶醉平息下来,女儿是会幸福的。另外,她也看到,未来的女婿觉得自己是世界上最幸福的人。他家产富有,性情温和,似乎有种奇妙的优越感觉,认为自己占有一个让整个世界倾倒的女子。他怀有一种非常奇特的思想,就是一切都要为她着想,一切必须首先通过她来与自己联系。如果一个新来的人没有将所有的注意力都集中在她身上,而是像那些年纪较大的人那样,常常因为他自己品性温良就爱和他接近,而不特别去关心她,那么,他就会感到懊恼。关于建筑师,他也很快安排妥当了。他要建筑师陪他进城并和他一起在城里过狂欢节,露茜娜想在那里重复表演那些美丽的画像以及其他各式各样的事物,希望从中得到极大的快乐。由丁姨祖母和未婚夫似乎认为她那些寻欢作乐的开支微不足道,于是她更来劲了。

现在他们得分手了,不过可不能按惯常的方式进行。一天,有人大声开玩笑说,莎绿蒂过冬的贮藏品快要吃光了。那位扮演过布列萨尔的贵客,他自己相当富裕,现在又为崇拜已久的露茜娜的种种风姿所吸引,所以一听到这话,便不假思索地喊道:"那么,就让我们按波兰人的做法干吧!你们现在就上我那儿去,把我的也吃光吧!然后再一个个轮下去。"说干就干:露茜娜表示同意。这一帮人第二天便打好行装,蜂拥到另一个府邸。那里也有足够的地方,不过在舒适和设施方面却略为逊色。因此便出现了一些不合礼节的情形,这偏偏是露茜娜感到高兴的。她的生活越来越放荡不羁。她在厚厚的雪地上围猎。凡是别人觉得不方便的活动,她固执地坚持举行。无论是妇女还是男人,都不得拒绝参加。于是他们围猎、骑马、乘雪橇,大声喧闹,从一个庄园转到另一个庄园,后来一直到了都城的附近。关于宫廷和城市里的人如何寻欢作乐的消息和传说引起了他们的想象力的转变,从而又把露茜娜及其全体随从马不停蹄地带入另一个生活圈子。她的姨祖母已经先走一步了。

奥蒂莉日记摘录

在这个世界上,一个人自以为是什么,人们便以什么样的眼光对待他;不过他也总得以为自己是点什么才是。人们宁愿忍受那些令人不愉快的人,也不愿容忍那些微不足道的人。

除了那些会产生消极后果的事情外,人们可以强求社交界的朋友去做一切事情。

如果是别人上我们这儿来,我们就难以认识他们;为了知道他们的情况如何,我们就必须到他们那儿去。

我们对来访的人爱评头论足,他们一离开,我们就极不客气地对他们做出判断,这种情形我几乎认为是很自然的,因为我们可以说有权利根据自己的标准去衡量别人。就连那些明理和公道的人,在这些情况下也几乎经不起严厉的考验。

相反,如果我们曾到过别人的地方,看到他们的环境和习惯,看到他们在那些必要的、不可避免的情况下怎样去影响周围的事物,或者怎样去适应环境,那么,只有愚蠢和险恶的用心,才会把那些从多种意义上来说对我们都显得是值得尊敬的事物看作是可耻可笑的了。

通过我们称为品行和美德的力量,可以完成那些只有通过暴力,甚至通过暴力也达不到目的的事情。

与妇女交往是美德的要素。

人们的特性与性格怎样才能够同生活方式并存呢?

人的特性只有通过生活方式才真正突出地显示出来。每个人都想成为举足轻重的人,只是不该因此使人产生不快。

无论是在一般生活还是在社交场合中,一个受过教育的军人总是显示出极大的优点。

粗鲁的战士至少不会改变他的本性,但由于在刚强后面多半还隐藏着善意,所以在情势所逼时,也是可以和他们相处的。

再也没有人比一个出身市民阶层的策伯更令人讨厌的了。也许人们可以要求他表现得文雅些,因为他并没有在从事什么粗笨的工作。

要是我们同那些彬彬有礼、感情细腻的人生活在一起,那么,一旦见到某些失礼的举动,我们就会为他们担忧。比如有人摇动椅子,我总要为莎绿蒂,或和她一起感到心中不安,因为那是她死也不能容忍的事情。

要是一个人知道,鼻梁上架一副眼镜走进一间使人感到亲切的居室,马上会使妇女们失去端详他和与他交谈的兴致,那么,他也许就不会那么作了。

在应当表现崇敬的地方反而随便起来,总是可笑的。如果人们知道,对别人还没有做过问候就摘下帽子,看起来是多么滑稽的话,那么,也许就没人会这么干了。

没有哪种礼貌的外部表现不是出自一种深厚的道德基础的。正确的教育应该是同时传授这种表现和基础。

品行是一面镜子,从这上面可以照出每个人的形象。

有一种出自内心的礼貌,它和爱是相近的。那种外部行为最优。

自愿依附是最佳状态,而没有爱又怎么能有这种状态呢?

如果我们在想象中占有了自己希望的事物,那么,我们离自己的愿望就不会太远了。

没有人比一个自以为自由而实际上不是的人更像奴隶了。一个人一旦宣布自己是自由的,那么,在那一瞬间他就会感到受到了限制。但他敢于宣布自己是受限制的,那么,他就会感到自由了。

对待别人的伟大优点,除了爱没有别的救护办法。

一个优秀人物如果让愚蠢的人为他感到得意,那便是一件可怕的事情。

有人说,仆人眼中无伟人。这种现象的出现,是因为只有英雄才识英雄。不过仆人也许懂得去敬重自己的同类。

对平庸之辈最大的慰藉莫过于知道天才也会死这一点了。

最伟大的人物总是由于某种弱点与他们所处的世纪联系在一起。

人们往往把别人看得比实际上的更加危险一些。

傻瓜和聪明人都是同样无害的。只有那些半智半愚的人才是最危险的。

要逃避这个世界，除了通过艺术没有更可靠的途径了；要与这个世界联系在一起，除了通过艺术没有更可靠的途径了。

就算在最幸福或最困苦的时刻，我们都需要艺术家。

艺术所表现的是重大和完善的东西。

看到别人轻而易举地处理了困难的问题，我们便不由得要对不可能的事情观察一番。

人越是接近目标，困难就越多。

收获比播种难。

六

这次女儿的回家探望,使莎绿蒂对她有了全面的了解,她平常对社会的认识在这方面给了她莫大的帮助,所以由于女儿回家所造成的巨大不安也就得到了补偿。像她女儿这样奇特的性格她曾经遇到过多次,但也从未见过达到这么高的程度。不过经验告诉她,这些人经过生活、错综复杂的事件以及父母的熏陶,是会受到教训的;等到他们的利己主义有所减弱,那种狂热的活动得到明确的方向,他们就会成熟起来,赢得人们的欢喜和敬爱。作为母亲,莎绿蒂宁愿忍受别人或许感到不愉快的现象,更愿以父母的本分希望客人们得到应有的享受,或者至少不使他们受到打扰。

女儿走后,莎绿蒂经受了一次奇特的、预料不到的打击,因为在女儿身后流传着一种令人难以忍受的流言蜚语,这完全是由于她那放荡的举动,而且还由于那些也许是值得人们称道的行为所引起的。露茜娜好像已经习惯这样一种规律了,即不单单与快乐的人一起快乐,也与悲伤的人一起悲伤,而且为了真实地证实自己的那种矛盾心理,她有时就让快乐的人表现厌烦,让悲伤的人表现欢乐。她每到一家,总要探询那些不能出席社交活动的病人和弱者。她亲自去看望他们,自己充当医生,然后从她固定放在车上的旅行药箱里取出提神药物,硬让每个人服下。可想而知,这样一种疗法是成功还是失败,就完全要碰运气了。

她在这种慈善活动中是相当严酷的,别人的干涉是根本不允许的,她总是自信,自己干得很出色。不过有一次她的尝试在道义上失败了。这件事给莎绿蒂带来了许多麻烦,因为它产生了不良后果,每个人都在谈论此事。莎绿蒂是在露茜娜走后才听人谈到这件事的。奥蒂莉正好参加了那次晚会,所以她不得不向莎绿蒂说明详情。

有位大家闺秀不幸对于妹妹的死犯有过失,为此她很是内疚,神经也无法再恢复正常。她孤单、默默无声地生活在自己的房间里;如果是家里人单独来看望她还能忍受,如果是好几个人在一起,那她马上就会猜疑,他们彼此是在谈论她和她的

事情。面对每个单独的人,她说话条理清晰,可以连续谈几个小时。

露茜娜听到这件事后就暗自下了决心,要是她到这个府邸去,便立即干出一番奇迹,让这位女子重返社交场合。为此她的行动比往常都更加小心,她懂得独自一人去接近那位精神病人,而且正如人们所看到的,她也知道用音乐去赢得病人的信任。然而最后一步她错了。有天晚上她纯粹是想要引起轰动,而且她自以为准备得足够充分了,于是就把这位美丽、苍白的女孩突然带到了五彩缤纷、辉煌灿烂的社交场合;当时,如果在场的那一大群人不是出于好奇和担忧,不明智地向这位病人聚拢过来又避开了去,并由于窃窃私语和交头接耳引起了她的痛苦和激动的话,那么,露茜娜的计划也许成功了。可是那位心理压力过大的女孩忍受不了这一切。她发出可怕的尖叫声逃跑了。她所表现出来的惊恐就像是看到了一个咄咄逼人的妖魔。大伙儿吓得茫然失措。奥蒂莉和其他几个人搀扶着这位完全失去了知觉的女孩,把她送回了房间。

此时,露茜娜依然按照自己的脾气对在场的人做了一番强烈的谴责,丝毫也不考虑,这完全是她一个人的过错,她也没有因为这件事以及其他一些失败而停止她的愚蠢行动。

那位病人的情况从此越来越让人担忧。她的病日益严重起来,她的父母已无法将她留在家中,不得不把她托付给一个慈善机构。对这一家,莎绿蒂除了以特别温和的态度给他们减轻一些由她女儿所造成的痛苦之外,别无他法。这件事给奥蒂莉留下了深刻的印象,她越来越同情那位可怜的姑娘,同时她也确信,就像她向莎绿蒂承认的那样,只要坚持不懈地治疗,病人肯定会好的。

因为人们谈论过去不愉快的事情往往多于愉快的事情,所以府邸里的人也谈到了那次小小的误会,就是奥蒂莉那天晚上尽管向建筑师友好地恳求,他却没有把收藏品拿出来看,这件事情使她很气恼。奥蒂莉自己也不明白,为什么建筑师拒绝的态度一直使她耿耿于怀。她的这些感觉都是很有道理的,像建筑师这样的青年本来不应该拒绝她这样一个姑娘的要求。不过对于她当时轻微的责备,建筑师也表示了他相当有理的歉意。

"如果您知道,"他说,"就算连那些受过教育的人,对于最珍贵的艺术品的态度也是那么粗鲁,那么,你就会原谅我不想在那么多人面前拿出我的东西了。看一个纪念徽章应该拿着它的边缘,这一点竟然没一个人懂。他们用手摸那上面最美丽的铸纹和至纯的底面,用拇指和食指拿着那最昂贵的艺术品来回地翻转,好像要通过这种方式鉴别它的艺术形式似的。他们不想想一张大纸应该用双手拿,可他们居然会用一只手去抓一幅无价的铜版画,抓一幅不可多得的图画,就像一个傲慢的政治家拿着一张报纸,使人们从他那捏皱纸张的动作上就预感到他对国际事件已经做出了评判。没有人会去想一想,如果有二十个人一个接一个地这样对待一件艺术品,那么,到了第二十一个人手里,那艺术品将会是什么样子。"

"我不是有时也使您陷入这种难堪的境地吗?"奥蒂莉问道,"难道我就一次也没有在我不知不觉中损害了您的宝贝吗?"

"从来没有,"建筑师回答说,"一次也没有!您与众不同,您天生就懂得怎样做才合适。"

"总之,"奥蒂莉说,"即便人们将来在关于美德的小册子里,在那些记载人们在社交场合吃喝应有怎样的举止的章节后面,再相当详细地记上在对待艺术收藏品上和在博物馆里人们应该采取什么态度,那也许是不错的。"

"当然,"建筑师答道,"那样,收藏家和爱好者就会喜欢交流他们的稀世珍品了。"

奥蒂莉早已原谅了建筑师,不过他似乎对她的责备还非常在意,并且总是一再向她保证,他一定乐于交流,乐于为朋友们效劳。如此一来,反倒使奥蒂莉觉得是她伤害了他那温存的感情,成为欠他情分的人了。所以建筑师在这次谈话以后马上向她提出一个请求时,她就无法干脆拒绝了,尽管她立即求助于自己的感情,但还是没有意识到,怎样才能满足他的愿望。

事情是这样的:由于露茜娜的嫉妒,奥蒂莉被排斥在那些模仿名画的表演之外,这使建筑师深感不平。而且他发现,莎绿蒂由于身体不适,也只是断断续续地观看了这次社交活动的精彩节目,对此他也同样感到歉然。现在他为了奥蒂莉的荣誉,也为了给莎绿蒂消遣,便想再举办一次前所未有的、更为优美的表演,以此来表达他的谢意,否则他是不会离开府邸的。这可能隐藏着自己也说不清的隐蔽动机:对他来说,要离开这座府邸,离开这个家庭,心里是难受的,尤其是离开奥蒂莉的目光似乎不可能。在最近一段时间,他几乎完全是靠看到她那平静、友好和亲切的目光才得继续生活。

庆祝圣诞节的日子临近了,建筑师忽然明白过来,那些名画表演就是要通过几个丰满的形象,从表现所谓的圣婴诞生图开始,也就是从人们在神圣的时刻敬奉圣母和圣婴的虔诚表演开始,表现圣母和圣婴怎样在表面的卑贱中开始受到牧羊人,不久又受到国王们的崇敬的。

他完全形象地构想了表现这样一幅画面的可能性。他找到了一位漂亮而娇嫩的小男孩,至于牧羊人和牧羊女也不能缺少;不过没有奥蒂莉,事情就无法进行了。这位青年男子已经在自己的脑海里把她升华为圣母,如果她拒绝担任这个角色,那么,对他来说,这次演出已经毫无意义了。奥蒂莉一半是由于对他的建议感到尴尬,所以就让他去请求莎绿蒂。莎绿蒂很乐意地答应了他的请求,并用劝导的方式克服了奥蒂莉不敢扮演那神圣形象的胆怯心情。于是建筑师夜以继日地工作,以

图文珍藏版

便圣诞节夜晚什么也不缺少。

说他夜以继日工作是名副其实的。他别无所求,只要奥蒂莉在眼前,他就觉得胜过了一切提神物品;为了她而工作,他似乎不需要任何睡眠,只要围着她忙碌,就似乎不需要任何饮食了。因此到了圣诞节夜晚,一切都已准备就绪。他居然还收集到了一些音质优雅的吹奏乐器,用以演奏序曲,造成一种他所希望的气氛。当帷幕升起的时候,莎绿蒂着实吃了一惊。展现在她面前的那幅画面,在世界上被人经常重复表现,因此她开始并不期望从中得到什么新的印象,可是眼前的真实表演与原画相比真是栩栩如生。整个舞台的景色不像是拂晓,倒更像是夜晚,不过四周的一切都显得很清楚。建筑师懂得通过一个巧妙的照明装置,来表现圣婴浑身发出光芒这一美妙设想。这个装置被舞台前景上的人物遮挡住了,那些人站在黑暗中,只是当光线迅速扫过时才照亮一下。欢乐的少男少女排列在四周,他们那活泼的面容被下面的灯光照得十分清晰。天使也不少,不过圣婴的光芒却使他们黯然失色。他们那纤巧的躯体云集在神和人的结晶面前,显示出对光明的渴望。

让人庆幸的是那个扮演圣婴的小孩在表演最优雅的姿势时睡着了,所以人们便把目光停留在扮演圣母的奥蒂莉身上。她无限娇美地揭开纱巾,让这个隐藏着的宝贝显露出来,丝毫也没有使观赏受到影响。画面好像就在这一瞬间凝固不动了。站在四周扮演百姓的角色显得目眩神迷,他们似乎刚刚动了一下,移开了被神光照射的眼睛,接着又好奇和欢欣地向前望去。他们更多地表现出喜悦和惊讶,而不是崇敬和赞叹,但后面这两种表情也没有被遗忘,它们由一些年纪较大的角色表现了出来。

但是奥蒂莉的形象、神态、表情、目光却胜过了任何一个画家所表现的一切。一个富于感情的鉴赏家看到这个情景,也许会感到提心吊胆,生怕表演的人会略微动一动,他会担心今后是不是还有什么能使他这样怡然神往。不幸的是当时在场的人没有一个能领会这场表演的全部效果。建筑师扮作一位身材瘦长的牧羊人站在边上,看着那些跪在地上的人。尽管他站的位置不是最好,但还是只有他从中得到了最大的享受。有谁能描写那位被重新创造出来的圣母的表情呢?她脸上流露出一种在伟大的、不配领受的荣誉和不可理解的、无限幸福面前所产生的最纯洁的顺从和最令人敬爱的谦逊感情,这种感情既表达了她自身的感受,也表达了她对自己所表演的角色的想象。

这样一幅美丽的图景使莎绿蒂感到高兴。但主要的还是那个扮作小耶稣的孩子对她产生了影响。她禁不住流下泪来并且想到她不久也有希望将一个相似的可爱的孩子抱在怀中。

帷幕落下了,一方面是为了让演员们稍微轻松一下,另一方面也是为了变换一下表演的场景。建筑师已经决定把第一场中夜间的低劣场景换成白天的光辉场景。于是他从四面八方准备好无数的灯火,趁这换幕之际把它们全都点燃了。

奥蒂莉在这半真半假的舞台表演中表现得极为镇静。除了莎绿蒂和少数几个家人外,没有别人观看这场虔诚的艺术化装表演。奥蒂莉后来在幕间听说,来了一位陌生人,并在大厅里受到了莎绿蒂的欢迎,这使她产生了几分惊愕。没人能告诉她那位客人是谁。为了不使演出受到干扰,她只好忍着。这时灯火齐明,无比辉煌的灯光全都射向了她。帷幕升起,在观众的面前出现了令人惊讶的景象:整个画面一片光明,阴影完全消失了,剩下的全是五彩缤纷的颜色。通过巧妙的灯光调节,这些颜色产生了一种迷人的和谐气氛。奥蒂莉从她那长长的睫毛下望出去,看到莎绿蒂身边坐着一个男人。她看不清那人是谁,但是听声音,她相信是寄宿学校的那位助教。一种奇妙的感觉涌上了她的心头。自从不再听到这位忠诚的教师的声音以来,她碰到了多少事情啊!一件件欢乐与痛苦的事儿闪电般地掠过她的心头,并提出了这样的疑问:"你可以向他坦白和承认一切吗?你是多么渺小啊,竟以这种神圣的形象出现在他的面前!看见你这样乔装打扮,他会多么奇怪呢?由于他只看到过平时的你。"感情与理智在她心里迅速翻腾着。她的心缩紧了,眼里充满了泪水,同时她又不断强迫自己,使画面固定下来。后来那小孩开始动起来,建筑师看到这个情形只好示意再把帷幕降下。这使奥蒂莉感到多么高兴啊!

要是说,那种不能迎向一个尊敬朋友的痛苦感情在最后一刻已经渗入了奥蒂莉的其他感情之中,那么,现在她则陷入了更大的困境。她能穿着这样异常的服装和以这身打扮向他走去吗？她要不要更换衣服呢？她没有多加选择,去更衣了。在此期间,她尽力全神贯注,让自己镇静下来。她直到最后穿上平常的衣服来向客人表示问候时,才使自己再次恢复了平静。

<h2 style="text-align:center">七</h2>

由于建筑师对于呵护他的两位女雇主怀着最真挚的祝福,所以当他得知她们与那位值得尊敬的助教相处融洽的时候,便感到非常高兴,因为他自己终究是要离开这里的。不过当一想到她们对自己的帮助,他那敏感的心里却感到了几分痛苦,他眼看自己这么迅速、这么彻底地完全被人代替。他一直难以决定,可是现在的状况促使他离开这儿。他至少眼下不想感受他离开以后所要忍受的事情。

在分手时,两位女士送给他一件马甲作为纪念,这使他那近乎痛楚的感情变成了莫大的欢乐。他曾看到她们为这件东西工作了很长时间,并曾在偷偷地嫉妒那位将来得到它的、不知名的幸运儿。这样一种礼物是最令人高兴不过了,只有可爱可敬的人才配得到它。他一想到那细小白嫩的手指曾忘我地为此编织,就会情不自禁地自我陶醉一番,想象着两位女士的心在这么长久的工作中是决不会毫无感情的。

这时两位女士得盛宴招待那位新到的男子,这是她们想和善对待的人,并且他在她们这里也定会感到满意。女性怀有一种特别的、一成不变的兴趣,世上没有任何东西能使她们舍弃这种兴趣;相反,在外面的社交场合,她们很高兴、也很容易让那些为她们奔走的男子去做选择;但她们通过拒绝或默许、坚持或谦让却取得了真正的控制权利,这在文明世界里是任何男子都逃避不了的。

如果说,建筑师似乎是按自己的兴趣和爱好,为了两位女雇主的快乐和为了这同一的目的,才展现和证实了他的才干,并抱着这种思想,按照这种意图去安排她们的活动和消遣的话,那么,她们现在的生活方式却由于那位助教的莅临,在短时间内转变成另外一个样子。他的巨大才能就是擅长言谈,会议论人与人的关系,特别是有关青年教育的问题。于是,与至今为止的生活方式相比,便出现了一个相当明显的对照。这种对照在助教对以往人们一直专心从事的工作表示不完全赞同时,就显得更加明显。

对于他刚到时迎接他的那场惟妙惟肖的名画表演,他一句也没提到。相反,当人们让他尽情地游览教堂、小礼拜堂以及与此有关的事物时,他却无法保留他的意见和观点了。"至于我,"他说,"一点儿也不喜欢使神圣的事物接近和混合于感性的东西,也不喜欢人们在某些特别的地方消耗心血,将它们尊为祭坛而加以美化,以便在这里培养和维持那种虔诚的感情。任何环境,即使是最普通的地方,也不允许干扰我们心中的神圣感情,这种感情处处伴随着我们,使每个场所都能变成一个庙宇。我倒喜欢看到人们在平常吃饭、社交聚会和以游戏、跳舞娱乐的大厅里举行家庭礼拜。人类最崇高和最精美的事物都是无外形的,所以我们得多加小心,除了在高尚的行为中显露它们之外,不能把它们变成其他的东西。"

莎绿蒂已经大体听懂了他的话,不过她还想在短期内了解到更多一些,所以她立即依照他的专长给他安排了工作。她让建筑师临走以前视察过的那些小园丁都列队聚集到大厅里来。他们站在那里,穿着明亮、平整的制服,行动中规中矩,性情自然活泼,显得非常可爱。助教按自己的方式咨询他们,并以许多的问题和惯用语,很快就弄清楚了孩子们的性格和才干。不到一个小时,他已经使人毫无觉察地给他们上了一堂很重要的课,并对他们做了激励。

"您到底是怎么做的呢?"莎绿蒂在小园丁们走后问道:"我听得非常认真,您所问的都是完全平常的事情,可我就是不知道怎么干才能让他们在这么短的时间内,在这么多的问答中说得这么井井有条。"

"大,"助教回答说,"人们应该对于他自己本行的长处保持缄默,可我对您却不想隐瞒那非常简单的标准,根据这个标准我们可以把刚才这样的以及更多的事情完成好。对一个物体、一种物质或一个概念,不管人们是怎么称呼它,您首先要完全明白,然后紧紧地抓住它,从它的各个部分非常清楚地了解它,这样您就可以十分容易地通过谈话的方式从一大群孩子中知道,什么东西在他们身上已经成为长处,什么东西还有待于进一步改善加强。不管孩子们回答您的问题多么不标准,

亲和力

图文珍藏版

多么所答非所问,只要您的反问能够把他们的思想和意识重新引入正题,只要您没有离开自己的出发点,那么,他们最终必定会想到和理解,并确信教师的用意是什么和怎样的了。教师最大的缺点就是放任学生远离本题,而不懂得正确地把握住他正在讲授的要点。下次您不妨试试,它一定会给您带来极大欢乐。"

"真不错,"莎绿蒂说,"看来良好的教授法与良好的生活形式截然不同。在社交场合,人们不该只看眼前,而在课堂上,最高的准则便是要克服一切涣散的现象。"

"如果这种值得称赞的内心平衡是这么容易达到,那么,不断变换而又不散漫,也许就是教学和生活中最美好的格言了!"说到这儿,助教还想继续往下说,莎绿蒂却叫他过去再看看那群小男孩,他们正气势昂扬地列队穿过庭院。他看到孩子们在人们的引导下穿着制服走了,便表示了他的满意。"作为男人,"他说道,"应该从少年起就穿制服,因为他们一定要习惯于集体行动,与相同的人打成一片,共同服从,一起工作。另外,每种制服都可以促进一种军人思想和严密而正规的行动。反正所有的男孩天生都是军人,这只要从他们喜欢打斗和吵架,喜欢拼搏和往高处爬上就可以看出来了。"

"不过请您别责怪我,"奥蒂莉回答说,"我给姑娘们穿的却不是统一的衣饰。如果我把她们带到您的面前来,希望您能从绚丽多彩的服饰上感到愉快。"

"这我很赞同,"助教回答说,"妇女们的衣着完全应该是五光十色的,每个人都应按自己的方式和方法穿着打扮,同时每个人都应学会感受,什么衣服合身,什么衣服适合自己穿。还有一个更为重要的原因:她们注定一生中要独立生活和独自行动。"

"这在我看来是非常可笑的,"莎绿蒂答道,"我们几乎从来没有寂寞过。"

"哦,对了!"助教回答说,"但对其他妇女来说一定是如此的。人们总是把女人看成爱人、未婚妻、妻子、家庭主妇和母亲,她们总是孤立的,总是独自一人,而且也愿意这样独自一人。在这种状况下,那种追求奢华的人更是如此。每个妇女都按自己的天性排挤别的妇女,因为她们每个人都要求去干一切本来要所有女性来完成的事情。男人们的态度就不是这样了。男人总是要求和男人在一起，如果没有别的男人，他便会创造出一个第二者；而一位妇女，即使她能长生不老，也不会想到要去另造一个她的族类。"

"如果人们，"莎绿蒂说道，"把真实的东西说得奇诡，那么，最后奇诡的东西也就似乎变成正确了。我们想从您的谈话中找出最好的道理。作为女人，我们要和别的妇女聚在一起，协同行事，为的是不让男人们有太多超过我们的长处。如果男人们互相之间也并不特别好，那么，就请您别见怪我们这种小小的幸灾乐祸心情。这种感受我们将来一定会感受得更深。"

现在这位聪明的助教非常小心地注意了奥蒂莉如何教育她那些小女孩的方式，并对此表示了他的认可和满意。他说："您教育那些和您在一起的孩子去成为即将有用的人，这是非常正确的。整洁促使孩子们满怀喜悦地去注意一点自己的容貌。如果他们接受了教导，快活而自觉地去完成他们所要做的一切，那么，一切目的都已达到了。"

另外，使他感到极为高兴的是奥蒂莉所做的一切，并不是看重表面和外部的需要，而是看重内部和那些必不可少的需要。"如果人们都带着耳朵听，"他大声地说，"那么，只需用很少的几句话就能说尽整个教育事业！"

"您不想同我一起尝试一下吗?"奥蒂莉友好地问。

"非常高兴，"助教答道，"只是您不能说这是我说的。我们应该把男孩培养成为仆人，把女孩培养成为母亲，这样就天下太平了。"

"成为母亲，"奥蒂莉说道，"这对妇女们来说，也许可以如此照办，因为她们即使不做母亲，也总是准备着做护理人的；可是对我们那些年轻的男子来说，要他们成为仆人未免太不值得了，由于我们从每个男子身上都容易看出，他们都是自认为更有能力去做一番大事业的。"

"所以我们才想对他们隐瞒这些话，"助教说道。"我们进入人生，总是认为自己很了不起，可是生活并不顺从我们。有多少人自愿承认他们最终无法回避的事情呢？不过还是让我们把这些与现在无关的想法放在一边吧!

"我非常满意您在自己的学生身上运用了正确的方法。要是您的那些小姑娘随身拿着着玩具娃娃,并找些小布片为它们缝制衣服,要是大姐姐能为小妹妹做些事,并在家中做些家务,帮上一点忙,那么,她们进入人生的那一步就不用迈得很大了。这样的姑娘在丈夫的身边一定能找到在父母身边没得到的东西。

"不过在受过教育的人群里,这个问题却是非常不好办的。我们应该到更高级、更和谐、更高雅,特别是与人交往的情况。因此我们还必须把我们的学生培养成适应于外部需要的人。只要不超出适当的标准,这方面的培养是必要的,不可缺少的,也可以说是真正美好的。由于人们想把孩子们培养成能在大场面应付自如的人,所以很容易把他们引向摸不着头绪的路上,而不注意他们内在天性的本来要求。问题摆在这儿,有些被教育家或多或少地解决了,有些还没有被解决。

"我们为寄宿学校的女生们开设的一些课程使我感到忧虑,由于经验告诉我,她们将来几乎没机会用到这些东西。一位女子一旦处于家庭妇女和母亲的地位,那么,所学的东西还有什么不会马上被放弃,还有什么不会马上被忘得干干净净呢!

"我既然已经倾心于教育事业,那么,我同时也不想否认自己有一个真挚的愿望,那就是希望将来能够找到一位忠诚的女助手,把那些学生一旦进入特殊的工作范围和进行独立工作时所需要的知识,全都有效地教授给她们,也许这样我才能说:在这个意义上她们所受的教育才是没有缺憾的。当然,在这以后总是还顺带着其他教育,这种教育几乎是随着我们渐渐长大,不是通过我们自己,而是通过环境促成的。"

奥蒂莉觉得这番话是多么真诚确切啊!在过去的一年中从未奢望到的激情,是那样教育了她!只要她一展望眼前,一展望不久的将来,那么,所有的考验也都展露到了眼前!

年轻的助教提到女助手和太太这些字眼,并不是未经考虑的,他尽管一直很谦虚,但没有忘记用一种朦朦胧胧的方式暗示他的想法。他可以说是受到各种各样的情况和事件的鼓舞,趁这次拜访来接近自己的目标的。

原来寄宿学校的女校长已经上了岁数，她早想在男女同事中选出一个真正可以和她合作的人。后来她向这位她有理由非常信任的助教提议，请他和她一起将学校办下去，把它当作自己的学校那样参加治理，并在她死了以后作为她的接替者和唯一的财产继承人。这里的主要问题看来是他必须寻找一位同心同德的太太。他心目中只有奥蒂莉；他顾虑重重，不过这些顾虑又被一些有利的事情冲淡了。露茜娜已经离开了寄宿学校，所以奥蒂莉可以更自由地回到那儿，尽管她同爱德华的关系也有所谣传，但这种事情，以及类似更多的事情，对助教来说是没什么的，他甚至认为正是这种事情更能促使奥蒂莉返回学校。但是，要是没有一次意外的来访在这点上特别鼓励了他，那么，助教也许还不会做出什么决定，还不会迈出什么步子；这次访问就像显要人物的出现一样，所到之处非留下决定不可。

　　事情是这样：那位伯爵和男爵公主常常碰到这种，就是人们总向他们探询各个寄宿学校的优劣，因为几乎每个人都为自己孩子的教育感到操心，于是他俩就决定，来参观这所名声煊赫的特殊寄宿学校，而且现在他们还可以凭着新的关系来共同做这个调查。不过，男爵公主还有一些其他的目的。上次在莎绿蒂那里作客时，她曾详细地和莎绿蒂谈论了关于爱德华和奥蒂莉的一切。她再三坚持：必须让奥蒂莉离开。她曾竭力劝说莎绿蒂鼓起勇气，可是莎绿蒂对爱德华的威胁始终感到害怕。她们谈论了各种各样的解决办法，在说到寄宿学校时也提到了那位助教对奥蒂莉的喜爱，这使男爵公主更加坚定了她的决心。去参观这所寄宿学校，这是她早已决定好的。

　　她到达后，认识了这位助教，他们一边参观学校，一边谈论奥蒂莉，甚至连伯爵也很高兴谈起她，他在上次拜访中对她有了更仔细的了解。当时奥蒂莉去接近他，也可说是被他所吸引，因为从他那丰富多彩的谈话中，她相信看到和认识到了那些她到今完全不知道的事情。她和爱德华交往时忘记了世界，但她在伯爵面前时，世界却显得非常值得注意了。每一种吸引都是互相的。伯爵也感到对奥蒂莉有一种爱怜的感情，很想把她当作自己的女儿。也正是如此，男爵公主在第二次见到她时比第一次更加感觉到她是一个阻碍。谁会知道这位公主产生热烈的激情时会怎样鼓励人们去攻击奥蒂莉啊！现在她想让奥蒂莉结婚，使那些太太免受更多的妨害，这对她目前来说已经够了。

因此她聪明地以一含含糊糊的、却很有效的方式唆使助教到府邸去做一次小小的参观访问，并毫不耽搁地去接近他自己的计划和愿望。关于这些，他没有向这位女士保守秘密。

获得了女校长的完全同意后，他便立即开始到府邸去的访问，他的心中充满了最美好的希望。他知道，奥蒂莉对他并非没有好感；尽管他们之间存在着一些等级差别，但这些差别随着时代的思想方式改变，是很容易得到解决的。此外男爵公主也让他一切放心，说奥蒂莉终究是个出身卑微的姑娘。至于说到与富家沾亲带故，这也帮不了什么忙，因为一个人要从极大的财富中，从那些根据血缘关系完全有权利得到钱财的人身上，夺走一笔数目可观的财产，总是心有不忍的；而且一个有权分派死后财产的人，在行使这种极大的特权时，也很少会使其有利于他心爱的人，他得尊重传统办法，特别关照那些在他死后有权继承他的财产的人，哪怕他自己并不愿意。这种现象必定会奇妙地持续下去。

这一路上，他感到与奥蒂莉完全平等了。友好的接待更增添了他的憧憬。虽然他发现奥蒂莉对他不完全像以前那样十分坦诚，但也看到她长大了，更有教养了，而且只要她愿意，在一般情况下也比他以前所认识的她更擅言谈了。两位女士亲密地让他参与对一些事情的决定，特别是有关他的专业方面。不过每当他想去接近自己的选择时，却总有某种内心的胆怯使他停步不前。

然而有一次莎绿蒂在这方面给他创造了一个机会，她在奥蒂莉在场的时候对他说："现在，您对在我府邸里长大的人差不多都考察过了，您觉得奥蒂莉这人怎么样？您尽管当着她的面说出来吧。"

助教用平静的语气表达了他十分聪明的想法，他发现奥蒂莉是有意使自己的行动更自由，谈吐更顺畅，观察世事的眼光更高远，而这种眼光更多的是在她的行动中，而不是在她的言词里得到了证明。这些变化都大大地提高了她的优点。不过他也相信，如果奥蒂莉返回寄宿学校一段时间，亦步亦趋、彻底而扎实可靠地掌握一些知识,对她是非常有益的。因为,如果在社会上只学得细枝末节知识的话,往往会使人糊涂,而不会使人满意,而且有时也为时过晚。对此他不想扯得太远,奥蒂莉自己知道得最清楚,她当时是怎样停止了互相联系的课程。

奥蒂莉必须承认这点,但也不能承认她从助教这些话中体会到了什么,因为她自己几乎也不知道对此应该怎么解释才好。每当她想到自己心爱的人,就觉得世界上没有什么是互相联系的;她也不明白,如果没有他还有什么能彼此关联起来。

莎绿蒂聪明而友好地回答了助教的询问。她说,她和奥蒂莉早就巴不得重返一次寄宿学校,只是目前她不能缺少奥蒂莉这样可爱的朋友和助手,不过以后要是奥蒂莉还有这个想法重返那里,一直待到她把已经开始学的东西学完,并学完中断了的全部知识,那么,她是不会有异议的。

助教高兴地接受了这个想法。奥蒂莉尽管对这种想法感到有些畏惧,却也说不出一句反驳的话来。莎绿蒂想到的只是赢得时间;她希望,爱德华作为幸福的父亲的时候会重返家园,出现在她面前。她坚信,到那个时候一切都会变好的,而且也可以通过这样或那样的方式为奥蒂莉做出安排。

大凡经过一场重要的谈话以后,所有参加谈话的人必须对所谈的内容做一番思索,因此常常会出现某种安静沉默的状态,它看上去就像大家都陷入了窘态。这时他们在大厅里来回地走动,助教在翻阅几本书籍,最后他走到那本大开本的画册旁边,这还是露茜娜上次在家时放在那儿的。他看到里面尽是猴子时,便立即重新合上了。但是这件事却也成了一次谈话的起头,关于这点我们可以从奥蒂莉的日记中找到痕迹。

奥蒂莉日记节选

人们怎样能够狠得下心,这么细致地去描绘那些可鄙的猴子! 如果人们只把它们当作动物看,就已经降低了自己;如果还要追求刺激,从它们的面貌上寻找熟人的形象,那可真是心怀叵测了。

喜欢于漫画和讽刺画,必定是一种陋习。我得感谢我们的助教,使我没有受到博物学的侵扰；说什么我也不喜欢爱那些蠕虫和甲虫。

助教这次向我说明，他对此也有同感。"对于自然界，"他说，"除了直接围绕我们的有生命力的东西外，我们无须再认识更多的了。在我们周围发芽、开花、结果的树木，我们所经过的每一个灌木丛，我们所跨过的每一根草茎，对我们都有一种亲挚的关系，它们是我们真正的朋友。那些在树枝上来回雀跃、在树叶中放歌的鸟儿，都是属于我们的，它们从小就对着我们谈心，我们也学会明白它们的语言。人们会问自己，是否每种陌生的、脱离了它原来环境的生物，都会给我们带来某种可怕的感觉，而这种感觉只有通过习惯才逐渐忘却。要忍受猴子、鹦鹉和黑人生活在我们周围，那么，生活就必定是无序和喧闹的了。"

有时，当我的心中对这些离奇的事物产生一种好奇的欲望时，我就会羡慕一个游人，因为他可以看到这些与那些神奇的东西在日常生活中活跃地结合在一起。不过他也会成为另外一种人。在棕榈树下散心的人无不受到惩罚，在一个大象和老虎的故乡，人们的身心也必定会起变化。

只有自然科学家才是值得尊崇的，由于只有他们才把远方别国的珍奇事物连同它们的发源地和邻近地区，都追本溯源向我们做了解释和描写。我十分愿意能够倾听一次洪堡的讲演啊！

博物标本室对我们来说，完全像埃及的陵墓，那里摆放着各种各样涂着香料的动植物偶像。僧侣们若在这充满神秘的阴晦的室内从事祭祀倒是挺适当的。不过像这类东西却不应当引进公共课，更不应当眼看一些对人们更贴近、更有价值的课程轻易就给砍掉。

一位教师如果能从单独的一件好事或单独的一首好诗中，唤起人们的感情，那么，他比一位把大自然所形成的事物有机地组合在一起，按照外表和名称——传授给我们的教员所做的贡献要更大些，因为这种讲授的全部结果，只是说明人类形体最优秀、最特殊地体现了上帝的肖像。这点我们不上课也懂。

个人可以拥有自由去讨论研究那些吸引他，使他欢乐以及他认为有用的东西；但是人类最根本的研究还是人本身。

八

没有多少人懂得考虑过去没多长时间的事情。我们不是被眼前的事实所紧紧地吸引住，就是完全耽于往事之中，只要有机会，便尽力唤回或重视完全失去的东西。甚至在许多富户豪门中，他们大多受过祖先的荫蔽，也常常怀念祖辈强过怀念父辈。

我们的助教正在主人的催促下从事这种监督。在一个隆冬将尽、仿佛春天已全的温煦晴天，他走过巨大而古老的府邸花园，欣赏了爱德华父亲遗留下来的、由高大的菩提树排成的林荫大道以及那些分布整齐的亭园建筑。园中花草茁壮生长，正合栽培者的愿望。可是现在，正当它们理应受到重视和赞赏的时候，却没有人再谈论它们；这里几乎没人过问了。人们把劲头和花销都转移到了另一方面，即府邸外面的辽阔地方。

在回来的路上，他向莎绿蒂表达了自己的意见，她相当温柔地接受了。"由于生活鞭挞我们向前，"她说道，"我们便相信是自己在指引自己的行动，在选择自己的工作和娱乐。可是，如果我们仔细地注意一下，就一定会发现，这些不过是时代的安排和意图，然而这一切都是被迫顺从的。"

"是的，"助教说，"谁能抗拒潮流呢？时代在发展，意识、观点、偏见和兴趣也都随着发生变化。如果一个做儿子的，青年时期正处于变更的时代，那么，人们可以坚信,他与父亲就没有一点儿的相同之点。如果做父亲的生活在这样一个时代,在这个时代人们的爱好在于占有某些事物,在于约束、巩固、限制这种财产并在远离人群的状态中保证自己的享受,那么,做儿子的则相反地要寻求自身的发展,要发表和传播自己的见解,要打破那种与世隔绝的状态。"

"整个期间,"莎绿蒂答道,"都像您所说的父亲和儿子那样的关系。过去,每座小城市都得有自己的城墙和护城沟,每座贵族庄园都还建立在泥淖上面,即使是微不足道的城堡,也只有通过一座吊桥才能进入,所以我们对那时的情况几乎无法理解。现在,较大的城市也拆除了城墙,即使是王公的城堡也填平了壕沟,所谓城市只不过成了巨大的乡镇,只要人们在旅途中看见它们,就会相信,天下太平已成定势,美好前景即将来临。一个花园要是看上去不像一块自由的土地,所以,就没人会在那里感到顺畅。在这些地方不应该使人想起人为的和被迫的东西,我们要完全自由地、不受限制地呼吸。您能想象,我的朋友,人们会从这种状况转入另一种状况,也就是退回到过去的情形吗?"

"为什么不能呢?"助教回答说,"每一种情形,无论是限制型的还是开放型的,都有它自己的困难之处。开放型的以超额为前提,导致浪费。让我们还是用您的例子吧,它是够惹人关注了。一旦困顿到来,人的自我制约就立即会重现出来。那些被迫使用土地的人,会在自己的院子四周建起围墙,以保证自己的成果。长此以往,由此便产生了一种对事物的新的看法。于是有用的东西又占据了上风,甚至资产丰厚的人最后也承认,应该利用一切有用的东西。请您相信我吧:您的儿子可能会毫不在意所有的亭园建设,而会重新回到那庄严的围墙后面和他祖父种植的高大的菩提树下。"

莎绿蒂听到别人说到自己未来的儿子,心中偷偷高兴,所以尽管助教对她那可爱而美丽的花园的未来做了一番不令人满意的预言,但她还是谅解了他。于是她非常温和地说:"我们俩年纪都还不算大,没有经历过几次这样的矛盾状况。但是人们只要回忆一下自己的童年,想想年纪较大的人曾埋怨过什么,同时观察一下乡村和城市的情形,那么,也许没有人会不同意您的意见了。但是,对于这种自然历程,我们难道就不能有些许的反抗吗?人们难道不能使父亲和儿子,家长和子女都同心同德吗?您友好地为我的儿子作了预言,难道他就非与他的父亲作对不可吗?难道他非要败坏他父母建筑的一切,而不能使其完善,使其增辉,在同一种意义上去发扬父辈的精神吗?"

"对此倒也有一个很好的方法,"助教回答说,"但是人们很少使用它。就是作父亲的得改善儿子的地位,让他参与管理家产,共同建造,共同栽培,并允许他像自己一样有一种无伤大雅的自由。一种活动可以和另一种活动紧密联结,彼此却不能强凑在一起。一条柔枝很容易而且也很乐意围绕在老树的树干上,但是,一条长得粗壮的树枝便不会再牵绕于老树干了。"

助教很高兴在即将离开的时刻,不惊意对莎绿蒂说了这番令人畅快的话,并因此重新加强了她对自己的青睐。他离开学校已经很久了,本来他并没有决定马上回去,但他明确地感觉到,必须等莎绿蒂日益临近的产期过去,才有希望得到关于奥蒂莉的某种决定。因此,鉴于这些情况,他便带着原来的梦想和期望重新回到了女校长那里。

莎绿蒂的产期渐渐近了,她闭门不出的日子也越来越多了。聚集在她身边的那些侍女,成了她更亲密的朋友。奥蒂莉操持着家务,这时不容她多想,她干的是什么。尽管她一心一意任劳任怨,希望为莎绿蒂,为未来的孩子和爱德华继续尽自己的职责,可是她对这一切将怎么成为现实却一无所知。她每天都尽自己的责任,什么也不能把她从没完没了的事务中解脱出来。

一个男孩平安地生下来了,侍女们一致确认,这婴儿完全像他的父亲。只有奥蒂莉在向产妇祝福并衷心恭喜婴儿诞生时对此不以为然。莎绿蒂早在操办女儿婚姻大事的时候,就已经对不在家的丈夫极为牵挂,可如今在儿子降生的时候,他还是不能在场;他竟然不能给儿子取个名字,好让人们将来能称呼他。

米特勒是所有前来祝贺和探望的朋友中的第一位。为了能在婴儿一生下就马上获得消息,他早已安排下打听的人。他到了府邸,非常愉快,几乎当着奥蒂莉的面就掩饰不住高兴的心情。他大声冲着莎绿蒂说话,就像是一个能解除一切忧虑和排除眼前任何困难的人。他说,给孩子举行洗礼不能拖得太久;那位一只脚已跨入坟墓的老牧师,应该用他的祝福把过去和将来联结在一起,孩子应该叫奥托,他除了用他父亲和他父亲朋友的名字而外,不能有其他的名字了。

现在正需要这个男子的一切要求来排除各式各样的意见、顾虑、怀疑、犹豫,刚愎自用或标新立异,还有动摇,臆想,改变意见和陈词滥用,因为在这种情况下,往往是解除了一种担心之后,又会产生新的担心。人们想顾全各种关系,却总是会出现损害某些关系的情形。

书写一切报喜和请人给婴儿当教父的信件,都由米特勒承办的。他认为这些信件都应该马上写好发出,因为他自己极为重视,定要把对这个家族如此重大的喜讯通知其他的人,即使其中有心怀不轨或瞎编乱造的人也没关系,反正府邸中那些热闹事件是避不开公众耳目的。他们确信,所有事情之所以会发生,就是为了让人去品评定论。

庆祝婴儿的洗礼必须盛大,不过人数要有限,时间要短。他们一致同意,让奥蒂莉和米特勒做洗礼证人。老牧师在教堂仆役的搀扶下慢慢走了过来。祈祷完成了,奥蒂莉把孩子抱在怀里,低头用关心的目光瞧去。他睁开的双眼使她大吃一惊,因为她相信看到了自己的眼睛,这种相似恐怕会使每个人都感到惊讶。第一个接过孩子的米特勒同样惊呆了,因为他从这个孩子的外貌上看到与上尉有一种明显的相似,这是他以前从未见过的。

善良的老牧师由于体力不支,不能像往常一样用多种仪式来施行洗礼。这期间米特勒满脑子装着洗礼的事情,不禁想起了自己以前当牧师时的宣教活动,竟又萌发了他那种特性,就是在任何情况下他都能立即幻想,怎样去演讲和发表见解。这一回他看到身边没几个人,而且全是朋友,就更把持不住了。因此,当洗礼仪式快要完毕时,他开始愉快地顶替了牧师的位置,发表了一通情趣盎然的演讲,表达他作为教父的职责和希望,当他似乎看出莎绿蒂带着满意的神情对他表示赞赏时,他更是滔滔不绝了。

这位擅讲的演说家没有注意到,那位善良的老牧师很想坐下来,更没有想到,他即将惹出一场大祸。他把在场的人与婴儿的关系一一加以强调叙述，并使奥蒂莉的自制力受到相当的考验，最后他转向那位老人说："您，我亲爱的老父，现在可以用《圣经》上西蒙的话来说了：'主啊，让你的仆人安息吧，因为我的双眼看到了这一家的救世主。'"

现在他正准备用几句相当浮艳的词汇来结束他的演讲，可是他马上感到，当他把孩子递过去时，那位老人似乎正想低头看看孩子，却很快向后瘫倒下去。就在他要跌倒的一刹那，人们把他扶到了一张安乐椅上。尽管人们对他采取了一切急救办法，但最终还是不得不承认，他已经死去了。

生与死，棺材与摇篮，如此直接地联系在一起，让人看着和想着，而且不仅仅凭借想象力，还要用肉眼把这种巨大的对立现象联系起来，这对于在场的人来说真是一个艰巨的任务，这个任务越是毫无先兆地摆在人们的面前，人们便越觉得心情沉重。只有奥蒂莉带着一种类似羡慕的心情，打量着这位依然保持着慈祥和善面容的长眠者。她想，自己灵魂的生命已经被扼杀了，肉体为什么还要保存下去呢？

要是说，白天那些令人不高兴的事情，有时会这样迫使她去思考过去的、分离的和失去的东西，那么与此相反，夜里的那些诡奇的梦境却给了她以安慰，这些幻象使她坚信爱人还活着，从而坚强了自己的生活并使它有了快乐。每当她晚上静静地躺在床上，带着甜美的感情陷入亦梦亦醒的状态，她的目光就好像进入了一个十分明亮而光线柔和的地方。在这个地方，她非常清楚地看到了爱德华。他的穿戴不像她平常所看到的那样，而是身着戎装。他每次出现的位置都不相同，但都非常自然，没有丝毫幻象的痕迹：他有时站立，有时行走，有时躺着，有时骑马。他那活灵活现的形象，自然而然地浮现在她的眼前，她一点儿也不费力，也无须去要求或加强想象力。有时，她也看见爱德华受到包围，特别是受到一些活动的东西的包围，这些东西比明亮的背景显得暗一些，然而她无法辨认这些阴影的形象，它们有时候在她看来就像人群和马匹，像峰峦和树林。一般来说她就在这种迷惘的幻象中休息了。当她过了一个静谧的夜晚又在早晨醒来时，就会感到心里欢快，得到了欣慰；她确信爱德华依然活着，她和他依然保持着最无间的关系。

九

今年的春天来得很晚,不过还是显得比往年快,比往年令人高兴。奥蒂莉这时在花园里发现了她所期待的结果:一切都适合时令地在发芽、发叶和开花。有些培植在陈列精妙的温室和苗圃里的花草,也终于面向从外部施加影响的大自然了。一切需要做的和需要看管的事情,不仅仅要求人们像到现在为止那样付出充满希望的努力,也给人们带来了欢乐的经历。

但是由于露茜娜的粗野行为,使盆栽植物支离破碎,使一些匀称的树冠遭受破坏,奥蒂莉为此不得不对那位园丁加以安慰。她鼓励他,说这一切不久都可以恢复原状。可是园丁对于自己手艺的感情太深了,理解得太纯洁了,所以这些安慰的理由对他竟没有多大的结果。对园丁来说,他容不得别的爱好和兴趣来搅扰自己的思想,容不得植物在持续或暂时健全发育的安宁过程中受到阻碍。植物就像那些有脾气的人,只有照它们的个性对待它们,才能从中获得一切。静静地观赏,默默而长此以往地、长年累月、分分秒秒地去做那些正中规矩的护理工作,在这一点上,也许园丁比任何人都要求得更多。

这位温和的园丁很有个性,因此奥蒂莉很喜欢和他一起工作。但他原有的才干已有相当时间不能随心所欲地施展了,尽管他精通果园和菜园的工作,也懂得如何布置一个供人欣赏的老式花园,以满足别人的要求,尽管他在处理橙园、花的鳞茎、丁香和报春花根株方面,似乎能向大自然本身挑衅,就像他在搞这样或那样的试验时一个接一个地成功一样,但是他对那些新型的观赏树木和时兴花草却相当陌生,而且面对植物学近来拓展的广泛领域以及书上那些令人头晕目眩的外来术语,简直使他害怕和感到讨厌。他看见主人从去年开始邮购的那些花木中,有些珍贵植物干枯了,更觉得那是无益的奢侈浪费。他同那些贩卖花木的园丁关系也极为平淡,因为他认为他们不够诚实。

经过许多试验以后,他制定了一个计划,实际上这是为爱德华返回府邸而作的。由于他不在府中,每天总使人感到这样或那样的不便,所以奥蒂莉在这个计划中给了园丁大力的帮助。

现在,园中植物的根越扎越深,树叶越长越茁壮,奥蒂莉也觉得越来越离不开这些地方了。正好是在一年前,她作为一位陌生人,作为一位没有分量的女子,跨进了这座府邸,从那以后她得到了多少啊!然而遗憾的是,从那以后她又失去了多少啊!她感到从未这么富有过,也从未这么困窘过。这两种感情不断交替出现,甚而在她的心灵深处互相交错起来。她除了以无比的关心和热情抓住眼前的事物外,再也不知道什么自救的途径了。

只要是爱德华的一切东西,都极强烈地引起她的注意,这是可想而知的。是啊,为什么她不能期望他本人不久就回来呢?为什么她为离家出走的人所表现的关怀和关心,他不能当面对她表示感谢呢?

但是促使她去为他劳作,还有另一种十分特别的方式,那就是她出色地接过了看管孩子的任务。莎绿蒂决定不把孩子交付给乳母,而是用牛奶和水来喂着他。于是奥蒂莉更成了孩子的直接看护者。孩子应在温煦的季节里感受自由空气,所以她极愿意亲自抱着他出去,抱着这个沉睡的、无思想的孩子,流连在鲜花丛中,这些花儿将含笑欢迎他的童年;她抱着孩子漫步在青嫩的灌木中间,这些树木定将陪同他的少年而茁壮成长。只要她举目环视,就无法否认,这个孩子是出生在多么广阔富饶的环境里,因为目光所及的一切,将来都归他所有。如果这个孩子在父母的眼前长大,并使父母确立起一种愉快的、全新的结合,所以,对于这一切来说,他是多么令人们寄予厚望啊!

奥蒂莉感到这一切是如此纯洁,以致她把这一切完全想象成真的了,而她自己则丝毫没有置身其中的感觉。在这晴朗的天空和明媚的阳光下,她忽然体会到,完美的爱应该是完全无功利的;有时她甚至相信自己已经达到了这种程度。她只希望自己的朋友健康快乐。只要她知道他是幸福的,所以,她便相信自己有能力忍痛割舍他的爱,甚至永远不再见到他。她自己已经完全下定了决心,永远不嫁别人。

为了使秋天也能像春天一般美丽,她同园丁竭尽所能。一切所谓的夏季植物,一切在秋天还依然勃勃生长并能傲然抗寒的花木,早已播下了它们的各色种子,特别是翠菊,现在要把它们移植到各个地方,使这些地方形成一片地上的星星的海洋。

奥蒂莉日记选抄

我们很高兴把读到的一点好的思想和听到的某些珍闻逸事记入日记。不过要是我们同时也花费一些气力,从朋友们的来信中节选出那些独特的想法,独到的见解和偶然说出的格言,那么,我们的知识也许会变得非常丰富。要是人们不想重读这些信件,可以把它们高束焉;要是考虑到保守秘密而把它们烧掉,那么,对于我们和其他人来说,那种最美好和最直接的生活气息就永远逝去了。我决心纠正这种缺漏。

童话一般的四季再度循环往复。感谢上帝!我们现在又读到它最可爱的篇章了!紫罗兰和铃兰就像童话书上的标题或花边。每当我们在生活的书卷中翻到这些东西,它们总会给我们留下愉快的印象。

每当那些穷人,尤其是未成年的人在街上四处采着和乞讨时,我们就责骂他们。难道我们没有发现,要是有什么事情可干,他们不是同样会积极地吗?大自然一旦展现了它可爱的珍宝,孩子们就会拥向前去,为自己开辟一种行业;那时再也没人乞讨,每个人都向你递上一束鲜花,在你从沉睡中醒过来以前,他已经把花采摘来了。向你请求的孩子友好地看着你,就像他赠给你的鲜花一样可爱。再也没有人显得那么可怜,觉得有权利向你要求什么了。

为什么一年四季有时候那么简短,有时候又那么漫长?为什么它有时候显得那么简短,而在记忆中又显得那么漫长?在过去的一年中,我的感受就是这样。暂时和持久的东西交互杂糅在一起,这种情况在花园里比任何地方都表现得更为明显。没有什么事物会眨眼即消失掉,而不留下一点痕迹或相近的东西。

人们也可以挨冬天。一旦树木像鬼怪般光秃秃地立在我们面前,那么,人们就会觉得眼界更开阔了。现在它们什么也不是,它们什么也掩蔽不住。可是一旦它们发芽、开花,人们就会无法把持,一直要等到树叶成荫,形成景色,等到树木的整个姿态迫近了我们的面前才会安心。

每一种完美的事物都必定赶过它的同类,变成另外一种不可攀比的东西。夜莺发出的某些声音依然像只鸟,不过一旦它超越了自己的族类,就似乎要向所有的羽族暗示,歌唱到底是什么。

没有爱情的生活,没有爱人在身边,就像一部结构松散的喜剧,一部拙劣的抽屉式剧本,人们可以一幕幕抽出来,又推进去,然后又匆匆地接上下一幕。所有的一切,无论是好的和重要的,都只是悲哀地联系在一起。人们处处得从头再来,又处处想要把它结束。

十

从莎绿蒂这方面来说,她觉得又开心、又幸福。她非常爱这个身体强壮的男孩,每时每刻都把这满怀希望的小生命看在眼里、挂在心上。由于他的原因,她与这个世界和自己的资产产生了新的关系。于是她又重新产生了旧日对建筑的兴趣。不管她的目光停到哪儿,看到的都是在过去一年里所取得的成绩,她为干了这么多的工作而感到满足。有一天她在一种奇怪的感情的鼓动下,与奥蒂莉一起带着孩子登上了青苔小屋。她把孩子放在屋内的小桌上,就像供在家里的祭坛上一般。当她看到还空着两个凳子时,不禁想起了旧时的情形。一种对她和奥蒂莉的新的希望涌上了心头。

妙龄少女或许会小心地留意这个或那个小伙子,同时在心里私下考虑,是不是愿意他作自己的丈夫;然而假如有谁为她自己的女儿或其他晚辈操这份心事,她的目光就会在一个更大的圈子里去物色。这时候的莎绿蒂正是如此。在她看来,上尉与奥蒂莉的结合并不是不可能的,就像他们从前曾经在这个小屋里并肩坐在一起那样。至于那桩对上尉有利的婚事重又成了一场梦,对此莎绿蒂并不是一无所知的。

莎绿蒂继续往山上走去,孩子由奥蒂莉抱着。莎绿蒂沉浸在种种思索之中:陆上行舟也会有翻船的危险,尽快地缓过劲来,得以恢复便是好的,值得赞扬的。人的一生不都是从得失两方面来思考的吗!有谁能做任何一种计划而不受干扰呢!有多少次人们走上正道,又被引入歧途;有多少次我们偏离了业已确定的目标,为的是去追求更高的目标!旅行者在中途碰到诸如车胎破裂等极其令人败兴的事情,但是正因为这种不愉快的偶然事件反而会交结一些令人极为高兴的朋友,建立起各种友好的关系,以致影响他的整个一生。命运之神会满足我们的心愿,但却是以它特有的方式,为的是可以给予我们一点高于我们希望的东西。

像此类的联想伴随着莎绿蒂走向山顶那幢刚完成的房屋。到了那儿,这种种想法便完全得到了证实。新房子周围的环境比人们想象的还要美妙。四周一切有碍美观的繁杂东西都被清除了,一切由自然和时间造成的美景清晰地显现了出来,映入人们的眼帘。幼小的树木已经开始萌芽发叶,它们承担了填补空缺的责任,把一些原先隔得很开的地方巧妙地联结起来。

这座新房子差不多可以居住了。向远方望去,尤其是从二楼的窗口望出去,风光丰富多彩。对周围观察得越久,发现的美景也就越多。在一天不同的时间,在阳光和月色下,这些景致会产生什么样的感觉啊1在这儿逗留,正是莎绿蒂此时此刻最大的满足,对建筑与工作的兴趣立刻又在她心中重新燃起。她看到,一切笨重的粗活都已完成,只需要一个木匠,一个裱糊匠,一个略微精通描摹与描金的画师就行了。新房子只花了很短的时间便完成了,地窖和厨房也很快收拾停当。因为这儿远离府邸,所以必须存储好各种必需的日常用品。于是两位女士带着孩子搬到山上去住了。以这所新房子为中心,她们发现了许多意想不到的、可供散步的地方。在风和日丽的天气里,他们在高高的山上尽情地享受着自由新鲜的空气。

奥蒂莉经常独自一人出去散步,有时也抱着孩子。她最喜欢顺着一条捷径到山下的梧桐树林中去。然后再从那儿走到泊着一只小船的地方,这船平常是用来渡过的。她时常独自一人愉快地在湖中泛舟,却不带孩子,因为莎绿蒂对她带着孩子划船不大放心。可是她每天都坚持不懈准时去府邸看望那个园丁。她友好地与他一起细心看管那些呼吸着新鲜空气的植物幼苗。

在这个美好的季节里,有一位英国人到府邸来做客,这正合莎绿蒂的心意。这位英国人在旅途中结识了爱德华,以后又多次和他相遇。由于好奇,他很想观光一下府邸的漂亮建筑,对此他早已听到了不少赞扬声。他随身带着伯爵的一封引见信,同时又把一个举止文雅,非常讨人喜欢的男子介绍给莎绿蒂,说是他的同伴。他有时与莎绿蒂和奥蒂莉一起,有时与园丁和猎人们一起,更经常的是与他的同伴一起,可有时也单独一人到周围的一些地方去玩赏。从他的评论中不难看出,这个人是一个园林建筑的爱好者和鉴赏家,他本人也一定从事过类似的建筑工作。虽然已经上了年纪,可他还是高兴地参加各种活动,借此丰富生活,使生活富有意义。

两位女士在这位英国人的身旁才开始充分体会到了周围的美色。他那双有素养的眼睛能够接受各种新鲜的印象。由于他以前没有到过这个地方,不能把人工建设与大自然赋予的景色完全区分开来,所以对这儿的建筑布局更显得兴趣盎然。

换句话说,经过他的评估以后,府邸花园似乎马上扩大和丰富了起来。他能够事先想见那些刚刚栽下去、正在发育成长的植物将来的景象。他没有错过一处将会展现出美丽景色的地方。他指着一股清泉说,这儿美化一下,便可成为整个丛林地带的一处风光;又说在那儿的洞穴上,稍加整理扩充,便是一个理想的休息场所,只需砍去几棵大树,就能从那儿观看对面的岩石,层层叠叠,很是奇伟。他为府邸的主人祝福,祝福他们还有一些剩下的工作可干,同时也请他们不要急躁,保留在今后几年内慢慢享受建造和布置的快乐。

就算大家不聚在一起的时候,他也绝不会令人讨厌。他把一天中的大部分时间用于绘制花园里优美如画的风景,或用一只便于携带的简便照相机把它们拍摄下来,以便自己和其他人能享受他旅途中获得的意外收获。好几年来,他每到一处有意义的地方都是这么做的,他获得了一批极为动人、极为有趣的图片。他给两位女士打开了随身带来的一只大皮包,让她们看了一部分图片,自己又做了必要的解释。两位女士很高兴,能够这么舒适地在她们寂寞的时候神游世界。港湾、河岸、高山、湖泊、河流、城市、要塞和其他历史上的名胜古迹都一一呈现在她们的眼前。

两位女士都有各自的特殊兴趣。莎绿蒂的兴趣比较一般,她只注重在历史意义的地方,而奥蒂莉则煞有介事地一再浏览爱德华经常提起的、他喜欢逗留并一再吸引他旧地重游的地方。因为每一个人,或是由于第一次印象,或是由于某些情况和习惯的缘故,无论在近旁或是远方,总会发现一些能够吸引他、适合他的性格,使他特别喜爱、特别兴奋的地方。

所以她们问英国勋爵,他最喜欢什么地方,如果让他任意挑选,他会把自己的府邸安排在哪儿。他在图片上给她们指了好几个美丽的地方,并用他那独特的、带着外国腔的法语十分欢悦地说起他在那些地方的经历,从而说明他为什么特别喜欢它们。

与此相反,对于他现在经常住在哪儿,最高兴重返何处的问题,他回答得十分直截,然而却出乎女士们的预想:

"现在我已经喜欢于四海为家,可最后竟感觉,没有什么比让别人替我修建房子、植树、理家更轻松的了。我不想返回家园,部分是出于政治原因,但主要是因为我儿子的原因。这一切原本都是为他而做,为他而建的。我把它们交给他经营,希望和他一起来享受。没想到他对此漠不关心,跑到印度去了,为的是和其他一些人那样,在那儿过更高尚的生活,或者说简直是浪费青春。

"的确,我们为安排生活所花费的钱财太多了。我们往往不会马上就在一个适当的环境中高高兴兴地安顿下来,而总想到远方去,从而使自己的处境越来越糟。现在,谁在享用我的住宅、庭院和花园呢?不是我,也不是我的家人,而是一些陌生的宾客、好奇的人士和不安定的旅行者。

"我们就算是家产丰厚,却常常只有部分时间住在家里,特别是在乡间,我们匮乏在城市里习以为常的东西。我们急切希望的书不能马上到手,我们最最需要的东西又恰恰被疏漏了。我们把家里布置得好好的,为的是再度出门远足。如果我们这么干不是出于愿望和任性,那么便是各种关系、热情、必然性和偶然事件等等一切可能的情况在起作用。"

英国勋爵没有想到,他的这些看法如何深深地涉及了女友们的心事。每个人常常会免不了陷入这样的境地,说出一些带有普遍意义的想法,却涉及了别人的心病,即使是在了解他人关系的社交场合也会这样。这种由友好和善意而引起的偶然伤害,对于莎绿蒂来说并不是什么新奇的东西。反正世界就这么明了地呈现在人们的眼前,即使有人想得不周到,不够小心地迫使她把眼光转向这儿或那儿一个令人不快的地方,也不会使她感到特别伤心。而奥蒂莉则与之不同,处于像她这样尚未完全懂事的青春年华,隐隐约约感觉到的东西比亲眼目睹的多。她可以,甚至必须把目光避开那些她不想或不该看的东西。然而勋爵的那一番亲切的话使奥蒂莉陷入了一种十分可怕的情形。它用强力扯开了遮在她眼前的美丽的面具。她感觉到,一切,即至今为止为这个家、这个府邸,为这儿的庭院和花园以及周围所做的一切,原来都是没用的。因为占有这一切的主人没有享用到,因为他也像眼前这位客人 样,在世界上到处漂泊,而且是在最亲近的人的逼迫下,到最危险的地方去了。她一向习惯于聆听与一言不发,但这一次她却我当安坐,因为紧接着的谈话,这种感觉有增无减。客人以他快活的性格从容不迫地继续谈着。

"我想,"他说,"现在我已经走上了正道,因为我每时每刻都把自己看作一个旅行者,为了得到许多享受,也舍掉了许多。我已习惯变化了,变化成了我的需要。就像看歌剧一样,正因为前面已经有过许多布景,所以人们一直期待着出现新的布景。能从最好和最坏的旅馆期待什么,这一点我是很明白的。然而不管旅馆是好是坏,总而言之,无论何处都不会有熟悉的东西。最后的结果总是一样的,要么遵循一种必然的风俗,要么完全听凭任何偶然事件的安排。至少我现在没有忧愁,比如把什么东西丢了,或放在什么地方一下子找不到了;或者是因为请人来修理我每天必到的起居室而不能使用它了;或者是因为心爱的茶杯被人摔坏了,害得

我好几天用其他杯子喝水,没味儿。所有这些烦恼对我来说都省去了。如果我头顶上的房子开始着火了,那么我的仆人可以照样镇静异常地把我的行李收拾好,捆好,然后我们在庭院里坐上车直奔城外而去。如果仔细计算一下,那么由于这一切便利条件,到年终我所花去的费用不会超过我在家时的花销。"

听着客人的讲述,奥蒂莉眼前只有爱德华的身影。她仿佛看到爱德华如何又饥又渴,艰难地行进在蜿蜒崎岖的道路上,好像看到他如何冒着生命危险投身于战场。经过这么多的动荡和冒险,他已经习惯这种弃家离子、无亲无友的情况,已经习惯抛开一切的生活,而为的只是不至于失去这一切。幸好在场的朋友们分开了一会儿。奥蒂莉找了个地方,独自偷着流泪。没有任何压抑的痛苦比这番明了的谈话更能刺痛她的心了。这使她更加明白,一个人一旦受了苦,便会常常损害自己。

她感到爱德华的处境是那么可悲而又可怜,她决心不管付出什么代价,都要尽力去促使他和莎绿蒂破镜重圆。她要在一个寂静的地方收拾起自己的痛苦和爱情,通过一样工作慢慢地将它们淡忘。

这期间,英国勋爵的同伴发现了他的朋友在谈话中的疏忽。他是一个聪明、文雅的男子,同时又是一个很好的观察家。他把如此一番的情况告诉了他的朋友。英国勋爵对这家人的关系并无知晓。然而那位同伴在旅途中最感兴趣的莫过于那些自然或人为造成的种种关系,那些由于法定的伴侣和放纵感情的人之间的矛盾以及由于理智和理性与热情和偏见之间的冲突而造成的种种离谱的事情了。关于这一家的情况他早就略有所闻,到了此地以后他对这一切了解得更清楚了,包括以前发生的以及目前正在进行中的事情。

英国勋爵并没有因此感到难堪,只是觉得难过。倘若要避开这些有时会发生的情况,那么在社交场合就只能闭口不言了。因为不仅仅是那些有意义的评论,就连最平常的议论也会与其他人的兴趣不和谐。"今天晚上我们来补偿一下,"英国勋爵说,"不要再谈那些具有普遍意义的事情了。您就给大家讲一点在旅途中收集到的令人愉快、富有意义的故事或者名人轶事吧,反正您的皮包和脑袋瓜里已经装满了这些东西。"

虽然有良好的目的,两位客人这一次也未能通过轻松愉快的谈话使在场的朋友们快乐起来。那位勋爵的同伴先讲了一些离奇的、有意义的、欢快动人的和吓人的故事,引起了听众们的注意力,等大家的兴致达到了顶峰,他便想以一个虽然离奇、但却不失温情的故事作为结束。他不曾料到,他所叙述的这个故事与在座的人的经历是多么一样啊!

奇异的邻家子女故事插曲

有两个毗邻的大户人家,各有一个孩子,一男一女,年龄差不多大。人们怀着有朝一日让他们结为伉俪的美好愿望,让他们在一起长大。双方的父母都为他俩将来的结合而感到高兴。但是不久人们便发现,这一愿望看来无法成为现实。在这两个突出的孩子中间产生了一种奇怪的、互相厌恶的感觉,这也许是因为他俩太相似的缘故。他们都很有见地,都表现出自己明确的愿望和坚定的决心,都博得了伙伴们的欢喜和尊敬。然而,只要碰在一起便是死对头。每当他俩在哪儿无意邂逅,便他俩都很善良、可爱,只有对对方才表现得可恨,甚至可恶。

这种微妙的关系已经在孩子们的游戏中初露苗头,而且随着他们年龄的增长表现得更加突出。有一回,当男孩们分成两支人马玩起互相攻击的游戏时,那个倔脾气的女孩竟当上了其中一支队伍的领导。要不是她那个对手勇悍异常,最后解除了他的女对头的装备,并把她捉住就范的话,她就要激昂地用暴力把对方那一伙打得一败涂地,落荒而逃。但即使是被抓了起来,她仍然拒不投降。为了保护自己的眼睛又不伤害女对头,他不得不扯下自己的围巾,把她的双手反绑起来。

为了这件事她怎么也不能原谅他,并偷偷地想方设法去伤害他。双方的父母对这种反常的心理早就有所感觉。于是他们经过协商,决定放弃那个美好的想法,把这一对小仇人拆散开来。

那个男孩在新的环境中很快便大露锋芒,门门功课名列前茅。因为保护人的愿望和他自己的努力,成了一名军人。不论他到哪儿,都受到人们的尊敬和喜爱。他那突出的天性总让人感到愉快和舒服。他自己内心也觉得很幸福,却没有明确地认识到,这一切都是因为摆脱了命运给他安排的那个唯一的对头的原因。

相反,女孩的处境一下子完全改变了。随着年龄的增长和教育程度的提高,更多的是因为某一种内在的感情,她远离了那些她一直爱和男孩子们一起玩耍的游戏。总的说来,她仿佛很失落。她在自己周围既没有发现值得讨厌的东西,也没有找到值得喜爱的人。

有那么一位年轻人,年龄稍长于她原来的那个邻家对头,既有地位,又有家产和名望,在社交场合很受赏识,博得女士们的喜爱。这位年轻人对她十分喜爱。这是第一次有这么一位既是朋友,又是情人和仆人的人想讨好她。他没有去关心那些比她年长,比她更有教养、更加娇艳、眼界更高的女子,而看中了她。这一点使她感到自豪。他不断地向她献殷勤,却并不显得莽撞粗鲁。在各种不愉快的意外场合中,他坚定不渝地站在她的一边。他虽然已经向她的父母提出求婚,但仍耐心而又满怀希望地等待着她,这自然是因为她还太年轻。总之,这一切使她对他产生了好感。此外,习惯势力以及他们俩之间大家共知的表面关系也促进了她对他的感情。人们经常把她称作他的未婚妻,久而久之,她自己也就这么认为了。不论是她,还是其他的人都没有想到,在她和他交换戒指之前还需要经过一次考验。其实,人们早就把他看作她的未婚夫了。

整个事情的发展过程是没有任何先兆的,也没有因为举行了订婚仪式而加速。

双方仍一如既往，快快乐乐地相处在一起，以便在日后的严肃生活开始之前，尽情享受这春天般的婚前时光。

就在这时候，背井离乡的邻家之子经过极其完美的教育，得到了一个光荣的职位，回家休假，看望家人。他潇洒倜傥，气宇轩昂地又一次出现在俊美的邻家姑娘面前。最近这段时间，姑娘怀着作未婚妻的喜悦和惬意的心情，与周围的一切都很协调。她相信自己是幸福的，从某种程度上来说，也确实如此。然而现在，在相隔了那么长的时间之后，一种东西又重新出现在她的面前，这是一种谈不上恨的东西，她已经没有了恨的能力。至于那种孩提时的憎恨，实际上只是对内心所钟爱的东西的一种隐隐约约的赞赏。而现在，这种赞赏表现为又惊又喜的神色，欣喜的凝视以及满意的承认。她亦步亦趋，难以去接近他，而所有这些感情都是相互的。他们似乎觉得，至少得通过这种友好、体己的交谈来消除旧时那种无聊的憎恨；他们似乎觉得，不说出一些互相赞赏的话便不能抵消幼时那种无情的误解。

从邻家之子这方面来说，一切都处于明了、满意的状态。他整天想着自己的处境、地位、理想与抱负，愉快地接受了这位漂亮的待嫁新娘的友谊。不过，只把它当做一番值得感激的好意，而丝毫没有因此而觉得与她有什么联系，丝毫也没有因此而嫉妒她的未婚夫。何况，他与这位未婚夫也相处得很好。

与此相反，邻家姑娘则一反常态。她好像大梦刚觉，猛然觉悟：幼年时与邻家之子的争斗乃是她第一次情感的表露，当初那种激烈的争斗乃是以反抗形式表现出来的一种热烈的、简直可以说是天生的爱慕之情。在对往事的追忆中，她也只记得自己对他始终不渝的爱。她嘲笑自己当时手持兵刃追捕她的对头时的情形。她还记得，当他解除了她的武装之后，她的心里是那么愉快。当她想起束手就擒时，她的心里那么幸福啊！她意识到，当初为生他气他所做的一切都不是出于恶意，那只不过是为了引起他对自己注意的伎俩。她诅咒他俩的分离，她恼恨自己长久以来一直处于朦朦胧胧的状态，她抱怨那使人如在梦中一般失去自制力的习惯势力给她安排了这么一个不足称道的未婚夫。她变了，起了双重的变化，究竟是朝前还是向后，那就要看人们怎么去看待了。

倘若有谁能解释这种深藏不露的感情,甚而产生赞同的话,那么他便不会对她妄加指责了。因为她的未婚夫绝对比不上邻家之子,只要看到他俩站在一起,便会发现这一点。即便说,你可以给前者以某种程度上的信赖,那么后者就会完全赢得你的信赖;如果说,你愿意和前者交往,那么便会希望后者做你的朋友;如果甚而考虑到要他们为你献身,考虑到种种特殊的情况,那么,你也许会怀疑前者,而后者则会使你绝对信任。对于诸如此类的情况,女人天生就特别敏感,她们有理由,也有机会去培养这种本性。

作了未婚妻的美丽的邻家姑娘,愈是暗自在内心加深这种想法,愈没有人在她的面前说起有利于她未婚夫的话,诸如要蹈循种种关系,尽到自己的义务,以及这件事情已经成为无法挽回的事实,没法改变和取消,等等,她那颗美丽的心就愈是倒向一边。一方面,她无法摆脱家庭、社会、未婚夫以及她自己许下的诺言的桎梏;另一方面,那个有上进心的青年没有向她隐瞒自己的意向、计划和打算。他对她的态度像一位忠实的兄长而不是一位柔肠的爱人。他对她说起不久便要离开这儿,于是她幼年时的那种乖张、暴躁的倔脾气似乎又发作了,而且由于年龄的增长,表现得更为显著,也更为可怕。她决定去死,以此来惩罚她曾经痛恨而如今却深爱着的情人对她的漠视。纵然不能拥有他,至少也要让他永远想着她,为此感到后悔,要他不能摆脱对她死时的印象,要他不停地懊悔自己为什么没有看出她的心意,没有去探究、去珍惜它。

这种少有的古怪念头处处在追随着她,她用各种各样的形式加以逃避掩盖。虽然她在人前显得举止离奇,却没有人去关心她,没有人能够那么聪明地去察悉她内心真正的奥秘。

这期间,亲戚朋友和熟人都被接二连三的节日搞得身心交瘁了。几乎每一天都有人想出一些出人意料的、新奇的新花样,几乎每一处风景秀丽的地方都被装饰一新以迎接这批满心欢喜的宾客。连我们那位回家探亲的年轻人也想在动身离家之前举办一次活动。他邀请那对订了婚的青年男女以及家里的亲朋好友共享一次水上游船之乐。他们登上了一只经过仔细布置的华丽的大船。这种游船有一个小客厅和几间舱房,能使人们在水上照样享受到陆地上的舒畅。

音乐声中,游船航行在宽广的河面上。白天太阳燥热,客人们都聚在舱内嬉闹、赌博,寻欢作乐。年轻的主人一刻也闲不住。他去掌舵,被他替下的那位老船工在他旁边睡着了。此刻,年轻的舵手需要集中他的全部注意力,因为游船正向一处危险的水域驶近。河旁的两个岛屿时而从这边,时而又从那边把它们平坦的鹅卵石河滩伸向河床,使河面变得很窄。谨慎而目光尖利的年轻舵手几乎想唤醒老船工,可是他相信自己能使游船安然驶过险关,便朝着窄处驶去。就在这时,他那美丽的女冤家在甲板上走来了,头上戴着一个花环。她取下花环扔给正在掌舵的他,"留着做个纪念吧!"她喊道。"别打扰我!"他接过花环,向她喊道。"现在我必须集中所有的力量与注意力。""我再也不会来打扰你了,"她喊道,"你再也见不到我了!"说着,她快步跑到船头,纵身跳入水中。这时,好几个人不约而同地叫了起来:"救命啊,救命! 她会淹死的。"邻家之子陷入极为可怕的紧急之中。老船工被叫喊声惊醒,正要去抓年轻人塞还给他的舵,可是已经来不及换人,船搁浅了。也就在这同一瞬间,年轻人脱去了多余的衣服,跳入水中,奋力向美丽的女冤家游去。

水,对于熟悉水性和懂得如何应付它的人来说,是一种友好的东西。水会载人,而精通游泳的人自然也懂得如何去制服它。不一会儿,他便追上了前面被水冲走的美丽的邻家姑娘。他伸手抓住她,把她托起来,拉着她一起游。但是,浪涛湍急的河水又把他们冲走了,一直冲到离岛屿和河洲很远的地方。此时,河面又变得宽阔了,水慢慢地流着。年轻人这才控制住自己,从最初的慌乱中平静下来,不再无意识地、机械地行动。他从水中探出头来,向四周环顾了一下,便尽力朝一块平坦的陆地游去。这个地方灌木丛生,一直延伸到水中,环境舒适宜人。他把被救起的美丽的姑娘放在干燥的地面上。但是在她的身上已经感觉不到生命的气息了。绝望之中一条有人踏过的、通向灌木丛中的小路跃入了他的视线。他又重新抱起姑娘沉重的身体。走了不一会儿,他看到了一户孤零零房子,便向着它走去。他在那儿遇上了一对好心的年轻夫妇。他们的不幸和穷困不说就已经清楚了。他经过一番商量后提出的几个要求,很快都得到了满足。顿时,屋里生起了一堆明亮的火,床上铺上了羊毛毯。毛的、皮的和他们家所有可以用来取暖的东西都被立刻搬了出来。当务之急是要抢救这位落入水中的姑娘。为了使那美丽的、半僵硬的娇躯重新恢复生机,凡是能够想到的办法都用上了。终于成功了!姑娘睁开双眼,一眼看到她的朋友,便伸出天使般的双臂围拢了他的脖子。这样持续了很长一段时间,然后她泪如泉涌,完全恢复了知觉。"我又找到你了,"她大声说道,"你还要离开我吗?"——"决不离开了!"他大声回答,"决不离开了!"他简直不知道该说些什么,做些什么。"你得好好休息!"接着他又加了一句,"好好保重!想着你自己,为了你,也是为了我。"

此时她才想到了自己,并注意到了她的状况。她在自己心爱的人和救命恩人面前并不感到脸红。不过她还是愿意松手放开他,好让他去照顾一下他自己。直到这时他浑身上下还是湿淋淋的。

年轻的夫妇商量了一会儿,然后分别把自己结婚时的礼服拿出来给那位男青年和他的漂亮姑娘穿。他们的全套礼服都收藏得好好的,可以把这一对男女青年从头到脚,从里到外打扮起来。没过多久,两位冒险家梳理完毕,穿上了新装。他们的样子十分可爱。当他俩又重新相聚的时候,不由惊奇地四目相视,并为他们的这身装束感到可乐。他们以高度的热情疯狂地投入了对方的怀抱。眨眼之间,青春的活力、爱情的力量使他们完全复苏了过来,现在只缺少使他们翩翩起舞的音乐了。

从水里到陆地,从死到生,从家庭的圈子到这一片远离人烟的地方,由绝望转为惊喜,由冷漠转为爱慕和热恋,一切都发生在这眨眼之间。要理解这样的事情,光用头脑是不够的,它要不是分裂,就会被搞糊涂。要接受这一出乎意料的巨变,必须用心尽力去感受。

他们俩只顾搁于情意绵绵之中。过了好一会儿,才想到留在船上的人会怎样为他们焦虑着急。一想到如何去见众人,他俩的心里不由得充满了惊慌与担忧。"我们该逃走呢,还是该躲起来?"男青年问。"我们要一直生活在一起,"她说着,用手揽住了他的脖子。

年轻的农夫听他们说起有条船搁浅了，来不及详细追问，便急忙向岸边跑去。幸好那条游船恰好向这边驶来。船上的人花了很大的劲儿才使船离开了浅滩。游船漫无目的地行驶着，希望能找到两位落水的男女青年。年轻的农夫边喊边挥手示意，以引起船上人的注意。他跑到一个便于停泊的地方，不住地挥手呼唤。船慢慢地向岸边驶来。当船上的人上岸时，看到的是怎样一个场面啊！两位男女青年的父母抢先挤上了岸，那一位满怀一腔爱情的未婚夫差一点晕倒过去。人们刚听说两位亲爱的孩子活着的消息，他俩便穿着怪异的服装从树丛中走了出来。直到他俩来到身边，人们才认出他们。"我看到了谁啊！"两位母亲喊道。"我看到了什么啊！"两位父亲嚷道。两位得救的男女青年双双跪在他们跟前。"你们的孩子，"他俩喊道，"已经成了一对。""请你们原谅！"姑娘大声说道。"为我们祝福吧！"男青年大声说道。"为我们祝福吧！"因为所有的人都惊讶地沉默着，他俩又同声请求道。"为我们祝福吧！"又第三次响起了恳求的声音。有谁能够拒绝这样的祝福呢？

十一

讲故事的人停歇了一下，或者更明白地说，他索性就此结束了。他注意到，莎绿蒂异常激动。她站起身来，无声地请求原谅，然后离开了屋子。这个故事她早有所闻。这是一件真实的事情，它就发生在上尉和他的一位女邻居之间。尽管事情并不完全像讲故事的人说的那样，但大体上没有改动。只是像类似的故事那样，经过许多人的口头传说，再加上一位颇有才情，非常诙谐的讲故事的人的想象力，在个别地方加上了一些发挥和藻饰，到了最后，不是保持原样，就是情形大变了。

在两位客人的要求下，奥蒂莉也跟着莎绿蒂走了。这一次轮到勋爵注意了：也许他们又犯了一个错误，讲了一些这一家熟悉的，甚至是与他们密切相关的事情。"我们得注意，"他接着说，"不要再出差错了。我们在这儿处处享受到女主人们友好、愉快的招待，而我们给她们带来的欢乐却很少。我们找个适当的方式告辞吧！"

"我不得不承认，"他的同伴答道，"这儿还有一件事情吸引着我。在没有把事情弄明白,得出进一步的结果以前,我不愿意离开这儿。勋爵阁下,昨天,当我们带着那架便于携带的照相机穿过花园的时候,您正忙着寻找一个风景秀丽的镜头,而没有注意到身旁发生的事情。您离开大路,朝湖边少有人去的地方走去,从那儿能领略到对岸迷人的景色。陪同着我们的奥蒂莉迟疑着不肯跟上。她请求允许她坐船摆渡到对岸去。我和她一起坐到船上,愉快地欣赏着这位美丽的划船姑娘熟练的动作。我向她保证,自从瑞士旅行回来,我还从来没有这么舒服地在湖中划过船。在瑞士也有美丽诱人的女郎代替船夫划船。我禁不住问她,为什么不愿走那条小路,因为她在绕道时确实表现出一种惊慌害怕的神情。'如果您不见笑的话,'她和蔼地答道,'那么我可以告诉您一些情况,尽管连我自己也觉得说不清楚。每当我踏上那条小路,总会感到无名的惶恐,而在别的地方我从未有过类似的感觉。其中的原因连我自己也无法解释,因此我尽量避免使自己产生这种感觉。尤其是因为继这种战栗之后,我平常所犯的左偏头疼便会发作。'我们上了对岸,奥蒂莉和您一块儿聊天。这段时间,我察看了奥蒂莉从远处清楚地为我指点的地方。当我发现那儿有明显的石灰痕迹时,是多么惊讶啊!我深信,只要稍为挖掘一下,就可能在地府深处找到丰富的蕴藏量。

"对不起,我的勋爵,我看见您笑了,而且很清楚,您只是作为一个聪明的人,一个朋友才听任我热衷于这一类事情,而您是不会相信的。但是在让这个美丽的女孩作摆坠振动试验之前要我离开这儿是不可能的。"

在谈到这件事情的时候,勋爵又一次重申了他反对的原因。他的同伴虚心、耐心地听着,但是最后他还是坚持了自己的意志和愿望。他也一再表明,正因为这样的试验不是人人都会成功的,所以不仅不能放弃,而且必须加倍认真、深入地讨论。无机物之间某些联系与亲合作用,有机物之间的某些联系与亲合作用,以及它们两者之间的相互关系,肯定都会在这样的试验中发掘出来,而这些东西是我们至今为止还不知道的。

他已经拿出了由金环、白铁矿石和其他金属组成的仪器,这个仪器他一直放在一个漂亮的小箱子里随身携带。他把穿在线上摆动的金属片放在平放的金属物的上面,以便试验用。"您可以嘲笑我的失实,我的勋爵。"他说,"从您的脸上可以看出这种神情。这对于我来说是无所谓的。我现在所干的只是一个开始。等两位女士回来了,她们肯定会感到奇怪,想知道我们要在这儿干什么奇妙的事情。"

女士们回来了,莎绿蒂顿时清楚了是怎么回事。"关于这一类事情我曾经听说过一些,"她说,"但从未见过有什么效用。现在您既然把一切都准备完备了,就让我来试验一次吧,看对我是不是起作用。"

她非常郑重地对待这项试验,把线拿在手上,不带任何激动的感情,一动不动地拉着。即使如此,也不见摆坠有什么些许的振动。紧接着他们请奥蒂莉来试。她更加镇静、更加自然、更加无意识地拉着穿有摆坠的线,就在这一瞬间,悬在金属物之上的摆坠仿佛被卷进了一个大漩涡,转动了起来。随着放在下面的金属物位置的变动,摆坠时而朝这一边,时而朝那一边,时而成圆形,时而成椭圆形,时而又成直线状地转开了。眼前的情景正如英国勋爵的同伴所期待的那样,甚至还超过了他所有的想望。

勋爵本人有点吃惊。但是另外那一位却由于高兴和好奇,不肯就此停止。他一再请求重复,并变化多种方式让奥蒂莉去试。奥蒂莉高兴地满足了他的要求,直到最后她温和地请求别让她往下试了,由于她的头疼病又发了。他听了感到吃惊,甚至是兴奋。他热情地向她保证,只要她相信他的治疗方法,他愿意把她的病治好,使她彻底摆脱这一痛苦。一时间在场的人对此还猜测不定,但莎绿蒂则很快就明白了他的意思。她拒绝了他善意的提议,因为她不愿意在她的周围发生使她非常不放心的事情。

客人走了。两位女士虽然受到了他们那种特别方式的影响,而在他们离开之后,却又希望能在哪儿与他们再度相会。这时,莎绿蒂便利用风和日丽的天气到邻居家去回访。她简直难以应付。至今为止,周围的邻居几乎都曾经很热情地关照过她,有的是出于真切的同情,有的则只是出于习惯上的来往。在家里,只要一看到孩子,她便又提起了精神。这个孩子的确值得人去爱护和关怀。人们把他看成一个神奇的孩子,是的,简直把他看成一个神童。瞧他长得那么高大、那么匀称、那么壮实又那么健康,真让人感到非常高兴。更使人感到惊异的是他那双重的相似。这一点越来越明显地表现出来。他的脸型与整个身材越来越像上尉,而他的眼睛与奥蒂莉的眼睛越来越难以分辨。

因为这一奇特的相似,或许更多的是出于妇女们的美好感情——她们常常把温柔的爱慕之情倾注在自己心爱的男子与其他女子所生的孩子身上——奥蒂莉简直成了渐渐长大的婴儿的母亲,更确切地说,是另一种意义上的母亲。只要莎绿蒂一离开,奥蒂莉便和孩子、保姆一起呆在家里。因为奥蒂莉把她全部的爱都放在婴儿的身上,兰妮不免产生了嫉妒。前些时候她固执地离开女主人回到了父母的身边。奥蒂莉照旧抱着孩子外出散步,并习惯于到越来越远的地方去。她随身带着奶瓶,在孩子需要的时候给他喂乳。出去散步的时候她经常带着一本书。她臂上抱着孩子,一边看书,一边漫步闲游,活像一位风度翩翩、思想丰富的淑女。

十二

爱德华参加的那场战役已经达到了主要目的。他佩戴着许多勋章光荣退伍。不久他又回到原来的那个小庄园,得到了关于家人的确切消息。他曾让人密切关注他们,而不让他们有所发觉。他那宁静的栖身之所极其美好地展现在他的眼前。在他离开的这段时间里,人们按照他的布置进行一番建造和修葺,许多事情有了变化。庭院与周围的环境不够宽敞,但其内部的布置,首先是那些赏心悦目的风景却可以作为一种补偿。

爱德华经过一段节奏较快的生活,办事已经习惯采取果断的方式。如今他打算实现他经过长时间认真思考的计划。第一步他请来了少校。久别重逢使他俩格外地高兴。少年时代的朋友犹如有血缘关系的亲属,他们的明显优点是,任何错误与误会都不会从根本上损害他们的友好。经过一段时间以后,旧日的关系又会重新恢复。

在欢快的接待中,爱德华询问了朋友的情况,并且获悉,他的幸福完全遂了心愿了。接着爱德华用半开玩笑的语气关心地问他,是否已经结婚生子。他的朋友很郑重地否认了。

"我不能,也不应当瞒你,"爱德华继续说,"我必须马上把我的想法和打算告诉你。你知道我对奥蒂莉的热情,而且早就明白了,是她促使我加入了这场战争。我承认,我以前希望了断生命,没有她,生命对我来说没有意义。但与此同时我又不得不向你承认,我终究下不了彻底忘却的决心。和她在一起的幸福是那么美好,那么让人渴望,要完全放弃她,我办不到。一些自我安慰的预感,一些值得高兴的预兆,坚定了我的信念和胡思乱想。奥蒂莉会成为我的人。有一只玻璃杯上刻着由我们俩名字的第一个字母交织而成的图案。在庆祝奠基典礼的那一天,有人把这只杯子抛到了空中,但没有打碎。它被人接住了,又回到了我的手里。在这个偏远的地方,我度过了多少充满疑虑的时光,我向自己呼喊道,让我本人来代替这只充当预兆的玻璃杯吧,看看我们俩的结合是不是可能。我走了,去寻找死亡,可是并不是激动一时,而是满怀着求生的希望。奥蒂莉是我奋斗的目标。在每一个敌军的阵势后,在每一个战壕里,在每一个被包围的要塞中,我希望赢得的便是她。我希望活下去,产生奇迹,为的是要赢得奥蒂莉,而不是失去她。这些情感始终伴随着我,帮助我闯过了重重险关。现在我觉得,自己就像一个已经到达了目的地的人,克服了一切障碍,再也没有挡道的东西了。奥蒂莉是我的。我认为,在这一想法与让它成为现实之间没有什么大的阻碍了。"

"你只用了几句话,"少校答道,"便回绝了人们可能会向你提出的、所有的反对意见。可是我还得再说一下。至于你和你妻子关系的一切意义,我让你自己去回想。但是你对于妻子、对于自己都是有责任的,这一点你必须明白。我怎么能够想象,你们已经生了一个儿子,但又不马上说明白要永远结合在一起。为了孩子的缘故,你们有责任生活在一起,以便共同来关心他的教育和未来的幸福。"

爱德华答道:"倘若做父母的以为,他们的存在对于孩子们来说是必不可少的,那只是他们的一种自欺欺人而已。凡是有生命的东西都会找到食物和帮助的。假使父亲早逝,儿子固然没有被人疼爱的、舒适的青年时代。不过,或许也正是因为这个缘故,他会更快地受到如何适应世界的教育,及早地认清,必须去适应别人,而这一点正是我们大伙儿早晚都必须学会的。何况,这儿压根儿就谈不上这个问题。我们有殷实的家产,可以抚养更多的孩子。如果把这么多的财产都堆在一个人的身上,那既不是我们的责任,也不是什么好事。"

少校想说几句话来点明莎绿蒂的价值,以及爱德华和她之间那一段有着很长历史的关系,爱德华急忙插嘴说:"我们干了一件愚蠢的事,这一点我看得太清楚了。倘若上了一定的年龄以后,还想实现以往青年时代的心愿和希望,那总是自己欺骗自己的。因为人生的每一个十年都有特定的幸福、期待和希望。一个人要是出于某种妄想或各种情况的原因而想向前或向后抓取想要得到的东西,是多么不幸啊!我们干了一件蠢事,难道就让它一辈子存在下去吗?难道我们应当出于某种担心而放弃那种不为时代的风俗习惯所承认的东西吗?在多少事情上人们废止了自己的打算和行动,然而恰恰是在这个关系到全局而不是局部、关系到整个一生而不是这个、那个生活条件的时候,却不容许发生这样的事情。"

少校及时地用同样奇巧的办法向爱德华强调了他与妻子、与整个家族、与社会以及与他的财产的各种关系,却不能激起对方的任何认可。

"你所说的这些,我的朋友,"爱德华说,"在那混乱的战场上,当大地在接连不断的隆隆炮声中震颤,当子弹在耳边呼啸而过,当左右的战友倒地身亡,当我的战马被射中、帽子被打穿的时候,这些事情我在心里都想过了。深夜,在寂静的火堆旁,在繁星闪烁的夜空下,这一切都曾出现在我的眼前。那时候所有与我有关系的人都在我的心头涌现。我认真思索过,仔细选择过了,我自己有所收获,我满足了。经过反复考虑,就这么决定了。

"我不可能隐瞒,每当这样的时刻,你也曾出现在我的眼前,你也属于我这个圈子,难道我们不早就成了自己人了吗?如果我曾欠了你的债,那么就让我现在连本带利地向你偿还,倘若你欠了我什么,那么眼下你就能偿还我了。我知道,你爱莎绿蒂,她是值得你爱的。我也知道,她并不是不喜欢你,那么为什么就不该让她认识你的价值呢?把她从我的手里拿去吧!把奥蒂莉带到我的身边来!这样,我们就成了世界上最最幸福的人了。"

"正是因为你想用如此宝贵的礼物来诱惑我，"少校答道，"所以我得更加小心，更加认真。我在内心尊重你的建议，不过这个建议并不能使事情变得容易，反而会增添麻烦。这件事涉及你，也涉及我，涉及两个男人的命运、声望和名誉。迄今为止，这两个男人的行为是无可指责的，可是因为这一怪异的行动——如果我们不想把它叫作其他什么——他们将会冒风险，在世人面前遭受极大的怀疑。"

"正因为我们本身是无可指责的，"爱德华答道，"我们才有权力，也让别人来指责我们一次。如果谁在他的一生中证实自己是一个可靠的人，那么他也能使在其他人身上显得暧昧的行动变得可信。至于我这一方面，我觉得，自己承受了最后的考验，为别人干了艰难、危险的事情，所以也有理由为自己做点事情。至于你和莎绿蒂那一方面，就听凭未来的安排吧！不过你阻挡不住，任何人都阻挡不住我的决心。假如人们愿意向我伸出手来，那么，我也会乐意对待大家的；倘若人们撒手不管，任我一个人去做，或者甚至，不同意我的话，所以，就一定会走向极端，事情一定会依照其本身的自然趋向发展。"

少校把尽可能长时间地反对爱德华的决心看作是自己的任务。他聪明地改变了对朋友的作风。看上去他似乎是让步了，只是闲聊要想达到离婚和重新结合的想法所必须经过的形式和过程。这样便出现了许多令人不高兴的、麻烦的以及不合时机的事情，使爱德华的情绪变得极为不好。

"我算看明白了，"爱德华最后大声嚷道，"人们所希望得到的东西，不仅要从敌人那儿，而且也必须从朋友那儿争夺。我的眼睛紧盯着我所需要的、我所不可缺少的东西不放，我要把它夺过来，定定会迅速、干净地把它弄到手的。我很清楚，如果一些现存的东西不完蛋，如果一些拒不投降的东西不让步，那么新旧关系是不会自行取消和建立起来的，这样的事情光思考是不会完结的。在理智的面前，一切权利都是平等的。在天平秤往上翘时，总是可以加一点重量使它均衡的。朋友，快做出决定吧，为了我，为了你自己而动作！为了我，为了你自己来弄顺这些关系吧！解除旧的，重建起新的。不要让种种的顾虑来阻挡你。反正我们已经让世人把我们作为话题了。他们还会再谈论我们一次，然后就像对待其他变得不新鲜的东西一样把我们忘了，允许我们去干我们能够干的事情，不再来关心我们了。"

少校没有别的办法，最后不得不允许爱德华不再费神地把这当作是已知的、预先就决定了的事情，只好听凭他像对待一切亟待解决的事情那样，对细节进行详细的研究，听凭他满心欢喜地、甚而十分幽默地谈论将来。

跟着爱德华又严肃地沉思起来，他继续说："倘若我们只沉醉于希望与期待当中，以为一切都会自然而然地出现，以为偶然的事件会来引领我们、眷顾我们，那只是一种不可原谅的自欺欺人。用这样的办法我们不可能挽救自己，也不可能重新恢复我们在各方面的安宁。我怎么才能自我安慰呢？我竟然平白无故地承担了一切过失。在我的强求下莎绿蒂才同意你到我们的府邸中来，奥蒂莉只是由于这一变化才到了我们的身边。现在我们再也无法把握住由此而产生的结果了，但是我们能够使它变得没有害处，可以引导这种关系变成我们的幸福。你尽可以把眼光从我为大家展示的美妙而又可爱的前景上挪开，尽可以要求我、要求我们大家做出伤心的断念。如果我们打算这么干，那么随之而来的，不就是要回到以往的状况中去忍受种种不合适、不愉快而又令人厌恶的事情吗？这不会产生任何好的、令人欢欣的结论。倘若你受到阻拦，不能来看望我，不能和我生活在一起，那么你所处的幸福状况会给你带来欢乐吗？在这一切发生之后，只会永远痛苦。莎绿蒂和我只会处于十分伤心的境地，就算我们有那么富裕的家产。假如你和世上的其他人都相信，岁月和距离会使这些情感慢慢淡漠，会使深深铭记在心的形象逐渐消减，那么这里所说的岁月，绝不是指人们想在痛苦和困窘中挨过的日子，而是指人们想在欢乐和愉快中度过的时光。最后要说的是至关重要的事情：即使我们根据内外情况，万不得已还可以等待的话，所以奥蒂莉的前途会怎么样呢？她一旦离开我们家步入社会，得不到我们的关照，便不得不凄凉地在这个充满恶的世界上到处流浪！给我描绘一种奥蒂莉没有我，没有我们大家也会幸福的情况吧，那样的话，你便提出了一条比任何其他的理由更有说服力的理由。即使我不承认它，不向它屈服，也会乐意重新去观察、去思考。"

这个问题并不是那么容易就能完全办妥的。至少他的朋友一下子想不出论证充分的答复。他没有别的办法,只能一再提醒爱德华记住,整个事情是多么不同寻常,多么让人不安,从某种意义上来说又是多么不安全。至少在着手去解决的时候,一定要极其郑重地进行考虑。爱德华表示认同,可是只有在这样的条件下才表示同意,这就是在他们对事情的看法完全统一、采取最初的方法之前,少校不得离开他。

十三

彼此并不相识而又不相关爱的人,一旦在一起生活了一段时间,便会互相表白心迹,产生某种信任。至于我们的两位朋友,就更不用说了。他们重新又聚在一起,时刻不离彼此,彼此之间畅所欲言。他们重又回想起往日的情形。少校并无隐瞒地告诉爱德华,当初他外出旅行归来的时候,莎绿蒂曾有意把奥蒂莉介绍给他,想让他日后与这个美丽的姑娘结为夫妇。爱德华听了少校透露的情况,异常高兴,也毫无保留地说起了莎绿蒂和少校之间的互相爱慕。因为此时他觉得事情居然这么方便和顺利,谈起来便欢欣雀跃。

对待这件事少校既无法完全否认,也没有完全承认。不过爱德华则越来越坚持、越来越肯定自己的看法。在他看来,这一切不仅有机会,而且是已经发生了的事情。只需要各方面对他们希望的事情表示认可就行了。离婚肯定能办成,接下去便是马上结婚。爱德华想带奥蒂莉去旅行。

在一个人的想象力认为满意和愉快的事情中,最富有吸引力的也许莫过于相爱的人、年轻的夫妇希望在一个全新的环境中去享受他们崭新的关系,并在不断变化着的环境中去考验和印证他们的一生决定。在爱德华和奥蒂莉外出旅行期间,少校和莎绿蒂可以全权处理有关产业、钱财和尘世上值得企求的东西等事情,并对这些东西加以整饬,根据法律合法地进行分配,使各方面都满意。然而爱德华最坚持的一点是,孩子应该留在母亲的身边。他认为这样处理才最有利:少校可以教育这个男孩,但是按照自己的想法去引导他,发展他的各种能力。在举行洗礼的时

世界经典文库 世界二十大名著 亲和力 图文珍藏版

候,人们并没有白白地把他们俩共同的名字奥托给了这个孩子。

对于爱德华来说,一切都已准备就绪。他急于想实现自己的想法,一天也等不及了。在回庄园的途中,他们来到了一个小镇上。爱德华在镇上有一所房子。他原想呆在那儿,稍候少校回来报告情况。但是他怎么也抑制不住自己,没有立即下马,而是陪同他的朋友穿过了这个地方。他们俩都骑着马,一边谈论着重要的问题,一边驱马前行。

突然,他们发现了远处山顶上的那所新房子。他们第一次看见那红色的砖瓦在阳光下闪闪发亮。爱德华的心中突然涌起了一种难以压抑的渴望:一切都必须在今天晚上完成。他想躲在附近的一个村子里,让少校立刻赶去向莎绿蒂说明事由,叫她猝不及防,来不及做仔细的考虑,这样闪电式突击地向她提出建议,就可以迫使她自愿说出她的想法。因为爱德华把自己的心愿移到了莎绿蒂的身上,于是他便认为这无非是迎合了莎绿蒂已经决定了的想法。他希望尽快得到她的同意,他已经不可能有其他的意愿了。

爱德华眼看事情即将完美地解决,非常高兴。他吩咐少校,事情一旦办妥,就放花炮,到了夜晚,就放几个火箭炮,以便迅速把消息传给正在等待的他。

少校骑马向府邸行去。他没有找到莎绿蒂,却听说她近来住在山顶上的新房子里,现在到邻居家去做客了,也许今天不会很早回来。于是少校便又回到了他寄放马匹的旅店。

在这段时间里,爱德华在一种无法控制的急躁情绪的驱使下,离开了他藏身的地方,悄悄地沿着一条只有渔夫和猎人才认识的偏僻小路,朝他家的花园走去。将近黄昏的时候,他来到了湖畔的灌木丛中。他第一次看到了完整的、明镜般的湖面。

这天下午,奥蒂莉在湖边散步。她抱着孩子,按以往的习惯边漫步边读书。她走到了渡口边的橡树下。孩子睡着了,她坐在地上,把他放在身边,继续看书。这是一本读来让人情意绵绵、不忍释卷的书。她忘记了时间,没有想到如果从陆地上走的话,回到山上的新房子去还有很长一段距离。她坐在那儿,完全陶醉在书本和自己的感情中,看上去那样妖艳动人,连周围的树木和灌木丛都似乎有了生命。假如它们有眼睛的话,一定会欣赏她、称颂他。这时,一道嫣红的落日余晖恰好映在她的身后,给她的两颊和双肩抹上了一层金色。

此时,爱德华已经走了很长一段路,一直未被人发觉。他发现自己的花园里空无一人,这一带一片安静,便壮着胆子往前走。最后他穿过了灌木丛,来到了橡树边。他一眼瞧见了奥蒂莉,她也看见了他。爱德华向她飞奔过去,扑倒在她的脚下。良久,他们沉默着,双方都努力使自己镇静下来。接着爱德华只用了几句话向她解释,他为什么、而且是怎样来到这儿的。他已经打发少校去找莎绿蒂,他俩的共同命运也许就在这一瞬间决定了。他一直坚信她对他的爱情,而她肯定也不会怀疑他对她的一片痴心。他请求得到她的同意,见她犹豫不定,便向她发誓。他想行使往日的权力,把她拥在怀里。奥蒂莉指了指身旁的孩子。

爱德华这才看见了孩子,他感到十分吃惊。"万能的上帝啊!"他喊道,"倘若我有理由怀疑我的太太不贞,怀疑我的朋友不忠的话,那么,这孩子的体形便可怕的证实了这一点。难道这不是少校的模样吗?我还从来没见过这样一种相像。"

"不是这样的!"奥蒂莉答道,"所有的人都说他像我。"——"这可能吗?"爱德华问。就在这一刹那,男孩睁开了眼睛,两只大大的、明亮有神的黑眼睛显得深沉而又可爱。孩子懂事似的望着世界,仿佛认识站在他面前的这两个人。爱德华扑倒在孩子的身旁,又一次跪倒在奥蒂莉的面前。"是你!"他喊道,"这的确是你的眼睛。噢,还是让我只看着你的眼睛吧!让我用一块面纱把赋予这个孩子生命的不幸时刻掩起来吧！男人和女人尽管胸贴着胸拥抱着，但可以心思不一，用旺盛的情欲来亵渎合法的婚姻，难道要我用这样不幸的想法来惊吓你那纯洁的灵魂吗？或者我可以这样说，由于我们已经达到了这个地步，倘若我和莎绿蒂不得不分手，因为你将成为我的人了。我为什么不能说呢？我为什么不能把这句残酷的话说出来呢？这个孩子是双重奸情的产物！他本来可以把我们连在一起，可是他却把我和我的太太，把我的太太和我彼此分开了。让这个孩子成为我的证据吧，让这双俊秀的眼睛告诉你的眼睛吧，即使我在另一个女人的怀中，也是属于你的。真希望你能感觉到，奥蒂莉，但愿你能真正感觉到，只有在你的怀抱中，我才能改正那个错误和赎我的罪。"

"听！"他跳起身来喊道。他听到了一声枪响，以为是少校给他发来的信号。其实那是一个猎人在附近山上放了一枪。后来便再也没有听到枪响。爱德华沉不住气了。

奥蒂莉这时才发现，夕阳已经落到了山的后面。山顶上那幢房子的玻璃窗折射出最后一道晚霞。"你去吧，爱德华！"奥蒂莉大声说。"我们反正已经分开了那么久，已经忍受了那么久。你想想，我们俩欠了莎绿蒂多少情分啊！我们的命运必须由她来决定，我们决不能抢在她的前面做出选择。如果她答应，我便是你的，如果她不允许，我就必须回绝你。既然你相信这个决定已经这样近在眼前，那么就让我们等待吧！快回到村子里去，少校还以为你在那儿。临时可能会出现一些需要解决的事情。一旦谈判完成，他便用轰响的炮声向你报告，这是真的吗？也许这时候他正在到处找你。他没有碰到莎绿蒂，这个我知道。他可能会去接她，因为有人知道她去哪儿了。各种各样的情况都有可能出现。让我走吧！现在她一定已经回来了，她一定在那上面等着我和孩子。"

奥蒂莉说得非常匆忙，她把一切可能性都想到了。在爱德华的身边她是幸福的。她感到，现在必须离开他了。"我求你，我恳求你，亲爱的！"她大声说，"快回去等着少校吧！"——"我听从你的命令，"爱德华大声说，他先是激动地瞧着她，然后紧紧地把她抱在怀里。她也用双臂搂着他，极其和蔼地将他按在胸前。希望好像一颗从天上掉下来的星星,掠过他们的头顶飞走了。他们不仅想象,而且还相信已经彼此拥有了。他们第一次坚定而又无所顾忌地接吻,然后依依难舍,忍痛分别。

太阳落山了,夜色徐徐降临,湖的周围雾气弥漫。奥蒂莉神思不定,激动地站在那儿。她望着湖对岸山顶上的房屋,以为已经看到莎绿蒂白色的衣裙在阳台上飘动。要是沿着湖边走回去,就得绕很大的弯路。她知道莎绿蒂一定在焦急地等着孩子回去。眼看梧桐树林就在对岸,她和直接通往山顶那幢屋子的小径之间只有一水之隔。她望着对岸,想象着自己已经到了那里。在这种急迫的心情中,带着孩子渡河的顾虑消失了。她急匆匆地向小船走去,既没有感到剧烈的心跳、蹒跚的脚步,也没有感到自己快要昏倒了。

奥蒂莉跳上小船,抓起桨,向岸边撑了一下。她一定要用力,她又撑了一下,小船摇摇晃晃地向湖中滑行了一段。她左臂上抱着孩子,左手拿着书,右手握桨,由于小船的摇摆她歪倒在船上,桨从她的手中向一边滑了下去,她拼命想保持身体的平衡,可孩子和书又向另一边滑去,所有的东西都落到了水中。她的手还紧紧地抓着孩子的衣服,可是却扭着身子站不起来,空着的右手使不上劲,无法使自己翻过来站直身子。最后,她总算把孩子拉出了水面,但是他双目紧闭,已经停止了呼吸。

此时她完全清醒过来,不过却更加难过了。小船几乎已经到了湖心,桨飘得很远,岸上不见人影。即使看到人,对她又有什么用呢?她和一切事物远隔开了,只好在这无情的,叫人毫无办法的水面上随船漂流。

她希望用自己的力量来拯救孩子。她经常听别人说起怎样抢救落水的人,就在她生日的那天晚上她还亲眼看到过。她替孩子脱下衣服,用自己穿的薄纱衣裳抹干了孩子的身体,她撕开胸衣,生平第一次无所挂怀地袒露出她的胸脯,生平第一次把一个有生命的东西靠紧在她裸露着的纯洁的胸口上。噢!已经没有热气了。可怜的孩子四肢冰凉,冷气透过她的胸脯钻到了她的心里。难以控制的泪水从她的眼眶里涌了出来。泪水使婴儿冰冷的躯体似乎有了一丝暖气和生机。她没有停止努力,用围巾把孩子包了起来。在这与世隔绝的小船上,她的救护措施一点儿也不起作用。但是她相信,可以用爱抚、按摩、呵气、眼泪和亲吻来代替。

全都徒劳了!孩子一动不动地躺在她的怀抱里,小船静静地浮在水面上。不过,即使到了这个时候,她那优美的感情也没有使她显得忘记了该干什么。她抬头仰望苍天,屈膝跪倒在船上,用双手把僵硬的孩子托在她那纯洁无瑕的胸口上。她的胸脯像大理石般圣洁,可惜也像大理石一样冰冷。她满含着泪水凝视着夜空,向上天呼救。当尘世间一切都没有希望的时候,一颗温柔的心总是希望能在什么地方找到莫大的慰藉。

她向星辰的乞求倒也不是没有用的,它们已经一颗一颗地上天际闪现了出来。湖面上吹起一阵微风,推着小船向梧桐树林漂去。

十四

奥蒂莉急急忙忙地向新房子走去,找来了外科医生,把孩子托付他。这位善于应付各种情况的大夫按照惯例一步步地对这娇小的尸体进行抢救。奥蒂莉始终站在他的身边帮忙,她忙碌着,担心着,不停地递送东西,仿佛漫游在另一个世界里,由于最大的不幸也和最大的幸福一样,变化了人们对一切事物的观点。经过一切试验以后,诚实的大夫摇了摇头,对奥蒂莉充满希望的提问,先是缄默,然后轻轻地回答了一声"不"。她离开了莎绿蒂的卧室——刚才的一切都是在那儿进行的——刚一踏进起居室,还没走到沙发旁,便毫无气力地扑倒在地毯上。

此时,人们听到莎绿蒂的马车在屋子前面停了下来。外科医生连忙让周围的人站着别动,他要去迎接莎绿蒂,好让她有个准备。但是她已经跨进了屋子,看到奥蒂莉躺在地上,家里的一个女仆哭哭嚷嚷地朝她跑来,外科医生也走了进来。她突然全明白了。但是她怎么能够一下子放弃任何希望呢!经验丰富、能力超群而又为人精明的大夫劝她别去看孩子。他走了过去,对她谎称去采取新的方案。她坐到沙发上,奥蒂莉仍然躺在地上,但这时她把身子靠在女友的膝头,把美丽的头部枕在上面。那位医生来回地走着,表面上是在为孩子操心,实际上是在为两位女士放心不下。半夜了,四周越来越静,一片死气沉沉。莎绿蒂不愿再欺骗自己,她知道孩子再也不能复生了,她要求看看孩子。人们用干净、暖和的毛巾把孩子裹了起来,放在一个篮子里,又把篮子放在沙发上。只有孩子的小脸露在外面,他躺在那儿,此时显得安静而又漂亮。

这一不幸的事情马上惊动了附近的村庄。消息很快就传到了旅店。少校沿着熟悉的道路向山上走来。他围着新房子转了一圈,拦住了一个跑到边房去取东西的仆人,询问到了一些更加仔细的情况。他让仆人把外科医生叫出来。外科医生来了,他对这位从前的恩人的到来感到惊讶,他把眼下的情形告诉了少校,并答应了一项任务,要让莎绿蒂在看到他之前有所准备。外科医生走进屋去,开始了引导性的交谈,他让莎绿蒂由一件事情想到了另一件事情,最后他才让她想到了她的朋友,让她想到按照他的思想和观点,他一定会对此表示一番同情,必定会到这儿来的。不一会儿他便使这一幻想变成了现实。总之,莎绿蒂知道,她的朋友就站在门外,而且已经知道了所有的情况,希望能允许他进来。

少校走了进来,莎绿蒂对他苦笑了一下,算是打招呼。他站在她的面前。她揭开了盖在尸体上的绿色绸布。在昏暗的烛光下,他看到了自己凝固的肖像,内心不由地感到一阵惊恐。莎绿蒂指了指一把椅子。他们面对面地坐着,整个黑夜就这么无言相对。奥蒂莉仍然安静地靠在莎绿蒂的膝盖上。她温柔地呼吸着。她睡着了,或许看上去是睡着了。

天已平静,烛光吹灭了。两位朋友似乎从沉闷的睡梦中醒了过来。莎绿蒂注视着少校,平静地说:"请告诉我,我的朋友,是什么天意差你到这儿来看到这悲惨的一幕的?"

"这儿,"和她发问时一样,少校也轻声地回答说——好像他们都不愿意唤醒奥蒂莉似的——"这儿不是时间和地方,不能隐隐瞒瞒,先来一篇开场白,然后再慢慢地进入中心话题。我看到你的环境那么可怕,以至于重要的事情本身,也就是我怎么会到这儿来的原因,已经失去了它的意义。"

接着他非常镇静和简单地向她说明了他所担负的责任,原是爱德华派他来的,但他也承认来这儿是他自愿的,因为这关系到他自身的利益。这两点他都说得很含蓄,不过很真实。莎绿蒂平静地听着,对此既没有感到吃惊,也没有表示愤怒。

少校说完后,莎绿蒂用很轻的声音做了回答,少校不得不拉着他坐的椅子凑近了她。"我从来没有经历过这样的境况,但是在遇到相似的情况时我总是对自己说:'明天将会怎样呢?'我感到很高兴,这么多人的命运现在都归属在我的手里。我对自己必须要干的事情一点儿不犹豫,而且马上就可以说出来。我同意离婚,我早就应该这么决定了。由于我的迟疑和反抗,我害死了自己的孩子。有些事情是命运早就注定的,用理性、道德、责任和一切神圣的东西去阻碍它,都是毫无意义的。只要命运之神认为是合理的事,就一定会发生,即使在我们看来是不合理的。我们可以按照自己的意志行事,但是它最终还是会起作用的。

"我无话可说!实际上命运之神要实现的正是我自己的愿望和意图,我曾轻易地违背了它们。我自己不是曾经想过,奥蒂莉和爱德华是上天注定的一对吗?我自己不是曾经试图让他们相互走近吗?我的朋友,您本人不就是我这个计划的知情者吗?为什么我不能把一个男人的任性和真正的爱情区分开来呢?为什么我竟会接受了他的求婚呢?作为女友我本来应当使他和他的妻子更加幸福才对。您只要看一看这位不幸的昏睡着的姑娘吧!当她从这种亦梦亦醒的状态中清醒过来的时候,我将会惊战不已。倘若她不能希望用她的爱向爱德华补偿她从他那儿夺走的东西,那么她将怎么去生活、怎么去原谅自己呢?其实她不过是充当了这神奇的偶然事件的工具罢了,她出于对爱德华的倾慕与热情,是会把一切都偿还给他的。如果说爱情能够容忍一切,那么它就更能补偿一切。在这样的时刻我不应当想到自己。

"您静静地离开吧,亲爱的少校。告诉爱德华,我同意离婚。我把整个事情都委托给他、您和米特勒来办理。我并不在乎将来的处境如何,怎么办都行。我愿意在人们给我送来的任何一张纸上签字,只是别指望我会协助你们去做,会动脑筋出主意。"

少校站起身来,莎绿蒂从奥蒂莉的头上向他伸过手去。他把嘴唇紧紧地贴在她那亲爱的手上。"对我来说,我可以指望得到什么呢?"他小心着问。

"请让我对您暂不回答吧，"莎绿蒂回答道，"我们没有犯什么过错，会使我们不幸，然而也并不因此就理应幸福地生活在一块儿。"

少校走了，内心深深地为莎绿蒂感到惋惜，对那可怜的、死去的孩子却不感到难过。在他看来，这样的牺牲对于各方面的幸福来说是必要的。他想象着奥蒂莉在她的臂腕中抱着自己生的孩子，作为对她夺去了爱德华的儿子的最好补偿；他想象着自己在怀中抱着一个儿子，这个男孩比死去的那个有更多的权利是他的肖像。

这些令人沉溺的希望和情景在他心中一一闪过。在回旅店的途中，他遇到了爱德华。爱德华整夜在外面等待着少校的归来，因为没有焰火和花炮为他传递好消息。他已经听到了那个不幸的消息。他没有为那个可怜的小生命感到惋惜，他也同样把这个结局看作是命运的安排，虽然他不愿意完全接受这一点。这样一来，一切阻碍他幸福的东西一下子全被解决掉了。少校很快就把他妻子的决定告诉了他，所以他很容易就被少校说动了，回到原来的那个村子里，然后又回到了小镇上。他们要在那儿思考和着手采取下一步的行动。

少校离开以后，莎绿蒂坐在那儿只思考了几分钟，奥蒂莉便马上直起了身子，睁大眼睛盯着她的女友。她先离开了莎绿蒂的膝头，然后从地上站起来，站在莎绿蒂的面前。

"已经两次了，"这美丽的女孩带着美丽的、不可控制的郑重神情开始说，"这是我第二次遇到的同样的事情。你曾经对我说过，人们在他们的一生中，往往是在重要的时刻，经常会以雷同的方式经历相似的事情。现在我发现你的说法是正确的，并急于想对你表白。我母亲死后不久，那时候我还是一个很小的孩子，我把我坐的小凳挪到了你的跟前，你就像现在这样坐在沙发上，我的头枕在你的膝盖上。我没有睡着，但是不是醒着，而是朦朦胧胧的，半梦半醒。周围发生的一切我都能听到，尤其是说话的声音听得更为真切。可是我不能动弹，说不出话来，即使想要这么做，也无法办到。我不能向别人求助，我能清楚地意识到自己。那时候你和一位女友在谈论我，你为我的命运感到叹惜，说我成了留在这个世界上的孤儿。你描述了我必须依赖于他人的情况，说如果没有一颗特别的福星降临在我头上，我的处境将会多么困难。你对我的希望,对我的要求,这一切我都非常明白,也许是太当真了。根据我粗浅的认识,我给自己做了许多规定,有很长一段时间我是按照这些规定来生活的。在你爱我,为我费神,把我收留在你家里的时候,以及后来的一段时间,我的一举一动都遵循着这些规定。

"但是现在我越出了自己的规定,打破了自己的规定,我甚至失却了对这些规定的感情。在发生了一件可怕的事件以后,你对我说明了我所处的境地,这一次比上一次更可悲。我半僵硬地依偎在你的怀里,仿佛来到一个完全不同的世界,耳畔又响起了你轻轻的说话声。我听到了关于我自己处境的谈话。和那时候一样,这一次我也在半睡眠、半昏死的情形给自己指出了一条新的轨道。

"我也和那时候一样,做出了决定。我的决定得马上让你知道。我绝不会成为爱德华的人! 上帝以可怕的途径让我睁开眼睛,看到了自己已经陷入了怎样的恶行之中。我要救赎自己。谁也别想使我改变自己的决定! 为此,我亲爱的,我最好的人,你惩罚我吧! 让少校回来,写信告诉他,不要采取任何行动。刚才少校走的时候,我是多么害怕啊! 我一点儿也无能为力。我真想跳起身来,我真想大声地喊叫:你不能让他带着这种罪恶的希望离开这儿。"

莎绿蒂目睹了奥蒂莉的处境,也感觉到了这一点。可她还是希望经过一段时间、经过一番劝说,会使奥蒂莉同意决定。可是她刚说了几句稍带关于、希望和减轻痛苦的话,奥蒂莉就反抗地喊道:"不!"不要试着来说服我,不要试着来哄骗我。只要再听到你同意离婚的时候,我便跳进那个湖里去赎罪,去弥补我的过失。十五

每当亲戚朋友和家庭成员欢快幸福地聚在一起时,经常会超出必需和理所当然的程度,聊起已经发生,或者是将要发生的事情;他们经常会一次又一次地向别人转告自己的计划、事业和工作,他们这样做不是为了相互听取见解,而是仿佛把整个人生作为讨论的话题,然而,大相径庭,在重要的时刻,恰恰是在看来人们最需要别人帮助、最需要得到别人认可的时候,却发现别人都回避,只顾自己。大家各干各的,各按自己的方式扩大其影响,在这段时期中,人们互相蒙蔽各自使用的方法,只有结果、目的和所取得的成就才又成为共同的财产。

经过这么多惊人的不幸事件以后,在两位女友的心里也产生了某种肃穆的情绪,这表现在友好的宽容上。莎绿蒂暗中派人把孩子送进了小礼拜堂。他长眠在那儿,对于一场充满不祥预兆的劣运来说,他成了第一个牺牲品。

莎绿蒂想尽办法可能又回到了现实生活中来。此刻她首先发现奥蒂莉需要她的帮助。她特别关注这个女孩,却不让她有所感觉。她知道,这个天使般的女孩是多么一往情深地爱着爱德华。她慢慢地了解了在这次不幸事件以前发生的情况,一部分是通过奥蒂莉本人,一部分则是从少校的来信中得知的。

对于奥蒂莉这方面来说,她使得莎绿蒂目前的生活变得轻松多了。她很诚挚,甚而很健谈,但她却有意避开目前和最近发生的事情。她始终在注意着、观察着,她知道得很多,这一切现在都显示了出来。她为莎绿蒂排忧解闷,而莎绿蒂则始终在暗中希望能够看到她所看重的一对男女结为夫妇。

然而奥蒂莉的情形就不同了。她向女友说明了生活道路上的秘密以后,便从以前那种克制和屈从的处境中解脱了出来。同时她也感觉到,她的悔过,她的决心使她摆脱了由那次过失和不幸事件所造成的负担。她再也不需要强制自己了。只有在对爱德华完全忘却的条件下,她才能在内心深处原谅自己,而这个条件对于长远的将来是必不可少的。

就这么过了一段时间。莎绿蒂感到,房屋、花园、湖泊、岩石和树林,天天都在她的心中唤起新的悲伤的情绪。至于必须变换地方,这一点是很有必要的,然而究竟如何来变换,却不是那么容易就能决定的。

两位女士是否应当继续在一起生活?爱德华昔日的想法似乎是这么要求的。他的揭示,他的威胁使她们必须这么做。然而怎么会叫人看不出来,尽管两位女士有一切良好的愿望和理智,而且也尽了最大的努力,却彼此处在一种十分难堪的境地?她们避免交谈。有时候对于一些事情只求不甚了了,而更经常发生的是,她们所用的言词不是被对方的理性,至少也是被对方的感情所误会。她们怕出言不逊而伤害了对方,而恰恰是这种尊敬心理最容易被人伤害,也最容易伤害别人。

假如要变换地方,至少是在一段时间里分开居住,这样便又重新出现了那个老问题:奥蒂莉该上哪儿去？那个阔绰的大户人家曾经多次为他们充满希望的女儿，就是这一家的财产继承人，寻找一个陪她娱乐、激励她上进的女伴，但一直没有成功。男爵公主最后一次来访的时候，并且在最近的信中又敦促莎绿蒂，让奥蒂莉上那儿去。现在莎绿蒂再一次提起这件事。可是奥蒂莉明确地回绝到那种被人们习惯称为大世面的地方去。

"亲爱的姨妈，"奥蒂莉说，"为了使我不显得那么低俗和固执，请让我把在另一种场合下有义务保密和隐瞒的话尽情吐露出来吧！一个稀有的不幸的人儿，尽管他是无辜的，却被人用可怕的方式打上了伤害的印迹。无论他在哪儿出现，都会在所有看到和觉察到的他的人心中引起一种惊慌。人人都想看看侵入他身上的鬼怪，人人都感到又好奇、又害怕。就像是一幢房子，或一座城市，只要那里面发生了一件骇人的事情，便会使每一个走进去的人感到恐慌。在那儿白昼的光线会变得失去光华，星辰也会失去它们原来的光彩。

"人们对于这些不幸的人表现得如此无礼啊！他们那种无聊的纠缠，愚蠢的善意，也许是可以宽容的吧！请您原谅我就这么直说了。然而当露茜娜把那可怜的小女孩从她躲藏的屋子里拉出来，和气地招待她，本着最好的愿望逼着她去参加游戏，去跳舞的时候，我为那女孩感受到难以无法相信的痛苦。当时，那个可怜的孩子害怕了，而且怕得越来越厉害，最后竟逃跑了，并昏倒了过去。我用双臂抱住她。在场的人非常惊讶，激动了起来，这才对这个不幸的人儿产生了好奇心。那时候我并没有想到，会有同样的命运在等待着我。我当初的同情心是那么真切，那么生动，至今还历历在目。现在我可以把我的同情心用在我自己的身上了。我得防备着，不能让自己成为类似情况的起因。"

"可是，亲爱的孩子，"莎绿蒂答道，"你到哪儿也逃避不开人们的目光。我们没有修道院，要不然，这些感情在那儿倒是可以找到避难所的。"

"寂寞幽静并不能成为避难所，亲爱的姨妈。"奥蒂莉回答。"最值得珍视的避难所应当到我们可以从事活动的地方去寻找。假如劣运决定要折磨我们，那么所有的忏悔，所有的禁戒都无法使我们逃脱它。只有当我处于无聊的状态，成为世上大众关心的目标时,世界才会使我讨厌,使我害怕。然而如果人们在我欢快地工作、孜孜不倦地履行自己的责任的时候找到我,那么,我便可以接受任何人的目光,因为我用不着害怕神圣的东西了。"

"假如你不是有意要回到寄宿学校去,"莎绿蒂答道,"那一定是我弄错了。"

"是的,"奥蒂莉回答说,"我并不否认,我把通过寻常的途径去教育别人看作是一项幸福的任务,尽管我们自己是被一种最奇特的方法教育出来的。难道我们不曾看到,历史上有的人由于重大的、道德上的不幸事故而逃离尘世,可是在那儿并不像他们所希望的那样就能隐逸和躲避开来呢? 他们又被唤到尘世上去引导那些迷途的人走上正道。谁能够比这些对人生迷途有着深切了解的人做得更好呢? 他们受命去帮助那些不幸的人,谁能够比这些不受尘世间任何灾难骚扰的人更适宜于担负这项工作呢?"

"你选择了一项特别的使命,"莎绿蒂答道,"我不想反对你。你可以这么做,不过我希望只是很短的一段时间。"

"我是多么感激您啊,"奥蒂莉说,"我感激您大度地允许我去进行这样的尝试和体验。如果我不是过于自负的话,这样做是会成功的。在那个地方,我将会回忆起我经历过多少次考验,而这些考验与我今后将要经历的事情相比,是多么渺小,多么不足称道啊! 我将怀着欣喜的心情去观察幼苗般的学童的疑惑,对他们那种稚气的痛苦报以笑脸,轻轻用手把他们从所有小小的歧路中引领出来。让一个幸福的人去教导幸福的人,是不适宜的。人得到的越多,就越会不断地向自己和别人提出更多的要求,这是符合人类天性的。只有经历过不幸的人,才懂得为自己和别人培养常乐的感情,纵然只是有限的一点东西,也会饱含喜悦地去享受。"

"让我对你拿定的主意,"莎绿蒂略微沉思了一下,最后说,"再提出一点不同看法。这一点在我看来是非常重要的。这说的不是你,而是一个第三者。那位善良、明理而又虔诚的年轻助教的意思,你是知道的。在你要走的征程上,你会一天天使他觉得你更有价值、更不可缺少。就他的感情来说,他现在的生活中就不愿意没有你。到了将来,当他习惯了你的协助,一旦没有你,就再也无法治理好他的事务。开始的时候你是去帮助他,但是到了后来反而会让他失望。"

"命运之神从未和蔼地对待过我,"奥蒂莉回答说,"谁若是爱上了我,也许同样无法期待有较好的结果。那位朋友是那么善良、那么聪明,正因为如此,我希望他在心中也只发展与我建立一种纯洁关系的感情。他将会在我的身上看到一个断绝了尘缘的人。这样的人,只有把自己奉献于环绕四周的无形无影的神灵,才能在神灵的保佑下去抵抗强大无理的力量。也只有这样,他或许才能为自己和别人消除一场巨大的灾祸。"

莎绿蒂听了这个可爱的女孩的由衷之言,暗自作了思考。她从各方面作了别人难以觉察的勘察,看是否还有可能让奥蒂莉去接近爱德华,但是即使稍稍提起这件事,露出极小的希望和猜疑,都会深深地触动奥蒂莉。有一次,由于实在无法回避,奥蒂莉对此非常明确地表了态。

"假如你拒绝爱德华的决定,"莎绿蒂回答她说,"果真这么坚定、这么不可改变的话,那么你就得小心避免着与他重新见面的危险。当我们与所爱的对象之间有一段距离的时候,我们似乎觉得,对他爱得越深,就越能控制住自己,因为我们把向外扩展的热情的全部力量转向了内心。然而一旦我们以为可以或缺的东西重新又不可缺少地出现在我们面前的时候,我们就会马上快速地从这个错误中挣脱出来。现在去做你认为最适合于你的现状的事情吧!考验一下你自己,最好改变你现在的抉择,不过得由你自己自由地、完全自愿地去做。你不要让自己偶然地、出乎意料地又重新回到从前的状况中去。那样会在你的心里产生难以忍受的矛盾。刚才已经说过了,在你走这一步之前,在你离开我开始一种谁也不知道会把你引向什么道路的新生活之前,再仔细思考一番吧!看你是不是果真能够永远地对爱德华断念。不过,假如你真的就这么决定了,那么就让我们来订一个协议,即使爱德华来找你,即使他硬要来接近你,你也不能理他,甚至不能和他交谈。"奥蒂莉一刻也不思索,就向莎绿蒂重复了她自己曾经许下的承诺。

可是爱德华的威胁仍然在莎绿蒂的心中忽隐忽现。那就是只有在奥蒂莉没有离开莎绿蒂的期间,他才能对奥蒂莉断念。从那时候起,情况虽然起了变化,发生了各种事情,他当时脱口而出的那句话,对后来的一些事情来说可以看作是被取消了。但是尽管这样,她也根本不愿意去做任何冒险,或采取任何可能会伤害他的行动。在这种情况下,她让米特勒去探明爱德华的想法。

自孩子死后,米特勒常来看望莎绿蒂,虽然只呆一会儿。这个事故对他产生了极大的影响,使他认识到,要让这对夫妻重归于好似乎不大可能了。不过他仍然按照自己的思维模式希望着、努力着,并暗地里为奥蒂莉所做的决定感到欣慰。他寄希望于缓缓流逝的时间,一直在想让这对夫妻鸾梦重圆。他把这种感情上的波动只看作是对夫妻之间爱情和忠诚的考验。

莎绿蒂一开始就把奥蒂莉的第一次声明写信告诉了少校。她十分恳切地请求他,别让爱德华采取什么步骤,要让他保持冷静的态度,仔细地等待,看这个美丽的女孩是否会回心转意。对于后来发生的事情以及奥蒂莉的想法,她也扼要地告诉了他。现在自然是由米特勒担负起这个困难的任务,要使爱德华对改变了的情况做好思想准备。米特勒知道得很清楚,对于这已经发生了的事情人们容易将就,但要对一件正待发生的事情表示同意,就不那么容易了。他劝告莎绿蒂,最好马上就把奥蒂莉送到寄宿学校去。

所以,他刚走,莎绿蒂便为奥蒂莉的旅行做了准备。奥蒂莉整理着行装。莎绿蒂看得非常清楚,她既不打算把爱德华送的那个小箱子,也不打算把里面的任何东西取出来带到寄宿学校去。莎绿蒂沉默着,没有去干涉这个默然无语的孩子。出发的日期到来了。莎绿蒂派人驾车,第一天把奥蒂莉送到一个熟悉的客店过夜,第二天再把她一直送到寄宿学校去。她让兰妮陪奥蒂莉去,做她的使女。自孩子死后,这个热情的小女孩立刻又回到了奥蒂莉的身边。像以往一样,她出于天性和爱慕与奥蒂莉形影不离。她喋喋不休地说着,想以此来使奥蒂莉高兴,弥补她至今所疏忽了的职责。她要把自己完全献给这个可爱的女主人。有幸陪奥蒂莉远行,去看一看陌生的地方,使她非常开心。她还从未离开过出生的地方。她从府邸奔回村子里去,奔到父母和亲人的身边,把自己的幸运告诉他们,并向他们辞行,可怜的是她走进了麻疹病人的屋子,马上就感觉到受了感染。人们不愿意因此而延误动身的日期。奥蒂莉自己也催促动身。这条路她曾经走过,下榻的那个客栈的主人一家她也认识。府邸的马车夫为她驾车,没有什么可让人不放心的了。

莎绿蒂没有提出反对的意见,就连她自己也已经在想象中匆匆离开了这个环境。只不过她还要把府邸中奥蒂莉住过的房间重新为爱德华布置起来,就像当初上尉还没有来到以前那样。重建旧日幸福的希望,总会在人的心头一再燃起,而莎绿蒂又一次有理由、也有必要对此寄托这样的希望。

十六

米特勒来找爱德华商量上述事情的时候,发现他是独自一人。他用右手擎着头,胳膊肘撑在桌上。看上去他非常难受。"您的头疼病又在困扰您吗?"米特勒问道。"它正在困扰我,"爱德华回答说,"但是我懊恼它,因为它使我想起了奥蒂莉。我想,也许她现在也在受折磨。她一定是用左臂撑着她的头,比我更痛苦。我为什么不能像她那样忍受这痛苦呢?这种疼痛对我来说是有好处的,甚而几乎可以说,是我希望的,因为她那忍受痛苦时的景象连同她的一切优点,只有在这时才更强烈、更清晰、更形象地浮现在我的眼前。只有在磨难中,我们才能真正完全感受到要忍受痛苦所必须具有的种种伟大的长处。"

米特勒感觉到他的朋友已经煎熬到了这个地步,便把他带来的消息毫无隐瞒地说了出来。然而他还是循序渐进按照原样地叙述了两位女士怎么会产生这种想法,后来又如何渐渐地把这种想法决定下来。对此爱德华没有提出任何质疑。从他所说的少得不能再少的话语中似乎可以看出,对于两位女士的所作所为他都放任自然。眼前的痛苦仿佛使他变得对什么都不认真了。

但是当屋内刚剩下他一个人时,他便站起身来,踱来踱去。他再也不感到头疼了,他异常激动地干这干那着。在米特勒讲述的时候,这位处于热恋中的男子的想象力便已十分活跃起来。他仿佛看到奥蒂莉只身一人,漠然独行在他所熟悉的道路上,歇息在他所熟悉的客店里,那儿的房间是他经常出入的。他思索着、考虑着,或者更确切地说,他不是在思索,在考虑,只是在希望,在向往。他一定得见着她,和她说话。至于要达到什么目的,为什么要这么做,会产生什么样的后果,就说不上了。他并不克制这些想法,他必须这么去做。

他把心中的想法告诉了贴身仆人,让他马上去打听奥蒂莉动身的日期和时辰。天刚亮,爱德华便毫不犹豫地单独骑马前往奥蒂莉将要投宿的客栈。他到达那儿的时间还太早了。客栈的女主人感到想象不到,她高兴地接待了他。她家里的一件大喜事曾多亏了他的帮忙。她儿子当兵的时候非常勇敢。爱德华曾经为他争取到了一枚勋章。是他提出了她儿子的英雄事迹,因为当时只有他一个人在场。是他热心地把这件事报告了元帅,并排除了一些心怀不轨的人的阻碍。女主人不知道应该怎样来款待他才好。她尽快腾出了她的化妆室,同时也是衣帽间和储藏室。但是爱德华却告诉她,有一位女士将要到来,就让她住在这儿,并叫人在后面的过道里粗略地为他收拾一个房间。女主人觉得事情有点奇怪,但她很高兴能为她的恩人工作。他对这件事很感兴趣,非常卖力。可是他将带着什么样的感情挨过傍晚前这段漫长的时间啊! 他对将要在那儿见到她的那间屋子,里里外外巡视了一番。这间奇特的、充满家庭气氛的房间,在他看来犹如天堂一般。让奥蒂莉出乎意外地见到他呢,还是让她事先有所准备? 这一切他都细细地想过了。最后还是后一种想法占了上风。他坐下来写信。这张便笺是用来欢迎她的。

爱德华致奥蒂莉

当你看到这封信的时候,最最亲爱的人,我已经来到了你的身边。你不必惊慌,也无须害怕,对我,你一点儿也不用担心。我是不会强抢到你跟前来的。在没有得到你的同意之前,我不会来见你。

在这以前,请你思考一下你和我的境况。我是多么感激你啊,因为你没有打算采取最后的步骤。它的关系太重大了,千万别走这一步! 在这决定关键的时候务必仔细斟酌。你可以成为我的人,你愿意成为我的人吗? 哦,请你为我们大家做一件好事吧,为我做一件大有益处的事情吧!

让我再见一见你,让我再高兴地看一看你。让我亲自提出这个来,奥蒂莉! 快来吧,这儿曾经是你多次休息的地方,这儿永远是你的归宿!

爱德华写信的时候,他的心被这样一种感情抓住了,他最最希望的东西离他越来越近了,马上就要成为现实。她将从这扇门里走进来,将读到这封信。她还是像以前一样吗?她的容貌,她的想法有没有改变?羽毛笔仍握在手里,他要把想到的东西写下来。可是马车已经驶进了院子,他又急忙地在信上添上了一句:"我看到你来了,一会儿见!"

他把信折好,写上了封面,要盖封印已经来不及了。他跳起身来跑进另一个房间,他知道过一会儿可以从这儿走到过道里去。就在这一刹那,他突然想起来,他把表和印章落在桌上了。不能让奥蒂莉先看到这些东西。他又奔回去,总算把它们拿走了。他已经听到女店主从前厅向这儿走来,给客人准备房间。他快步朝门口走去,但是门关上了。刚才他冲进去的时候把钥匙丢在地上,现在他被关在里面,门锁上了。他像着了魔似的站在那儿。他使劲地推门,门却一点儿不动。噢,他多么希望能变成一个小虫从门缝里钻出去啊!可是一切都是徒劳的。他把脸藏在门柱边。奥蒂莉走了进来,女店主看见他在这儿,就退了出去。在奥蒂莉的面前他一刻也无法躲藏。他转过身去面对着她,于是这一对相爱着的人儿又一次在奇特的情况下面对面地站在一起。她平静而又严肃地瞧着他,既不向前,也不后退。他动了一下,想去接近她。她往后退了几步,一直退到桌子边上。他也朝后退了。"奥蒂莉,"他大声叫道,"让我来打破这可怕的沉寂吧!难道我们只是相互对视的影子吗?你先听我说!你一到这儿就看见我,这纯属偶然。在你的身边放着一封信,原想让你有所准备。读吧,我求你,读信吧!然后你再决定怎么做。"

她的眼睛朝下看着那封信,思忖了一会儿,拿起信,拆开读了起来。她读完信,表情没有一丝变化,轻轻地把信搁在一边。然后她把举得很高的双手合在一起,放在胸前,身子稍稍前倾。她用这样一种目光望着向她提出迫切要求的人,使他不得不放弃他所要求、所希望的一切。这个动作刺伤了他的心。奥蒂莉的这种表情、这种姿态,他实在无法承受。他看得非常明白,如果他继续坚持自己的要求,她就要跪倒在地上了。他绝望地快步朝门口走去,打发女店主去照看这个寂寞的姑娘。

他在前厅来回地逡巡着。夜已经深了,房子里静悄悄的。女店主终于走了出来,拔出了钥匙。这位善良的妇人被感动了,她很困惑,不知道该做些什么才好。最后,她在临走时把钥匙递给爱德华,他没有收下。她把蜡烛留在屋里,就走开了。

爱德华极其痛苦地扑倒在奥蒂莉住的房间的门槛上。泪水浸湿了门槛。相爱的人挨得这么近,却如此凄楚地度过了一夜,这种情形几乎还从未有过。

天刚放亮,马车夫便催促动身。女店主打开房门走了进去。她发现奥蒂莉和衣睡着了。她退了出来,带着同情的微笑向爱德华招手示意。他们两人走到熟睡着的奥蒂莉跟前。然而就连这种神情爱德华也无法接受。女店主不敢唤醒这个安睡着女孩,她坐在奥蒂莉的对面。奥蒂莉终于睁开了美丽的双眼,站起身来。她不同意用早餐。爱德华走到她跟前,恳求她,只要她说一句话证明她的心意。他发誓,无论她有什么心愿他都乐意听从。可是她沉默着。他又一次温柔地、急切地问她,是否愿意成为他的眷属,她是那样可爱的低垂双眼,摇了摇头婉转地否决了。他问,她是否还想去寄宿学校,她冷淡地表示不愿意。可是当他问道,是否允许他把她带回到莎绿蒂身边去的时候,她放心地点了点头,表示愿意。他急忙走到窗边去吩咐马车夫,她像旋风一般地从他身后冲出房间,走下楼梯,上了马车。马车夫取道回府邸,爱德华骑马跟随,与马车保持着一定的距离。

十七

当莎绿蒂看到奥蒂莉坐车驶进府邸的院子,跟着又看到爱德华骑马跟进来时,是多么出乎意料啊!她急忙走到门槛边,只见奥蒂莉已经下了车,和爱德华一起走了过来。奥蒂莉热诚地用劲抓住他们夫妻俩的手,硬把他们放在一起,然后朝她的屋子奔去。爱德华向莎绿蒂扑去,搂住了她的脖子,泣不成声。一时他无法说明,只求莎绿蒂对他忍耐一下,求她去安慰奥蒂莉,去帮助她。莎绿蒂匆匆地朝奥蒂莉的屋子走去。跨进房门的一瞬间,她打了一个冷战。整个屋子已经腾出来了,只剩下空空的四壁,看起来空荡荡而又沉闷。人们把所有的东西都搬走了,只有爱德华送给她的箱子放在屋子的中间,由于人们不知道把它放到哪儿去才好。奥蒂莉躺在地上,手臂和头部伏在箱子上。莎绿蒂过来照料她,问她出了什么事,可是没有得到回答。

使女端来了清凉饮料，莎绿蒂吩咐她呆在奥蒂莉的身边，自己忙着去找爱德华。她看见他在大厅里，可是他也没有向她说明什么。他跪倒在她的面前，泪水滴湿了她的双手。他逃回自己的房间莎绿蒂想跟着他，碰上了他的仆人。仆人就他力所能及地向她做了说明。其余的情况她自己作了想象，然后便当机立断，着手眼前要做的事情。奥蒂莉的房间以最快的速度重新装饰了起来。爱德华看到他的东西，直到最后一张纸，都原封不动地放在那儿，和他当初离开的时候完全一致。

表面上他们三个人又住在一起了，但是奥蒂莉继续沉默着。爱德华除了请求他的妻子要有耐心而外，什么也不作，看来是他自己丧失信心。莎绿蒂打发人去找米特勒和少校。米特勒没有找到，少校来了。爱德华向他倾吐了自己的心思，并供认了每一个细节。这样莎绿蒂便知道发生了什么事情，使情况起了这么奇特的变化，使他们俩的心情这么感动。

她以极其和蔼的态度与她的丈夫交谈，除了请他现在对那个女孩不要操之过急而外，她实在毫无办法。爱德华感觉到了他妻子的价值、爱情和理性，不过对奥蒂莉的爱慕完全控制了他。莎绿蒂给他希望，答应他，同意离婚。他不相信。他病得那么严重，一会儿失去希望，一会儿又失去了对别人的信任。他逼着莎绿蒂答应她与少校的婚事。一种类似神经错乱的忧郁情绪死死地缠住了他。莎绿蒂为了让他平息下来，保持镇静，便按照他要求的去做。假如奥蒂莉同意与爱德华结合，她便答应与少校结婚。但是她有一个比较明确的条件，那就是眼下两位男子必须一起外出旅行。少校要为他的宫廷去办一件外交事务，爱德华答应陪他去。人们着手准备旅行，心里安定了一些，至少有事情可做了。

在此期间，人们注意到，奥蒂莉几乎不进饮食，继续保持沉默。人们对她劝说，她便拒绝，只能由她去了。难道我们平常不是也有这样的弱点，为了某一个人好，便不忍心去煎熬他吗？莎绿蒂绞尽脑汁，最后想出了一个办法，写信去请寄宿学校的那位助教来，这个人对奥蒂莉很有办法。由于奥蒂莉意外地没有去寄宿学校，他曾经写来过一封非常友好的信，但还没有得到答复。

为了不使奥蒂莉感到突然，人们把这个计划当面告诉了她。她似乎并不同意，沉思了片刻，最后仿佛有个决定在她的心中成熟了。她赶紧回到自己的房间，还在傍晚以前，她让人给聚在一起的朋友送来了以下这封信。

奥蒂莉致朋友们

我亲爱的朋友们：我为什么还要说明那些不说明白的事情呢？我离开了自己的原则，再也无法复归到里面去了。一个充满敌意的魔鬼，似乎从外部阻隔着我努力自拔地力量。我是多么希望与我自身统一起来啊！

我要离开爱德华的决心是非常纯洁的。我希望再也别见到他了。然而事情违背意愿。他违背了他自己的意愿，站到了我的面前。也许我太在意于从字面上去遵守和解释我不同他说话的誓言了。见面的那一刹那，我出于感情和良心，什么也没有说，在这位朋友的面前保持了缄默，现在我再也没有什么可说的了。那种加入宗教团体时所做的严格的誓言，或许会使经过三思而立下誓言的人感到不便和害怕，而我却是偶然地，为感情所迫起了誓。只要我的心里有这样的要求，就让我这样坚持下去吧。不要请人来说和！不要强迫我开口说话，不要强迫我多进饮食，超过我最大的限量。用你们的宽恕和耐心来帮助我度过这段时间吧！我还年轻，年轻人会不知不觉地康复过来的。请允许我呆在你们的身边，用你们的爱来使我高兴,用你们的谈话来开导我,可是不要来过问我的内心活动,随我去吧!

两位男子准备已久的旅行耽误了,原因是少校的那件外交事务推迟了。这对于爱德华来说,是来之不易啊!奥蒂莉的信又重新鼓舞了他,她那给人希望、充满安慰的话语又一次鞭策了他,他有理由坚定地坚持下去了。他突然宣布,再也不离开府邸了。"如果人们故意地、草率地丢掉了最不可缺少、最迫切需要的东西,"他大声地说,"该有多傻啊!纵然我们有失去它的危险,但是也许还能保住它呢!这意味着什么呢?这只是意味着,似乎人们有希望和选择的能力。我便是这样经常地被这种愚蠢的骄横所支配,提前几小时或几天,过早地、依依不舍地离开了我的朋友,只是为了免受那最后的、不可避免的限期的困扰。然而这一次我要留下,我为什么要离开呢?她不是已经离开我了吗?我没有想过要去拉她的手,把她按在胸前。我甚至不允许自己这么去想,这样的念头使我害怕。她没有离我而去,而是高高地悬在我的头顶上。"

于是,爱德华便像他所希望、所必须作的那样留了下来。没有什么比和奥蒂莉在一起更愉快的了。奥蒂莉也有这种感觉,她也无法摆脱这种产生极度幸福的必要性。他们之间一如既往地有一种无法说出的、几乎是神奇的相互吸引力。他们同住在一个府邸下,即使没有正在想到对方,即使各自做着不同的事情,即使被聚在一起的朋友围来围去,也会走到一块儿。如果同在一个大厅里,那么,要不了多久,他们便会并排地站着或坐在一起。只有紧紧依靠才能使他俩安心,而且是完完全全地安心,只要紧紧地依偎在一起就已经足够了。连一句话、一个手势、一个眼神、接触一下都不需要,只要呆在一起就够了。现在不再是两个人了,仿佛只是一个人完全沉浸在无意识的幸福之中,对于自身和世界都觉得满足了。要是把他们两人中的一个留在这幢房子的一端,那么,另一个便会慢慢地、自动地、无意识地向他走近。生活对他俩来说是个诱惑,这个诱惑只有当他们俩在一起的时候才能感觉到。

奥蒂莉特别高兴和平静,人们完全可以对她放心了。她很少离开聚在一起的朋友们,只是请求让她一个人用餐。除了兰妮之外,没有别的人服侍她。

平常每个人遭受到的事情,重复的次数总是比他相信的要多,因为这和他的天性紧紧相关。一个人的个性、爱好、品格、脾气以及所处的方向、地点和环境组成了一个共同的整体。在这个整体中,每个人就像在水和大气层中漂浮一样,只有在这里面他才感到自然惬意。于是我们便发现有些人,人们曾多次埋怨他们起了变化,可是过了许多年以后,我们惊奇地发现,他们没有变,尽管经过无数次外界和内心的刺激,仍然还是老样子。

在我们这几位朋友日常的共同生活中,几乎一切都沿着旧日的模样运行着。奥蒂莉仍然缺少话语,用她那热情的态度表现出亲切友好的本性。每个人都以不同的方式表现出自己的本性。这样,府邸里的这一圈人造成了一种像以往那样生活的假象。如果有人误以为一切一如既往,那倒是情有可原的。

秋天的白天与春天的一样长,它在同一时刻把这群朋友从野外召回室内。鲜花和果实是这一季节特有的点缀,这使人相信,秋季仿佛成了初春,春秋之间的间隔时间完全被遗忘了。现在盛开的花朵,正是人们在初春时播下的种子,现在树上成熟的果实,人们曾经看到过它们当时开的花。

少校时来时去,米特勒也常来府邸。晚上他们经常有规律地聚会。爱德华还和从前一样朗诵诗歌,甚而可以说,读得比以前更好、更生动、更有感情、更高兴了。他似乎要用他的欢乐和感情使奥蒂莉麻木的感情重新复活起来,把她从沉默的状态中重新解脱出来。他坐的位子还和以前一样,使奥蒂莉能看见他读的书。如果她没有看着他读的地方,如果他不是确切地知道,她的眼睛正在追随着他所念的句子,他便会心中不快,注意力不集中。

最近产生的各种不愉快、不舒畅的感情都被时间冲淡了。谁也没有记恨谁。种种怨恨早已消散得无影无踪。少校拉着小提琴给莎绿蒂的钢琴伴奏,而爱德华则吹起笛子伴随着奥蒂莉的弦乐弹奏。一切又和从前聚会时一样。爱德华的生日逐渐临近了。去年的生日没有欢庆。这一次也不打算大事铺张,只是准备在宁静与祥和的欢乐中加以庆祝。这一半是出于默契,一半是由他们明白地说了出来,他们就这样达成了一致。然而这个日期离得越近,奥蒂莉就越是流露出一种庄严肃穆的神情。这种神情与其说是人们至今为止注意到的,还不如说是感觉到的。她似乎经常到花园里去察看花草的生长情况。她暗示园丁,要好好爱护夏季生长的各种鲜花。她特别喜欢在翠菊旁流连。这一年的翠菊恰好长得格外茂盛。

十八

朋友们私底下注意观察到的最重要的事情,是奥蒂莉第一次打开了爱德华送给她的小箱子。她从箱子里挑选出各种各样的面料,进行制作,这恰好够做一套完整的服装。她想在兰妮的帮助下把余下的东西重新装进箱子里,这几乎是不可能的了。她虽然已经拿出了一部分东西,箱子里还是盛得满满的。年幼、贪心的小女孩怎么也看不够,尤其是她发现衣服的一切细小的物件都配齐了。鞋、袜、绣着格言的袜带和手套,还有其他的东西。她求奥蒂莉赏给她一些剩余的衣料。奥蒂莉拒绝了,可是马上便拉开一个衣柜的抽屉,让那孩子随意挑选。兰妮急忙笨拙地拿着,随即带着她得到的东西跑了。她要把她的快乐告诉家里其他的人,把这些东西拿给他们看。

到后来,奥蒂莉终于把所有的东西仔细地一层层放了进去。她打开箱子盖里的一个夹层,把爱德华写给她的便条、书信、各种干枯了的花朵——以前他俩散步时留下的纪念物,一缕爱人的鬈发以及其他的一些东西藏在里面。她又放了一件东西进去——她父亲的肖像,便把箱子锁了起来。然后,她把系在金链条上的小钥匙挂在脖子上,垂在胸前。

在这期间,几位朋友的心里产生了各种各样的希冀。莎绿蒂深信,在爱德华生日的那一天,奥蒂莉又会开口说话。因为到这时候为止,她表现出一种神秘的热情,一种愉快的自我满足。她的脸上出现了一种微笑,就像是那些在爱人面前隐瞒了什么值得高兴的好东西的人脸上浮现出来的微笑。谁也不知道,好些时候奥蒂莉是在极度的羸弱中度过的。只有当她出现在众人面前的时候,她才靠着精神的力量从虚弱中支撑起来。

在这段时间里,米特勒来得更勤了,呆的时间也比以往更长。这个顽固的男子知道得很清楚,凡事总有一定的火候,只有到了这个火候,生铁才能铸造。他把奥蒂莉的缄默以及她对爱德华的冷漠看作是对他有利的。目前,关于这对夫妇离婚的事情还没有采取任何步骤。他希望能用一种其他有利的方法来确定这位善良姑娘的命运。他倾听着别人谈话,向他们表示让步,让人明白他的意思。他有足够的才智,按照自己的方式去行事。

一旦机会出现,他便对那些他认为十分重要的事情大发意见,可是他常常被人驳倒。他更多地生活在自己的内心世界里,如果和别人在一起,他平常总是与人争执不休,反对别人。一旦他在朋友们面前打开了话匣子,就像我们常常看到的那样,那么他便会无所在意,侃侃而谈,难以抑止。他的话有时候会刺伤人的心,有时候能治人的病,有时候对人有利,有时候于人有害,这就要看当时的情况而定了。

爱德华生日的前一天傍晚,莎绿蒂和少校坐在一起等待爱德华,他骑马出去了。米特勒在屋子里来回踱着。奥蒂莉留心在她的房间里,把第二天要用的装饰物一一摆开,向她的使女暗示一些事情。小女孩完全领会了她的意思,灵巧地按照她无声的吩咐去做。

米特勒恰好谈到一个他最心爱的话题。他一贯断言,无论是在教育孩子,还是在治理民众方面,没有比那些禁令和惩戒性的法律与规定更笨拙、更野蛮的了。"人生来就是多动的,"他说,"如果你明白怎样去驱使他,那么他就会遵从,就会马上去行动、去执行。对我个人来说,我宁愿在我的圈子里长期地容忍错误与缺点,直到我能够指出一个与之相反的德行为止,而不愿意摆脱错误,却看不到用什么正确的东西换掉它。只要能够办到,人是乐意做好事,做有目的的事情的。他这样做,是为了有事可做。他对这些事情的思考,不会比对那些出于百无聊赖而干的愚蠢行为的考虑更多。

"每当我听闻人们一再用摩西十诫教育儿童的时候,便感到非常憎恶。第四诫还可以说是一条非常可爱和明理的诫律:'当孝敬父母'。如果孩子们真的把它牢记在心,那么,他们整天都可以这样去做了。然而第五诫:'不可杀人',对于这一条,能说些什么呢?好像每一个人都有冲动要去杀害别人似的!如果是恨一个人,发怒了,过于暴躁,由于这个或其他的原因偶尔也许会打死人。但是严禁儿童去杀人、去谋害别人,难道不是一种粗暴的措施吗?如果这样说就不同了:'要顾惜他人的性命,不要做伤害他的事,冒着自己的危险去救他。记住,假如你损害了她,就等于伤害了你自己。'这才是有教养、有理性的民族中应有的戒律。可惜在宗教教义手册中人们只把它们可怜地附在'这是什么'一类的问题里。

"还有这第六戒,简直使我十分讨厌!这算什么呢?难道不是在损害情窦初开的孩子们对于危险的、性神秘的好奇心吗?难道不是引诱他们去想象那些奇异的景象和情形吗?岂不是把那些人们本要除掉的东西用强制的手段灌输给孩子们吗?把像此类的事情交给秘密宗教法庭去做任意的裁决,要比在教堂和教区里当众瞎扯好得多。"

就在这时候,奥蒂莉走了进来。"不可奸淫,"米特勒继续说。"这多么粗鄙、多么下流!如果换一种说法,听起来就完全不同了:你应当尊重婚姻。当你看到相亲相爱的夫妻时,应该为他们感到高兴,分享他们的幸福,就像分享晴朗温煦的天气一般。假如他们之间产生了某种不快,你就应该设法把它解说明白,应该设法去劝慰他们,让他们平静下来,给他们说明各自的长处,用美好的、无私的精神去促进别人的幸福,让他们感觉到,从每一种义务中,尤其是从这种把男女双方不可分割地结合在一起的义务中,将会产生怎样的快乐。"

莎绿蒂感到无法安座,因为她深信,米特勒不知道自己是在什么地方,说了些什么话,所以这情形就更使她感到害怕。她还没有来得及打断他,就已经看见神态起了变化的奥蒂莉走出了房间。

"第七戒你就给我们免了吧!"莎绿蒂强作欢笑地说。"其余各戒都免了,"米特勒答道,"但愿我能拯救作为其他各戒基础的东西。"

此刻,兰妮满脸惊恐神色,不顾一切地叫喊着冲了进来:"她快死了!小姐快死了!您快来呀!您快来呀!"

当奥蒂莉左摇右摆地回到她的房间时,第二天要用的装饰物品全部摊开在几张椅子上。小女孩走来走去，看着、欣赏着，她大声欢呼道："您瞧啊，最可爱的小姐，这简直是一套新娘的服装，和您太相称了！"

奥蒂莉一听到这些话，便瘫倒在沙发上。兰妮见女主人脸色苍白，身体发硬，便跑去找莎绿蒂。莎绿蒂来了。家庭医生也急忙赶到了。他认为只是身体虚弱，他让人端来一些肉汤。奥蒂莉厌恶地把它推开。当人们把杯子端到她的嘴边时，她几乎浑身都抽搐了。眼前的情况使医生略稍稍明白，他严肃而又急促地问，奥蒂莉今天吃了些什么。小女孩结结巴巴地说不出话来。他又问了一遍，小女孩供认了，奥蒂莉根本什么也没有吃。

医生感到兰妮异乎寻常的害怕神情，便把她拉到隔壁房间去，莎绿蒂跟了进去。小女孩跪在地上，她供认，奥蒂莉已经好久几乎什么也不吃了。在奥蒂莉的催逼下，她替她把饭菜吃了。她没有把这件事说出来，是因为女主人用手势请求她、强迫她，而且，她又无知地加了一句，她觉得这些饭菜太好吃了。

少校和米特勒也走了过来。他们看见莎绿蒂正在医生的身边忙着。那个脸色苍白、天使般的姑娘坐在沙发的角落里，看上去神志还是清醒的。人们请她把身子躺平。她拒绝了，却示意让人把那个小箱子拿来。她把脚搁在上面，使身体处于半坐、半躺的舒适状态。她好像是要和众人告别。她的神情向站在周围的人表达出最温柔的留恋、爱戴、感激、歉意和真诚的诀别。

爱德华刚下马，一听说这个情况，便立即冲进屋去。他扑倒在奥蒂莉的身边，攥住了她的手，沉默无语，止不住的泪水滴湿了她的双手。他就这样持续了很久。最后他大叫："难道我就再也听不到你的声音了吗？难道你就不能说一句话，为了我重新回到生活中来吗？算了！算了！我跟着你去。到了那儿，我们将用别的语言来交谈！"

她用手使劲地握了一下他的手，激动而又深情地望着他，深深地吸了一口气，像天使般默默地动作着嘴唇："答应我活下去！"她亲切而又温柔地使劲大声说了出来，说完身子便向后倒了下去。"我答应你。"爱德华大声对她说，然而他的喊声只能追随她而去；她已经离开了人世。

流了一夜的眼泪之后,莎绿蒂便开始操心如何安葬这具遗体。少校和米特勒在一旁协助她。爱德华的处境太令人悲伤了。他刚从绝望中缓过气来,稍稍能够思考,便坚持不许把奥蒂莉抬出府邸。他让人好好照料她、护理她,像活人一样地看护她,因为她没有死,她是不会死的。人们按照他的愿望去做了,至少没有去干他所禁止的事情。他没有要求去看她。

朋友们又遇到一件使他们操心的、可怕的事情。兰妮逃走了。她被医生痛斥了一顿,在他的威胁下供出了实情。说了真话后,她又遭到了一顿劈头盖脸的责备。人们花了很长时间才又找到她。她似乎精神崩溃了。她的父母把她领回家去。给她最好的照顾似乎也不奏效,人们不得不把她看管起来,因为她又威胁着要逃跑。

人们终于一步一步地把爱德华从极度的绝望中挽救过来,然而这只能使他不幸。他非常清楚而确切地知道,他已经永远失去了他一生的幸福。这时,人们才敢请他考虑,是否把奥蒂莉葬在那个小礼拜堂里。因此,她将永远留在活人的中间,不会因为缺少和睦、幽静的环境而感到不幸。想要得到他的同意是很难的。他要求用敞开的棺材把奥蒂莉抬出去,如果万不得已,就在棺材顶上盖一个玻璃罩,要在小礼拜堂里点一盏长明灯,只有在这样的条件下,最后他才无奈地答应了。他好像对一切都无可奈何,只得听天由命。

人们用奥蒂莉自己准备好的服饰把她可爱的遗体装扮起来,他们用翠菊编成一个花环戴在她的头上。这些翠菊犹如悲伤的星辰闪烁着不祥的征兆。为了装饰灵柩,大教堂和小礼拜堂,所有花园里的花都被剪了下来。一座座花园呈现出一片荒芜的情状,就像是冬天已经把所有花坛里怡人身心的花草都扫荡一空了。早上,奥蒂莉被放在敞开的棺材中抬出了府邸。东升的旭日又一次染红了她天使般的面容。送葬的人相拥着抬灵柩的人,谁也不愿走在前头,谁也不愿落在后面。每个人都想环绕在灵柩的周围,每个人都想最后一次分享在她身旁的幸福。男孩、男子和妇女们无不为之动情。最伤心的要数女孩们了,她们最直接地感受到了自己的损失去的东西。

兰妮不在场。人们把她留下了，或许根本就没有告诉她安葬的日期和时辰。人们把她关在她父母家里一个窗子朝花园的小房间里。可是当她听到了钟声，便马上明白这是怎么回事了。看管她的那个女人好奇地去看送葬的队伍，离开了她。兰妮从窗口跳到过道里，发现所有的门都锁上了，便又从过道上了顶层的阁楼。

这时，送葬的队伍正在整洁的、撒满树叶的道路上曲折前行，穿过村庄。兰妮分明看见自己的女主人在下面，她显得比任何人都清晰、完整和美丽。她是那样超凡脱俗，犹如在云彩和波浪之上向她的使女招手呼唤。于是，兰妮便摇摇晃晃、昏昏沉沉、恍恍惚惚地从上面坠落下来。

人们发出一阵惊叫，向四处散开。因为拥挤和混乱，抬灵柩的人不得不把灵柩放下来。兰妮就躺在一旁，四肢似乎都摔折了，人们把她扶起来。或许是出于偶然、或许是由于命运的特殊安排，人们把她靠在遗体旁边。她似乎还想使出最后的力量去摸一下她亲爱的女主人。她抖动的双手刚触到奥蒂莉的衣服，她无力的手指才碰到奥蒂莉合在一起的手掌，她便跳起身来，先朝天上伸出双臂，举目仰望，然后在灵柩前面跪了下来，虔诚而又喜出望外地抬头凝视着她的女主人。

最后，她激动地跳了起来，带着神圣的欢乐大声喊道："是的，她饶恕了我！没有人能原谅我，连我自己也不能宽恕自己，然而上帝却通过她的眼神、她的手势和她的嘴宽恕了我。现在她又那么宁静、温和地躺在那儿。但是你们都看见了她是怎么坐起身来，合起双手为我祝福的，她是怎样友好地望着我的。你们大家都听到了，你们都是证人。她对我说：'你被宽恕了！'现在我在你们中间再也不是一个杀人凶手了。她原谅了我，上帝原谅了我，没有人能再把我怎么样了。"

人们挤在她的周围，惊讶万分。他们用心聆听着，互相对视着，几乎没有人知道，该做些什么。"把她抬去安息吧！"兰妮说。"她已经做完了她的事情，受完了她的痛苦，再也不能住在我们中间了。"人们抬着灵柩继续向前移动。兰妮头一个跟在灵柩的后面。人们到了大教堂，又到了小礼拜堂。

奥蒂莉的灵柩就这样停放了下来。靠她头部的一端放着死去的婴儿的棺材，她的脚边放着爱德华送给她的那只小箱子，它被锁在一个结实的大橡木箱里。人

亲和力

图文珍藏版

们想找一个妇女,让她在最初这段时间守护遗体。奥蒂莉的遗体非常动人地躺在玻璃罩下。可是兰妮不愿意让别人来担任这个职务。她不要女伴,要独自一人呆在那儿细心照料那盏第一次点燃的长明灯。她非常热忱而又倔强地要求着,人们不得不向她让步,省得这个小女孩在感情上产生更大的痛苦,这一点是很叫人放心不下。

但是她一个人呆在那儿的时间并不长。夜幕刚刚降临,闪动的长明灯才显出它的全部力量,向四周闪射出明亮的光芒,门便敞开了。建筑师跨了进来。小礼拜堂内经过他虔诚彩饰的四壁,一目了然地展现在他的面前。在柔和的灯光下,它们比他原来想象的显得更加古朴,更加充满着不祥的预兆。

兰妮坐在灵柩的一边,她马上就认出了他,可是默默地指了指去世的女主人。这个年轻力壮、英俊潇洒的小伙子站在另一边。他在自己的内心里寻找支撑的力量,呆呆地陷入沉思默想之中。他垂着双臂,双手合在一起,哀怜地扭动着手指,微微低着头,目光望着死去的奥蒂莉。

他曾经有一次也是这样站在布列萨尔大将军的面前,现在他又不由自主地摆出了这种姿势。可这一次是多么自然啊!这儿也有一些不可估量的东西从它的高处降落下来。要是说,人们在布列萨尔身上惋惜的是一个堂堂男子不可挽回地失去了他的勇敢、机智、权威、地位和才干,惋惜的是他那种对国家和王侯在关键时刻不可缺少的本质不仅没有得到重视,反而遭到了摈弃和排斥,那么,在奥蒂莉的身上也有这么多女子所另外具有的娴静的美德,这些美德才被大自然从它内涵丰富的深处唤醒过来,却又被它很快地、漠不关心地抹去了。这个贫乏的世界,每时每刻都带着愉快的满足来迎接这些稀有的、美好的品德所施与的和睦影响,每时每刻都怀着恋恋不舍地悲哀为失去它们而感到惋惜。

这位青年男子默默无语,兰妮也沉默了一会儿。但是当她看见眼泪不断地从他的眼睛里流出来,当他似乎完全沉浸在悲痛之中的时候,她便以那么多的真情与力量、那么多的好意和信心来劝慰他,以致他对她那滔滔不绝的话感到惊讶不已。他镇静了下来,好像看见他的女友生活和活动在一个更高的境界。于是,他的眼泪止住了，悲痛减轻了。他跪着向奥蒂莉辞行，又热诚地与兰妮握手告别。当天夜里，他便骑马离开了这个地方，没有再去拜访什么人。

外科医生没有让小女孩知道，在大教堂里呆了一夜。次日清晨，当他过来看望她的时候，发现她是那么快活、那么欣慰。他原以为她会有些神经不正常的现象，以为她会对他讲起昨夜与奥蒂莉谈话以及诸如此类的问题。可是她自然、安静，神志十分清醒。她对一切过去的日期和情形记得一清二楚。在她的言谈中，除了出殡那天的事情外，没有一句话与真实的实际过程有什么出入。兰妮高兴地一再重复说起，奥蒂莉如何坐起身子，如何向她祝福并宽恕了她，因此她永远得到了安慰。

奥蒂莉死后依然楚楚动人，她那与其说是死去而不如说更像熟睡的模样吸引了许多人前来瞻仰。远近的居民都想来看看她的遗容，每个人都想从兰妮的嘴里听到那一段令人难以置信的故事。有的人是为了来嘲笑她，大多数的人则表示怀疑，只有少数人是信以为真的。

带着任何一种需要前来的人，当他的需要在实际中得不到满足的时候，便不得不相信这件事情：在众目睽睽之下摔伤了四肢的兰妮，因为触到了那个虔诚的身体又恢复了健康，可是为什么同样的幸福就不会落到其他人的身上呢？先是那些温柔的母亲悄悄地把她们为某种疾病所纠缠的孩子带到小礼拜堂里来。她们认为已经感觉到孩子有了突然的好转。相信的人不断增加，最后竟没有人感到自己过于年迈体弱而不到这个地方来寻找活力和减轻痛苦了。来的人络绎不绝，于是人们不得不把小礼拜堂关起来，除了做礼拜的时间外，大教堂也关起来了。

爱德华不敢再到死者那儿去。他只是孤独地生活着。他似乎再也没有眼泪了，再也没有能力感到痛苦了。他参加谈话的次数和享用饮食的分量一天比一天少。他似乎只愿从那只玻璃杯里啜饮清凉饮料，不过这只杯子并没有成为他的命运的真正预言者。他仍然喜欢欣赏那两个缠绕在一起的字母。他那严肃、欢快的眼神似乎在暗示，即使现在，他仍然希望与奥蒂莉结合。就像是一个不重要的情况会有利于一个快乐的人，每一件偶尔发生的事情都会使他感到兴奋那样，一些最琐屑的事情也同样会使一个不幸的人受到伤害，从而使他毁灭。有一天，爱德华把他心爱的杯子放到嘴边,又吃惊地把它拿开了。这好像是原来的那只杯子,但又不是那只杯子,他发现缺少一个精细的记号,接着便向仆人追问。仆人不得不说明,那只真的杯子不久前摔碎了,他把爱德华年轻时用过的一只同样的杯子拿来代替了它。爱德华发不出火来,他的命运已经由事实表明了。这一象征多么感动他啊,但同时又深深地压迫在他的心头。从这时候起,他似乎连对喝水都感到厌恶,他好像决心要不吃饭、要沉默了。

不过,有的时候他感到犹疑不定,他又要求吃一点东西,他又开口说话了。"唉!"有一次他对少校说,少校很少离开他的身旁,"我是多么悲苦啊,我的全部努力到头来只是一种模仿,一场游戏而已! 对奥蒂莉来说是幸福的东西,对我来说却是痛苦的,可是为了她的幸福,我不得不承受这种痛苦。我必须去跟从她,在这条道路上去跟从她。可是我的本性和我的诺言又阻止我这样去做。要去模仿那些不可模仿的事情是一个可怕的责任。我清楚地感觉到,最好的人,无论干什么事情都要有天才,即使是去陪葬也是如此。"

在这种毫无希望的情况下,我们再去提及这一段时间以来,爱德华的妻子、朋友和医生为他所做的努力又有什么用呢? 最后人们发现他死了。米特勒第一个发现了这一可悲的事情。他叫来了医生,并依照他一贯的镇静态度仔细察看了死者死时的情况。莎绿蒂心急火燎地赶来了,她心里怀疑他是自杀。她不可谅解地埋怨自己和别人过于疏忽大意了。可是,医生提出了生理学上的原因,米特勒则提出了道义上的原因,马上就使她相信,情况恰好相反。很显然,爱德华是猝然死去的。在一个十分宁静的时刻,他把至今为止细心隐藏起来的、奥蒂莉遗留给他的东西,从一个小匣子和一个信封里拿了出来,一一摆在面前:一缕鬈发,在幸福的时刻采集来的鲜花和奥蒂莉写给他的所有便笺。从他妻子偶然发现、疑虑重重地交给他的第一张便笺起,都在这儿。所有这些东西,他是不愿意让人偶然发现的。这一颗刚才还激动不已的心,现在却处于安宁之中,不受干扰。他好像是在想念那个神圣的姑娘时睡着了似的。这样,人们或许可以说他是幸福的。莎绿蒂让人把他安葬在奥蒂莉的旁边,并规定以后谁也不能葬在小礼拜堂里。在这个条件下,她向教堂和学校、向神父和教师提供了一笔数目可观的捐赠。

两位相亲相爱的人儿就这样并排地安息在这里。在他们的墓穴上空飘浮着和平宁静的气氛。画在小礼拜堂穹顶上的天使与他俩十分相似，他们快活地向他俩俯瞰。假如有一天，奥蒂莉与爱德华一起醒来，那将是一个多么愉快幸福的时刻啊！

特别提示：

本书在编写过程中，参阅和使用了一些报刊、著述和图片。由于联系上的困难，和部分作品的作者(或译者)未能取得联系，对此谨致深深的歉意。敬请原作者(或译者)见到本书后，及时与本书编者联系，以便我们按照国家有关规定支付稿酬并赠送样书。

联系电话：010-80776121　　联系人：马老师

图文珍藏版